宮沢賢治の〈場所〉

イーハトーブ風景学

岡村民夫・赤坂憲雄［編］

七月社

［カバー図版］宮沢賢治画「日輪と山」（資料提供・林風舎）

イーハトーブ風景学――宮沢賢治の〈場所〉

目次

［凡例］

- 宮沢賢治のテキストの引用は、原則として、ちくま文庫版『宮沢賢治全集』（全一〇巻、筑摩書房、一九八五～一九九五年）に拠る。『新校本 宮澤賢治全集』（全一六巻・別巻一巻、筑摩書房、一九九五～二〇〇九年）に拠った論考は、末尾にその旨を記した。
- 書簡番号はちくま文庫版全集による。
- 引用文のふりがな・傍点は適宜加除し、引用者による注記は［ ］で示す。
- 引用文中に、今日の人権意識に照らして不適切と思われる語句が使用されている箇所があるが、時代背景を考慮し、そのままとした。

0 なぜ〈場所〉から宮沢賢治を読むのか

岡村民夫

一　フィールドワーカー宮沢賢治

私たちが宮沢賢治の作品を〈場所〉という次元から再検討するのは、ただ文学作品にとってモデル地が基礎的意義をもつとか、作家も風土によって養われるといった一般的理由からではない。一九世紀末から二〇世紀はじめの岩手県で三七年の歳月を生きた彼の作品が極めて独特に、深く、積極的な仕方で〈場所〉と結びついているからである。賢治において〈場所〉は、人物の行為の「背景」という慎ましい身分に収まらない。その精彩を帯びた描写には彼が特定の機会に経験した地の刻印があると同時に、時代や地域を超えてうったえる人類学的ないし生命論的な深さ、原型性があるのだ。そうした二重性は、彼が自分の多様な作品群を包括するものとして、岩手を示唆しつつも無国籍的で不思議な創作地名「イーハトーブ」（「イハトヴ」「イーハトヴ」「イーハトブ」「イーハトーボ」「イーハトーヴォ」等のヴァリアントがある）を掲げたことだけからも明らかである。[*1]

日本の近代文学において「地方」の表現は定番演目のひとつだったが、宮沢賢治のような仕方で取り組んだ例はないだろう。彼は東京やそれに準ずる大都市に移住してその詩壇や文壇に属しながら「故郷」を懐古したのではなく、みずからが生まれ育った岩手県に踏みとどまりながら執筆した。ただし農民作家として素朴なリアリズムで「郷土」を表象するのではなく、しばしばファンタジー的ないしＳＦ的なほどの飛躍やフィクション化を通して。

こうした稀有な特徴は、彼の資質や信仰と関連したユニークな執筆スタイルと切り離せない。「大正十二年十二月二十日」の日付をもつ童話集『イーハトヴ童話　注文の多い料理店』の「序」は、作品たちの出生をこう物語っている。

これらのわたくしのおはなしは、みんな林や野はらや鉄道線路やらで、虹や月あかりからもらつてきたのです。

ほんたうに、かしはばやしの青い夕方を、ひとりで通りかかつたり、十一月の山の風のなかに、ふるへながら立つたりしますと、もうどうしてもこんな気がしてしかたないのです。ほんたうにもう、どうしてもこんなことがあるやうでしかたないといふことを、わたくしはそのとほり書いたまでです。

少年期から賢治は「霊感」の鋭いタイプだったと思われるが、とりわけ法華信仰が高揚した一九一八年から一九二〇年にかけて、「稗貫郡地質及土性調査」[*2]のフィールドワーカーの一人となって山峡に分け入り、神秘的体験を重ねた。そしてたぶん一九二二年以降、戸外——とりわけ山野や郊外——を移動中に不思議な「心象」を感受するや手帳に筆記し、それをもとに詩や童話を執筆するようになり、それらを世間一般の文学と区別して「心象スケッチ」と称するようになった。[*3]かくして執筆されたテクストには、まさに「スケッチ」としての現場性・記録性があり、風景の知覚や身体の状態がみずみずしく記述されていると同時に、幻想や虚構が含まれている。しかも彼は、引用した『注文の多い料理店』の「序」の一節にも示されているように、みずからの「心象」を、風景に仮託した叙情としてではなく、風景の側からの贈与、すなわち環境に潜んでいた諸力と自分に潜んでいた諸力が合流しておのずと展開した生成として受けとめていたのである。彼は『注文の多い料理店』の広告文で自作の本質を次のように明言していた。

> これらは新しい、よりよい世界の構成材料を提供しやう（ママ）とはする。けれどもそれは全く、作者に未知な絶えざる驚異に値する世界自身の発展であつて決して畸形に捏ねあげられた煤色のユートピアではない。
>
> 〔……〕
>
> これは田園の新鮮な産物である。われらは田園の風と光との中からつやゝかな果実や、青い蔬菜と一緒にこれらの心象スケツチを世間に提供するものである。

本書の諸論文は、実際に宮沢賢治の作品が諸力の絡まりあった生成であることを明かしているはずだ。

詩「装景手記」にはこうある――「地殻の剛さこれを決定するものは／大きく二つになってゐる／一つは如来の神力により／一つは衆生の業による／〔……〕／すべてこれらの唯心論の人人は／風

景をみな／諸仏と衆生の徳の配列であると見る／たとへば維摩詰居士は／それらの青い鋸を「鋸状の山影の山脈のこと」／人に高貴の心あればといふのである／それは感情移入によって／生じた情緒と外界との／最奇怪な混合であるなどとして／皮相に説明されるがやうな／さういふ種類のものではない」。「心象スケッチ」を「世界自身の発展」とみるヴィジョンの背後には、このような仏教的存在論があったに違いない。ただ彼の書き方にとってより重要なのは、「心象スケッチ」が実践的には地学的フィールドワークに酷似したフィールドワークのかたちをとっていたという側面だろう。

盛岡高等農林学校の農学科第二部（のちの農芸化学科）で関豊太郎教授の指導下、彼がとりわけ熱心に取り組んだのは、地質や気象や植生と密接に結びついた土壌研究であり、そのために彼は精力的に山野のフィールドワークを実践し、岩石や土壌を採集した。「心象スケッチ」の実践は、そうしたフィールドワークの延長のようにはじまっているといえる。地学のフィールドワーカーは、フィールドの可視的表面を観察・記録するだけにとどまってはならず、表面に分布する徴（しるし）や亀裂を通してその奥に広がる層を読み取り、大地を形成しては変形していく潜在力を想像しなければならない。同様に創作者としての賢治も、大地とみずからの心を貫く諸力――地理学的なもののみならず歴史、記憶、伝承、情動なども含む――の標本のようなものとして「心象」を採集したのち、それらを持ち帰って研究し、作品という暫定的成果にまとめる。「心象スケッチ」とは、〈場所〉と不可分な心の深層のフィールドワークであり、またそれに基づいた実践知なのだ。

奇しくも彼が活躍した時代は、まさにフィールドワークが新たな思考や創作の方法として、国際的に、さまざまな領域で、ほぼ同時多発的に産声をあげた時代だった。一九二二年、ブロニスワフ・マリノフスキはトロブリアンド諸島での長期の参与観察の成果として『西太平洋の遠洋航海者』を刊行し、「肘掛椅子の人類学」から「フィールドワークの人類学」への転換を引き起こす。ロバート・フラハティが、イヌイットとの交流に基づいた民族誌的映画『極北のナヌーク』を公開し、「ドキュメンタリー映画」というジャンルが生まれたのも一九二二年だ。西洋音楽においては、ベラ・バルトークが一九〇六年から一九一八年にかけて実行した東欧の民謡採集旅行の成果として『ハンガリー民謡』を一九二四年に刊行し、音楽民族学の嚆矢となる。文学においては、一九二四年以降、シュルレアリストたちが偶発事、迷宮感覚、不思議な細部に幻想的な詩想を求め、パリを彷徨する。その代表的な成果であるルイ・アラゴンの小説『パリの農夫』（一九二六年）はヴァルター・ベンヤミンのパリ研究を触発し、草稿群「パサージュ論」（一九二七〜一九四〇年）につながる。一九二〇年代末から三〇年代のパリでは、シュルレアリスムの美学から刺激を受けながらアンドレ・ケルテス、ジェルメーヌ・クルル、アンリ・カルティエ＝ブレッソンらがコンパクトカメラのスナップ撮影によるストリート・フォトグラフィーを確立する。日本では一九二〇年代から三〇年代にかけて柳田国男が、欧米における「フィールドワークの人類学」の台頭を意識しながら、旅行と地方の研究者からの情報提供に基づいた日本民俗学を整備する。『遠野物語』の語り部だった佐々木喜善は柳田に促され岩手県の民話研究者となり、一九二〇年に最初の著書『奥州のザシキワラシの話』を刊行する。同じく柳田の指導下で民家研究をしていた建築家・今和次郎は、一九二三年の関東大震災を契機に東京の「考現学」に転じる……。

宮沢賢治の「心象スケッチ」は、こうした事例からストレートに影響を受けたわけではなかろうが、巨視的にみれば世界的な新潮流のなかで展開したといえるだろう。遠野の佐々木喜善とは交流があったので、形成途上にあった日本民俗学が民話的童話を書いた賢治に影響を与えた可能性は高い（安智史「コラム③ 遠野」参照）。

二 設計者宮沢賢治

それにしても、フィールドワークの記録ないし標本のような価値をもつ「心象スケッチ」が、時をへて大きく異なった姿へ改作されたのはなぜだろうか。しばしばひとつのテクストが分裂したり、別個のテクストどうしが融合したりし、当初の姿からは想像しがたいほど相貌が変化したのはなぜだろうか。

自分が書いた複数のテクストを時を隔て読む、という行為が宮沢賢治の創作に方法として組み込まれていたと考えられる。ちなみに花巻や盛岡の生活圏内の移動があまり作品につながらず、その外縁やかなたへの移動が大きな創作的意義を担っていることには、心象の生成にとって自然的要素や非日常性が重要だったという理由以外に、巡行のサイクルが関係していたのではないだろうか。サハリン旅行や大島旅行のような一度きりの重要な遠征もあるとはいえ、作品化された地は主に岩手県ないし旧南部藩領に収まる。生産的なのは概して遠足程度の遠出であり、数ヶ月から数年後、比較的容易に再訪できる地への旅といえる。この空間的・時間的隔たりが改稿に絶妙に作用したようなのだ。ときどき作中でも、以前その場所を訪ねたことが想起される。

歩行または交通機関での移動と連動した時空の生成がみずみずしく記述された自分のテクストの新たな読みなおしは、まさに再訪すること、イーハトーブを狩猟民や焼畑農業民のように間欠的に巡行しながら〈場所〉を生きなおすことであり、過去の生成物のポテンシャルを現在と関連づけながら新たな生成へ開く営みを意味していたに違いない。しかも、「われらのすべての田園とわれらのすべての生活を一つの巨きな四次元の芸術に創りあげようでないか」「われらの前途は輝きながら嶮峻である／嶮峻のその度ごとに四次芸術は巨大と深さとを加へる／詩人は苦痛をも享楽する／永久の未完成これ完成である」（「農民芸術概論綱要」）と宣言したのだから、そのことを彼は必然的な命運のようなものとして自覚していたはずだ。

彼の作品群はジグソーパズルのピースではない。ローカルでありながらどのような国に属しているのか不明な「イーハトーブ」、脱領土化された岩手県は、テクストが根茎植物のように自由に成長するのを促し、一作では表現できない多様で重層的な時空の形成をおおらかに支えたと考えられる。伝記的観点からは、羅須地人協会時代（一九二六〜一九二八年）以降、結核の再発による体力の衰えや仕事の忙しさなどから山野を跋渉できなくなっていった賢治が、溜まった草稿群におけるヴァーチャルな散策に傾注するようになったという側面もあろう。また、苦難を伴ったさまざまな実践活動の経験をへることで、社会的・現実的次元を重んじるようになり、初期に書いたものを再検討するようになったことも考慮すべきだろう。詩の方面において感情の吐露や背景の説明が削られ、凝縮された表現でストイックに自分の人生を振り返ったり庶民の生活を叙したりする文語詩が制作される一方、物語においては生活描写が増え、多視点的化・重層化が推し進められ、長く複雑な作品が紡がれていった。

以上のことを踏まえると、詩人を主人公とした「竜と詩人」（一九二三年以降）はとても示唆に富んだ寓話である。青年詩人のスールダッタは「詩賦の競ひの会」に参加し、長らく君臨した老詩人アルタに打ち勝って桂冠詩人となる。アルタはそのスールダッタを讃え「四句の偈」を彼に贈る。

風がうたひ雲が応じ波が鳴らすそのうたをたゞちにうたふスールダッタ
星がさうならうと思ひ陸地がさういふ形をとらうと覚悟する
あしたの世界に叶ふべきまことと美との模型をつくりやがては世界をこれにかなはしむる予言者、
設計者スールダッタ

アルタは、スールダッタの詩作を、フィールドでの交感を「たゞちに」言葉にするわざとして讃えるとともに、「やがては」自然に潜在している生成力を導びきながらより良い世界を形成しえる

「模型」として讃えている。最高の詩人とは世界の「設計者」なのである。

　老竜チャーナタが閉じ込められている海蝕洞窟のある岬の上で詩作したスールダッタは、自分の詩はチャーナタのうたを無意識のうちに聴いて写しとってしまった盗作だったのではないかという不安にかられ、チャーナタに真相を問う。すると肯定でも否定でもない高次の答えが返ってくる。

> スールダッタよ、あのうたこそはわたしのうたでひとしくおまへのうたである。いったいわたしはこの洞に居てうたったのであるか考へたのであるか。おまへはこの洞の上にゐてそれを聞いたのであるか考へたのであるか。おゝスールダッタ。
> そのときわたしは雲であり風であつた　そしておまへも雲であり風であった。詩人アルタがもしそのときに瞑想すれば恐らく同じいうたをうたったであらう。けれどもスールダッタよ。アルタの語とおまへの語はひとしくなくおまへの語とわたしの語はひとしくない韻も恐らくさうである。この故にこそあの歌こそはおまへのうたでまたわれわれの雲と風とを御する分その精神のうたである。

　ここで竜は自然の力にもっとも近く生きてきた老賢者として語っているわけだが、その深遠な詩学に劣らず重要なのは、このあとスールダッタが老竜に「なに故窟(いわや)を出でぬのであるか」と問うと、竜が「わたしは千年の昔はじめて風と雲とを得たとき己の力を試みるために人々の不幸を来したために竜王の［数文字空白］から十万年この窟に封ぜられて陸と水との境を見張らせられたのだ」と答えていることだろう。自然の潜在力の発動やそれを操ることが人間社会の幸福をもたらすとは限らないのである。[*4]かくして詩人スールダッタは「埋もれた諸経をたずねに海にはひるときに捧げる」宝珠を授けようという老竜の申し出を断り、「わたしは来れる日ごとにこゝに来てそらを見水を見雲をながめ新らしい世界の造営の方針をおまへと語り合はうと思ふ」と告げる。つまり荒ぶることのある自然に対して「あしたの世界に叶ふべきまことと美の模型」を「設計」するには、瞬時のインスピレーションや自然的動向の感受だけでは足りず、フィールドを繰り返し訪れ、反省的思索を重ねなければならないことが最終的に表現されているのだ。

宮沢賢治は大地の徴を読みとるだけではなく、農業指導者ないし社会的実践家として大地の「設計」や「造営」にまで踏み込んだ人物である。そもそも農業は、自然の諸力を活用しているとはいえ、それらを放任していては成り立ちがたい。太陽や水や土壌の潜在力は注意深く人工的にアレンジされることで、農産物という作品へ結実する。しかも彼の農業指導は「肥料設計」、すなわちそれぞれの農地に関して土壌や地勢の特質を把握したうえでそこに適した物質を混入する営みを中心としており、地学の教養と農地の調査に基づいた土地改良に本領があった。「よりよい世界の構成」に向けて、フィールドに読み取った潜在力をアレンジするという志向は、彼の文学にもはっきり認められる。その意味で「心象スケッチ」による創作と農業とは通底しているのであり、彼が自作を「田園の新鮮な産物」と呼んだことがたんなるレトリックではなかったとわかる。とくに東北砕石工場における石灰岩抹肥料に関する仕事は、後期の創作を考えるうえで意味深長だろう。火山性の奥羽山脈がもたらした酸性土壌を、非火山性の北上山地から抽出されたアルカリ性の石灰岩の細粒を混入することで中和するため、彼は石灰岩抹肥料の普及につとめたわけだが（岡村民夫「コラム④北上山地の石灰岩」参照）、この手法は異なったモデル地に基づいた作品どうしを混ぜあわすという後期に顕著な書き方と通底する。

さらに、山麓を含めれば三〇回を超えたといわれる岩手山行や、法華経の埋経を望む山名を三二も「雨ニモマケズ手帳」に記したことにみてとれるように、聖なる場所を感得する経験が核となっていた彼の宗教のうちにまでフィールドワーク性を指摘することができよう。

三　歩行者宮沢賢治の〈物語る知〉

人間の諸活動を動きと生成の相において捉えなおす意義を説く社会人類学者ティム・インゴルドは、「物語は常に、そして不可避的に、分類が切り分けてしまうものを結びつける」（傍点原文）とし、その理由をこう述べる。

> なぜなら、この世界［物語の世界］における物は不変の性質によってではなく、展開している関係のフィールドでの動きの経路によって識別される物語だからである。それぞれが現在進行し

ている活動の中心である。したがって、［……］物語られた世界では、物は存在しているのではなく生起する。物が出会うところでは、それぞれの物語が絡まり合い、出来事が撚り合わされる。このように結びついたものが場所であり話題である。この結びつきのなかで知識が生成されるのである。誰かや何かについて知ることはその物語を知ることであり、知る者自身がその物語に参加できるようになることである。[*5]（傍点原文）

インゴルドはこうした〈物語る知〉に対応する移動形態は「散歩［wayfaring］」であると説き、それを〈分類する知〉に対応する移動形態である「輸送」と対比する。

分類は物を分類的カテゴリーの階層のなかに垂直方向に配置し、輸送は点と点の結びつきのネットワークのなかで水平方向に場所を結びつける。そこでは、場所のネットワーク化した知識（局所から大域へと拡張される）と、分類された物の知識（個別から一般へと構築される）が一致する。しかし、散歩する者の物語られた知識は、垂直方向にも水平方向にも統合されない。それは分類のように階層的ではないし、ネットワークのように「平ら」でも平面に位置してもいない。前章で論じたように、世界を点から点へと横切るようなものではなく、人びとが住む世界のなかでみずからの道を織り込むようにして、散歩する者の経路はメッシュワークを構成する。したがって、物語られた知識は、分類でもなければネットワーク化されているのでもない。それはメッシュワーク化されているのである。[*6]

旅の経路に沿って紡がれる〈物語る知〉として、インゴルドはシベリアのトナカイ遊牧民エヴェンキ、カナダ北極圏の狩猟民イヌイット、オーストラリア中央砂漠の狩猟採集民アボリジニなどの先住民の例を紹介し、近代の効率性最優先の「輸送」の発達と提携した〈分類する知〉の席捲を批判している。本質的に始点や終点のない無限の巡行を通して編まれた宮沢賢治の作品群は、まさにインゴルドのいう意味での「メッシュワーク」〈編み物〉を、近代の厳しい条件下で実現した驚くべき事例といえる。そこには、科学、農業、仏教、芸術などの多分野の専門的知識、あるいは自然と人工、現実と幻想、現在と記憶、物と記号など異質な要素がにぎにぎしく共存しているが、それをもって彼の博識、多芸多才、多面性を讃えたり、科学、農業、宗教、文学などそれぞれの観点から注釈をほどこしたりするだけでは決定的なものが足りないのだ。もっとも大事なのは、〈分類する知〉による諸情報を参照にしつつ出来事の絡まりをたどりなおし、「メッシュワーク」の編まれ方を解き明かすこと、諸要素のあいだを縫うように進む生成を捉えることである。農業や科学に関する活動と同型であるとはいえ、すぐにはっきりと役立つわけではない彼の文学の側に特権があるとすれば、それが農業や科学や宗教を単独で扱わず、多様な出来事の撚り合わせにおいて物語っているからにほかならない。

賢治作品を〈場所〉ないし風景から研究することには、制度的な知の縦割りに抵抗し、「宮沢賢治」を、いくつものラインが絡まって伸びてゆく動態において捉えることにつながるという意義がある。本書に論文を提供した研究者は、既成の分類や学問分野からの逸脱をためらわない。最後に、本書の七本の論文の特色と全体の構成を簡単に素描しておく。

「原風景としての丘のうえ」（赤坂憲雄）は、宗教学者ミルチャ・エリアーデの諸著作を参照に、賢治作品において「原型的なイメージ」として繰り返し登場する〈丘〉のイメージを論じる。賢治自身の「聖なる場所」の感受経験を通し、丘の頂きに立つ一本の樹木や、庭のような頂きを取り囲む樹林は、天と地を媒介する世界樹、ないし生と死を司る生命の樹の性格を帯びて描かれている。そこから、「銀河鉄道の夜」でジョバンニが銀河鉄道に乗り込むことになる丘に立つ謎めいた「天気輪の柱」が、世界樹・生命の樹のヴァリエーションとして位置づけられる。「天気輪の柱」に関して同様の解釈はすでにあるが、文語詩「丘」、童話「若い木霊」「土神ときつね」「水仙月の四日」「かしはばやしの夜」「さるのこしかけ」「風の又三郎」「なめとこ山の熊」、戯曲「種山ヶ原の夜」等、樹のある丘の例がていねいに分析され重ねあわされているので非常に説得力があろう。

続いて「〈上の野原〉と〈さいかち淵〉――「風の又三郎」における場所について」（吉田文憲）では、「風の又三郎」の聖なる丘〈上の野原〉（種山ヶ原がモデル）が、風や霧や雨が立ち騒ぐ環境のさなかにおける全身的な「感応」ないし「憑依」という水準で、より内在的・身体的に扱われる。そしてこの高原と、そのずっと下方に位置する〈さいかち淵〉とのあいだの力動的照応関係が主題となる――「物語の「上方」から激しく吹き出す力があり、「下方」にはそれを吸い込む通路、別の力がある」。

「「風の又三郎」の存在／不在――《三年生》の問題から《誰ともなく……叫んだもの》へ」において平澤信一も同じ作品を扱うが、先行する童話「風野又三郎」、村童スケッチ「さいかち淵」、童話「種山ヶ原」との生成論的関係や「風の又三郎」本文史の検討を通しながら、作中の分校の三年生の数の不整合や、「さいかち淵」の一人称の語り手が改作によって消失すること、「九月八日」の章における「誰ともなく〔……〕叫んだもの」の不思議を、ザシキワラシめいた「見えない一人」をめぐって相関した事柄と見なすところに重心がある。

もっぱら自然的要素めぐって賢治における宗教的・神話的・民俗学的なものを論じたここまでが、本書の前半をなす。〈川〉を生／死と密接につながった場所として論じる第四論文「風景と存在――〈川〉という場所」（澤田由紀子）以降、そこに近代的・社会的なものが大きく導入される。文語詩「ながれたり」とその関連先行作品、童話「やまなし」が分析されたあと、「銀河鉄道の夜」の地上の川と天の川が、岩手軽便鉄道と北上川の地誌と比較され、川面がこの世とあの世を隔てるとともに反転させる「境界面」となっていることが示される。

「近代化する山中異界――山男、山猫（たち）と、馬車別当をめぐって」で、安智史は宮沢賢治の「山男」像を、近代において〈里〉の人間により〈山〉が植民地化されたことに関連づけたうえで、「どんぐりと山猫」「注文の多い料理店」の山猫に、民間伝承上の山猫と近代の山猫のイメージの混淆を指摘し、山猫やその眷属と人間との出会いに、模倣、誘惑、抗争等の戦略的な絡みあいを読み取る。

「賢治の〈郊外〉――まなざしのせめぎ合う場所」で、森本智子は「虔十公園林」「ポラーノの広場」「貝の火」「オツベルと象」「雨ニモマケズ」などに描かれた〈郊外〉を、大都市東京・大阪の郊外、地方都市花巻・盛岡の郊外、国木田独歩、石川啄木、田山花袋等の郊外像などを参照しながら分析する。「ポラーノの広場」が詳しく論じられ、〈郊外〉を「住宅地」と見なす都市生活者キューストから、〈郊外〉を「広場」に変えようとする農民ファゼーロへという「まなざしの反転」に宮沢賢治ならではの遠近法が見出されている。

「イーハトーブの装景――プロセスとしての賢治庭園」（岡村民夫）では、〈庭園〉が「農業」と「芸術」との中間領域として論じられる。宮沢賢治が設計・実現した庭園を、周辺環境や歩行者を取り込んだ「装景」（ランドスケープ・アーキテクチャー）と位置づけてから、彼の庭園文学をジャン＝ジャック・ルソー、アラン・ポー、谷崎潤一郎、江戸川乱歩等の庭園文学と比較し、外的な諸力と関係した生成プロセスを焦点としているところに独自性があるとする。

なお、宮沢賢治が体験した〈場所〉と作品における〈場所〉との絆と飛躍を示すために、各論文のあとには平澤信一、岡村民夫、安智史、森本智子による七本のコラムが写真や図版を伴って挿入されている。

＊1　『岩手毎日新聞』一九二三年四月一五日に発表された童話「氷河鼠の毛皮」の「イーハトヴ」がイーハトーブの初出である。

＊2　稗貫郡（現・花巻市にほぼ相当）が農林業改良の基礎資料づくりのために盛岡高等農林学校の関豊太郎に依頼した事業で、フィールドワーク自体は研究生の賢治と二人の助教授が担った。調査結果をまとめた『岩手県稗貫郡地質及土性報告書』（一九二二年）の第一章は基本的に賢治が執筆した。

＊3　『心象スケッチ　春と修羅』（一九二四年）の巻頭に収められた詩「屈折率」「くらかけの雪」の日付は一九二二（大正一一）年一月六日。「心象スケッチ」という用語の初出は、『岩手毎日新聞』一九二三年四月八日に寄稿した「心象スケッチ外輪山」。

＊4　竜のチャーナタが封ぜられた海岸は三陸海岸をモデルにしたと考えられ、彼が千年前に引き起こした大災害は八六九年の貞観三陸地震をモデルとした可能性がある。岡村民夫「「竜と詩人」小論――詩から「設計」への転回を海蝕洞窟に見る」（『賢治学』第七輯、二〇二〇年六月）参照。

＊5　ティム・インゴルド『生きていること――動く、知る、記述する』（柴田崇・野中哲士・佐古仁士・原島大輔・青山慶・柳澤田実訳、左右社、二〇二一年）三七九頁。

＊6　同、三八四頁。

原風景としての丘のうえ

赤坂憲雄

1

一　丘は眩惑的な場所である

宮沢賢治の詩篇や童話作品のなかには、一群の心象にまつわる原風景が存在したように思われる。そのひとつが、たとえば丘ではなかったか。森のほうへと坂道を登ってゆくと、不意に視界がひらけて、小高い丘が現われる。草や灌木の野原になっており、まわりを樹林が囲んでいたり、真ん中に一本の樹が生えている。そこではきっと、ささやかな物語的転回が起こる。

たとえば、『春と修羅』に収められた「丘の眩惑」は、以下のように始まる。

ひとかけづつきれいにひかりながら
そらから雪はしづんでくる
電しんばしらの影の藍靛（インディゴ）や
ぎらぎらの丘の照りかへし

空から「しづんでくる」雪に覆われて、丘はぎらぎらと照り返している。そこに電信柱の青藍色の影が射していることは、偶然ではない。たとえ電信柱であっても、それが柱であることを見逃すわけにはいかない。丘のうえの柱ということだ。第三連には、「野はらのはてはシベリヤの天末（まつ）」とあり、丘と野原の結びつきもまた、偶然であったはずがない。野のかなたに、はるか異界のシベリアが幻視されている。第四連に「笹の雪が」とあることから、そこが笹藪に覆われた原であることが知られる。それにしても、なにに眩惑されるのか、なにが眩惑的であったのか。たんなる陽射しの眩しさであったはずはなく、丘のうえでは「白い火」が焚かれ、なにか眩惑的なできごとが起きていたのである。あえて綺想を凝らせば、近世の百姓一揆の記憶のかけらではなかったか。乱暴を承知の言い捨てである。

あるいは、「文語詩未定稿」のひとつ、「丘」のはじまりの四行は以下の通りである。

森の上のこの神楽殿
いそがしくのぼりて立てば
くわくこうはめぐりてどよみ
松の風頬を吹くなり

森のうえに広がっている丘が、なぜ神楽殿なのか。神々との交歓の庭である神楽殿が想起されるのは、そこが神聖な場所であると感じられているからだ。この地方では、早池峰(はやちね)神楽がよく知られているが、神楽は賢治の作品のなかにくりかえし見いだされるモチーフのひとつである。やはり「文語詩未定稿」に収められている「雪峡」には、「塵のごと小鳥なきすぎ／ほこ杉の峡の奥より／

あやしくも鳴るや　み神楽／いみじくも鳴るや　み神楽」とあり、劇の「種山ヶ原の夜」では、柏樹霊に「天岩戸の夜は明げで／日天そらにいでませば／天津神　国津神」と歌わせている。杜に囲まれた神楽殿で催される神楽のにぎわいは、ある原型的なイメージをなしている。

カッコウが空をめぐり、啼いている。「松の風」とあるから、松の樹林があったにちがいない。そして、ここにも第二連以下に「野」が連なり登場してくる。たとえば、「野をはるに北をのぞめば」「従ひて野は澱めども／かのまちはつひに見えざり」と、野からのはるかな眺望が詠まれ、「うらゝかに野を過ぎり行く／かの雲の影ともなりて」と、野づらを過ぎてゆく雲の影が点描されている。野と丘とは対をなしている。

「補遺詩篇」のなかにも、丘はこんな風に姿を見せる。たった五行の詩篇である。

漆など
やうやくに
うすら赤くなれるを
奇しき服つけしひとびと
ひそかに丘をのぼりくる

（「プジェー師丘を登り来る」）

漆の朱色がすでにハレの気配を漂わせているが、「奇しき服つけしひとびと」がひそかに丘を登ってくる。プジェー師はカトリックの神父という（原子朗『定本 宮澤賢治語彙辞典』筑摩書房、二〇一三年、五二一頁）。ならば、丘のうえでは礼拝のミサでも行なわれるのか。まるで隠れキリシタンのように。いや、処刑の庭であったか。ともあれ、丘のうえをめざして、押し黙ったまま、行列なして登ってくるのは、非日常の聖なる場へと参入する人々でなければいけない。さきほどの、森の神楽殿がある丘のうえと呼応しあう、なにか宗教的な雰囲気が漂うことは否定しようもない。先取り的に言っておけば、賢治のなかで、丘のうえとはまさしく聖なる場所だったのである。

二　聖所の心象スケッチとして

「土神ときつね」は、なんとも気に懸かる作品である。その切羽詰まった雰囲気がたまらない。樺の木をめぐって、土神と狐とが交わす恋の三角関係が嵩じて、ついに土神による狐の殺害へと到り着いてしまう。一〇代のころの、行き場のない恋心とエロスの沸騰がふと思いだされて、土神でもあり狐でもあった日々が痛ましく感じられる。とはいえ、ここでのわたしの関心はそこにはない。物語の舞台となった、草の丘（……ただし、丘とは語られていない）におのずと関心は絞られている。

さて、はじまりの一節である。

一本木の野原の、北のはづれに、少し小高く盛りあがった所がありました。いのころぐさがいっぱい生え、そのまん中には一本の奇麗な女の樺の木がありました。
それはそんなに大きくはありませんでしたが幹はてかてか黒く光り、枝は美しく伸びて、五月には白い花を雲のようにつけ、秋は黄金（きん）や紅やいろいろの葉を降らせました。
ですから渡り鳥のくゎくこうや百舌も、又ちいさなみそさゞいや目白もみんなこの木に停まりました。たゞもしも若い鷹などが来てゐるときは小さな鳥は遠くからそれを見付けて決して近くへ寄りませんでした。

一本木野は岩手山の東側の裾野で、かつては松の木の多い原野であったらしい（前掲『定本 宮澤賢治語彙辞典』「プジェー師」の項目、六二八頁）。一本木という地名の由来譚として、賢治は「一本の奇麗な女の樺の木」をめぐる「青い色のかなしみ」の物語を創ったのかもしれない。この、イノコログサ（狗尾草）に覆われた野原の北のはずれに、「少し小高く盛りあがった所」、つまり丘があって、その真ん中に一本の樺の木が立っている。その樺の木はそれほど大きくはないが、とても美しく華やかな樹だったのだ。渡り鳥や鷹はみな、この梢に羽を休める。土神や狐も遊びにやって来る。そして、夏のはじめの晩ともなれば、樺の木には柔らかな葉が茂り、いい香りをあたりに漂わせ、空には天の川があって、星が一面に震えたり揺れている。秋になると、イノコログサが黄金色の穂、そう、ネコジャラシを風に光らせ、スズランの実が赤く熟すのである。

念のために触れておくが、土神が棲んでいるのは、東北の方位にあって谷地と呼ばれる、じめじめと冷たく気味の悪い湿地で、苔やカラクサや蘆、アザミや低くねじれた楊（やなぎ）などが生えている。その真ん中の小さな島のようなところに、丸太でこしらえた高さが一間ほどの土神の祠があったのだ。狐はというと、野原の南のほうにある「赤剝げの丘」の下のまるい穴に棲んでいた。そこが土神による狐殺しの舞台となってしまった。いずれであれ、土神の湿地や狐の禿げ山のような丘と比べたとき、若やいだ樺の木の立つ草に覆われた野原のはずれの丘がまといつかせる豊饒なイメージはきわだっている。

ここでは、宗教学者のミルチャ・エリアーデのいくつかの著作から、生命の樹や世界樹についての議論の輪郭を取りだしておきたい。[*1] 賢治その人がそうした生命の樹や世界樹といったものに関して、どの程度の知識をもっていたのかは、とりあえず確認できない。しかし、いくつかの作品のなかに類似する樹木の表象が姿を現わすのを見れば、賢治はそれを知っていたにちがいない、とわたしは考える。知識としてではない。賢治はそれを啓示として受け取っていたはずだ。

たとえば、エリアーデは「聖なる空間と時間」でこう述べている、「風景全体が霊魂に満ちており、風景のどんな細部も意味をもっており、自然は人間の歴史を帯びている」と。まるで賢治のために用意されたような言葉ではなかったか。風景に満ちている霊魂の声や囁きに耳を傾け、それを聴き分けることができる者が存在する。聖なる場所は、けっして人間が恣意的に「選択する」ものではない。それはただ、だれか人間によって「発見される」のであり、いわば、なんらかの方法で選ばれた人間に「啓示される」ものなのだ。

生命の樹や宇宙樹・世界樹、天上の樹や神秘の樹などをめぐる表象は、世界の諸民族の神話や宗教のなかにくりかえし登場する。それは生命力や生産力の象徴であるが、それぞれの民族のコスモロジーにおいて、多くは世界の中心にそびえる樹木として表現される。たとえば、『旧約聖書』の創世記では、生命の樹は知恵の樹とともにエデンの園に立っていた。インドネシアの神話伝承のなかには、三層をなす宇宙の象徴としての世界樹や生命の樹が見いだされる。そして、種族の祭りでは、「人間や獣の供犠により、世界樹と生命樹が新たに建てられ、宇宙の秩序と調和とが再興され、不幸が放逐される」*2という。

あるいは、「豊饒と再生」には、以下のように聖なる場所について説かれている。

> 「聖所」は小宇宙である。なぜならそれは宇宙の風景を再現するから、それは全体の反映であるから。祭壇や神殿（または葬礼碑、または宮殿）は原始的「聖所」が後代に変形したものであるが、これもまた小宇宙である。なぜならそれは世界の中心であり、宇宙の核心にあって、世界像をなしているからである。〔……〕「聖所」の概念に、聖木は不可欠である。石はすぐれて実在を表現していた。すなわちその金剛不壊と持続である。樹木はその周期的再生によって、秩序と生命の中にある聖なる力を表明していた。こうした風景が水によって完全なものとなったところでは、水は潜在的形質、胚種、浄化を意味していた。「小宇宙的風景」は時がたつにつれて、その構成要素の中の唯一つのもっとも重要な要素に、すなわち聖木または聖柱に還元されてし

まう。木はついにそれだけで、表面は静的な形をとって、宇宙の「力」、その生命、その周期的再生能力を抱合した「宇宙」を表現するようになる。（傍点原文）

ここで、エリアーデが原始的な聖所と呼んでいるものは、石と樹木と水によって宇宙の景観を再現することによって、ミクロコスモスたりえていた聖なる場所である。祭壇や神殿や墓所などとして壮麗に整えられる以前の、おそらく沖縄の御嶽（うたき）に片鱗が見られるような、「何もない空間」（岡本太郎『沖縄文化論』中央公論社、一九七二年）ではなかったか。そして、エリアーデはさらに、この小宇宙的な風景は樹木に還元されて、聖なる樹や柱として表象されるようになる、という。樹木は周期的に再生をくりかえす姿において、秩序と生命のなかにある聖なる力を表わしていたからである。そうして世界の中心にはかならず樹木があり、その生命の木は天・地・地下という三層をなす宇宙を結びつけている。むろん、『旧約聖書』の創世記に見える、エデンの園の中央に立っていた生命の木と善悪を知る木は、その一例にすぎない。ここでは触れるだけに留めるが、「女神＝樹木というモチーフ」（「豊穣と再生」）もまた、普遍的に見いだされるものだ。

あるいは、やはり「豊饒と再生」には、「ヘブライ人の供物をささげる場所は、「すべて高い丘の上と、すべての青木の下」（エレミヤ書二・二〇）にあった」という。また、「聖なる空間と時間」には、キリスト教徒にとって、「ゴルゴタの丘は世界の中心に位置する」という。宇宙山の頂上であると同時に、アダムが創られ／埋葬された地点であり、それゆえに、救い主イエスの血は、十字架の下に埋められていたアダムの頭蓋骨に注がれ、その罪をあがなったのである。聖所としての丘のうえの原風景の一端が、そこには開示されていたはずだ。

さて、いささか長くなったが、こうしたエリアーデの聖所論に導かれながら、「土神ときつね」の、あの「奇麗な女の樺の木」の立つ草の丘を照射することは可能か。樺の木はまさに生命の樹そのものである。女神でもある。周期的に再生をくりかえす美しい樺の木には、鳥たちや土神や狐らがつどい、まわりの草は力いっぱい花を咲かせている。そこに、「生命の、若さの、不死の根源」としての樹木の力を認めることは、いかにもたやすい。さらに、夜空の星たちを見上げての狐との会話からは、樺の木が天界と繋がっていることが暗示されていたかもしれない。土神や狐は、どこか地下世界の匂いを漂わせているようだ。生命の樹としての樺の木はそうして、天と地と地下とを垂直的に繋ぐ象徴性を担っているのではなかったか。樺の木を世界の中心として、生きとし生けるものたちが交歓を果たす草の丘は、まさしく原初的な聖所であった。

賢治は「土神ときつね」という作品において、この丘のうえという聖なる場所の心象スケッチの試みを行なっていたのだと、わたしは思う。賢治その人こそが、一本木の野原を訪ねたおりに、その風景のなかに満ちあふれている霊魂の声や囁きに耳を傾け、ある啓示を受け取ったのである。その啓示こそが「土神ときつね」を産んだのだ、とわたしは想像する。

三　象のかたちの丘のほとりで

象の頭のかたちをした丘は、すくなくとも賢治の三つの作品に登場する。この象がいったい、なにを象徴的に表わしているのか、いや、たんに象の頭という形状からの連想にすぎないのか、にわかには判断がつかない。『遠野物語』には、象坪という家、象坪山、「象を埋めし場所なり」と伝えられる森などが登場するが、「地元の人々にも象にまつわる伝承はない」（遠野常民大学編著『注釈 遠野物語』筑摩書房、一九九七年、一二三〜一二四頁）という。象という形象はいったい、どれほどのリアリティをもって思い浮かべられたものか。柳田国男は象頭神との関わりを示唆していたが、曖昧なものでしかない。

さて、まず「若い木霊」を取りあげてみる。若い木霊が「もう春だぞ、出て来いよ」と呼びかけて歩く、ただそれだけの話といっていい。その、雪国の春を迎える歓びが生き生きとはずむように描かれるなかに、いくつかの丘が姿を見せる。早春の低い丘の連なる風景がスケッチされている。

はじめに、若い木霊は「明るい枯草の丘」を歩いている。丘の窪みや皺には、消え残りの雪が真っ白に輝いていた。丘の蔭には、六本の柏の木が立っている。柏の木はしんとして起きないので、木の下の枯れ草を四つだけ結びあわせて、シルシにする。丘を下ってゆくと、窪地があり、ヒキガエルに出会った。次の丘には、あちこち輝くヤドリギのまりをつけて、栗の木が立っていた。栗の木も眠ったままだ。カタクリの花が咲く窪地を過ぎて、右手の「象の頭のかたちをした灌木の丘」からのだらだら下りをすこし越えて、また窪地になる。桜草が咲いている。向こうの丘のうえを、一匹の鴇（とき）という鳥が陽光をさえぎるように飛んでゆく。若い木霊がまっしぐらに丘を駈けのぼり、頂上に立つと、鳥は丘のはざまの蘆のなかに落ちていった。その後を追いかける。前の栗の木の丘にもどり、黄金色のヤドリギのまりが「さよなら」という。ともあれ、ここには、六本の柏の木が蔭のほうに立っている枯れ草の丘、栗の木がヤドリギのまりをつけて立っている丘、そして、象の頭のかたちをした丘が、次から次へと姿を現わすのである。

あるいは、「ひかりの素足」には、この象のかたちの丘が以下のように描かれている。幼い兄弟が深い雪に覆われた峠を越えて、家路を急いでいる。

　みちはいつか谷川からはなれて大きな象のやうな形の丘の中腹をまはりはじめました。栗の木が何本か立って枯れた乾いた葉をいっぱい着け、鳥がちょんちょんと鳴いてうしろの方へ飛んで行きました。そして日の光がなんだか少しうすくなり雪がいままでより暗くそして却って強く光って来ました。

おそらく、「若い木霊」に登場していた、象の頭のかたちをした灌木の丘と同じ丘であったにちがいない。そこでは、すこしだけ季節が巡り、雪はすでに消え残り程度になっている。「ひかりの素足」は厳寒の季節で、雪は深い。どちらも、道は丘を越えてゆくことなく、中腹を回りこむコースが選ばれている。栗の木が何本か立っており、鳥が鳴いて後方へと飛んでゆく。かすかな陽射しの変化が兆(きざ)している。

それから間もなく、こんな場面となる。

「疲(こは)いが。」一郎もはあはあしながら云ひました。来た方を見ると路は一すぢずうっと細くついて人も馬ももう丘のかげになって見えませんでした。いちめんまっ白な雪、(それは大へんくらく沈んで見えました。空がすっかり白い雲でふさがり太陽も大きな銀の盤のやうにくもって光ってゐたのです)がなだらかに起伏しそのところどころに茶いろの栗や柏の木が三本四本づつちらばってゐるだけじつにしぃんとして何ともいへないさびしいのでした。けれども楢夫はその丘の自分たちの頭の上からまっすぐに向ふへかけおりて行く一疋の鷹を見たとき高く叫びました。

「しっ、鳥だ。しゅう。」

大きな象のようなかたちの丘のうえを、一疋の鷹が駈け下りてゆく。その鷹には、やがて訪れる少年の死を予感させるような不吉な印象がからみつく。象の丘を回りこむ道筋にも、鳥が鳴いて過ぎていった。鳥は死者の霊魂を運んでゆく、天と地とを繋ぐ生き物である。それから時をおかずに、小さな乾いた粉雪が、兄弟のうえから落ちてくる。巻き戻すことのできない白い時間が流れはじめる。ここでの象のかたちの丘の周囲には、なにか生から死への転換点のような印象が拭いがたくつきまとう気がする。

いまひとつ、「水仙月の四日」にも、やはり象のかたちをした丘が見える。

雪童子(わらす)は、風のやうに象の形の丘にのぼりました。雪には風で介殻(かひがら)のやうなかたがつき、その頂には、一本の大きな栗の木が、美しい黄金(きん)いろのやどりぎのまりをつけて立つてゐました。
「とつといで。」雪童子が丘をのぼりながら云ひますと、一疋の雪狼(おいの)は、主人の小さな歯のちらつと光るのを見るや、ごむまりのやうにいきなり木にはねあがつて、その赤い実のついた小さな枝を、がちがち噛(か)じりました。

雪童子には歩く道はどうでもいい。一郎と楢夫の兄弟が丘の中腹の道を回りこんだのにたいして、雪童子は象のかたちの丘のいただきへと風のように駈けのぼる。そこに、黄金色のヤドリギのまりをつけた大きな栗の木が立っていたのだ。雪狼が命じられて、赤い実のついたヤドリギの枝をかじると、枝は青い皮と黄色の芯とをちぎられ、雪童子の足下に落とされる。雪童子はそれを、山裾のほそい雪道（……象のかたちの丘の中腹を回りこむ道であったか）を急ぐ赤毛布(あかけっと)の子どもに投げつけるのだ。雪狼に無惨にかじられたヤドリギには、それでもなお、子どもの命を守るだけの呪力は残されていたのか。

ここで、古代のドルイド教徒が、ヤドリギが寄生しているオーク（樫）の木を神聖なものと見なし、オークの森を聖なる森として選び、聖なる儀式にはかならずオークの葉を用いたことを想起してみるのもいい。[*3]これについて、鶴岡真弓は以下のように述べている。すなわち、ヤドリギは「古代ケルト人が信仰した聖なる植物」であって、「ドルイドが黄金の鎌で切り落とす象徴的万能薬であるという伝承」から、もっとも「ケルト的なシンボル」であった、という。そして、賢治その人が、『金枝篇』やプリニウスの博物誌などの文献に触れていなかったとしても、「同時代人としてなんらかのヒントを得た可能性がある」ことが指摘されていた（鶴岡真弓「ケルト神話と賢治のやどり木」『宮澤賢治イーハトヴ学事典』弘文堂、二〇一〇年、二五七頁）。あるいは、原子朗は作品のなかのヤドリギをいくつか例示しながら、「賢治はあきらかにやどりぎにまつわる西欧の魔よけや太陽信仰などの宗教的儀礼の意味を知っていた」と述べている（前掲『定本 宮澤賢治語彙辞典』七二七頁）。

象の丘のいただきに立つ、ヤドリギをつけた栗の木はむろん、生命の樹である。東北のブナの森では、はるかなケルトの森において、ヤドリギが寄生するオークがになっていた聖なる役割は、栗の木に託されていたということか。ヤドリギは再生や繁殖の力を抱いて、天と地とを繋ぐ聖なる樹であった。雪狼によって栗の木からもぎ取られたヤドリギの枝は、雪童子を通じて子どもに投げ与えられるが、それは生命力の象徴そのものであり、子どもの生死を左右することになるのは当然であった。くりかえすが、この象の丘に立つ栗の木には、人間の生や死を支配する生命の樹の面影が濃密なまでに感じられる。

三編の童話作品に描かれていた象のかたちをした丘、そこに立つ栗の木とヤドリギについて、エリアーデの著作に拠りながら、その生命の樹としての面影を掘り起こしてきた。そこには、生と死をめぐる情景が鮮やかに描きだされている。象の丘がどうやら、いただきの野原から遠くを眺望するのではなく、中腹あたりから仰ぎ見るものであったらしいことは、おそらく偶然ではない。それは天界に近く、若い木霊や鳥たち、雪童子だけが行き交うことを許された聖所であったにちがいない。象のかたちをした丘は、とりわけ神聖さの度合いが強い特別な丘だったのではないか、と想像を巡らしている。

四　生け贄と裁きと葬送の丘

丘と樹木のある風景を、さらに拾っておく。

たとえば、「タネリはたしかにいちにち噛んでゐたやうだった」には、いくつかの丘が次々に登場する。異稿と思われる「若い木霊」と重なりながら、しかし、象の頭のかたちをした丘は姿を消している。村の子どもであるタネリによる、早春の丘めぐりの彷徨といったところか。

雪はまだ、あちこちのわずかな窪みや、「向ふの丘の四本の柏の木」の下に、まだらに残っている。タネリが枯れ草を踏んでゆくと、四本の柏の木が立っていて、冷たい風に去年の赤い枯れた葉がざらざら鳴る。丘のうしろの湿地では、ヒキガエルに驚かされて、走って逃げると、すぐ眼の前に、「四本の栗が立ってゐて、その一本の梢には、黄金(きん)いろをした、やどり木の立派なまりがついて」いたのだった。それから、向こうの丘のうえを、一疋の大きな白い鳥が日をさえぎって飛び立った。タネリはその鴇(とき)を追って、まっしぐらに丘を駈けのぼる。森の前で、「顔の大きな犬神みたいなもの」に遭遇し、タネリは一目散に逃げだして、稲妻のように丘を四つ越えると、そこに四本の栗の木が立っていて、その一本の梢にはヤドリギのまりがついていたのである。

この「タネリはたしかにいちにち噛んでゐたやうだった」という作品のなかで、奇妙にねじれた余韻が残る一節がある。タネリが即興の歌を仲立ちにして、ヤドリギとつかの間の出会いとすれ違いを果たす場面である。

「栗の木　死んだ、何して死んだ、
子どもにあたまを食はれて死んだ。」

すると上の方で、やどりぎが、ちらっと笑ったやうでした。タネリは、面白がって節をつけてまた叫びました。

「栗の木食って　栗の木死んで
かけすが食って　子どもが死んで
夜鷹が食って　かけすが死んで

鷹は高くへ飛んでった。」

やどりぎが、上でべそをかいたやうなので、タネリは高く笑ひました。けれども、その笑ひ声が、潰れたやうに丘へひびいて、それから遠くへ消えたとき、タネリは、しょんぼりしてしまひました。そしてさびしさうに、また藤の蔓を一つまみとって、にちゃにちゃと噛みはじめました。

不思議な歌だと感じながら、とりたてて関心を掻き立てられることもなく、立ち止まらずにきた。しかし、この変奏が見いだされる「若い木霊」と読み比べているうちに、あることに気づかされた。栗の木とヤドリギがひっそりと交わしている共生関係が、ここには主題化されているのではないか、と。うかつにも気づかずにいただけのことだ。

描かれているのは、ひたすらヤドリギの黄金色のまりをつけた栗の木であった。ブナ・ミズナラ・栗などに寄生するヤドリギは常緑であり、「親の木が枯れても緑を際立たせ球形の淡黄色の実がみずみずしい」という、鶴岡真弓の言葉に端緒をもらった（前掲「ケルト神話と賢治のやどり木」二五七頁）。だから、冬枯れの森のなかで、ヤドリギがひときわ目立つのである。栗は落葉高木であるから、冬を迎えれば葉を落として眠りにつく。常緑低木のヤドリギは、宿主の枝にしっかり食いこんで、こんもりと丸く茂ったままに冬を越えるのだ。その対比がじつに鮮やかである。

それゆえ、「栗の木　死んだ、何して死んだ、／子どもにあたまを食はれて死んだ」というのは、タネリによるヤドリギへの挑発である。親である栗の木は、子どものヤドリギに食われて死んだ、と脅かしているのだ。ヤドリギはちらっと笑って、受け流そうとする。眠っているだけだから、と。それを、タネリが面白がって追撃する。今度は節までつけてある。「栗の木食って　栗の木死んで／かけすが食って　子どもが死んで／夜鷹が食って　かけすが死んで／鷹は高くへ飛んでった」という、呪文のような歌だ。たとえばそれを、ヤドリギが栗の木を食って、親の栗の木が死んだ／そのヤドリギをカケスが食って、子のヤドリギが死んだ／そのカケスを夜鷹が食って、カケスが死んだ／(やがて、その夜鷹を食って、)鷹は空高く飛んでいった、と読み砕いてみようか。すると、そこには食う／食われる関係を軸とした生命の連鎖が物語られていたことが見えてくる。まさに、宮沢賢治的なテーマであった。それを聞いて、ヤドリギは「べそをかいた」ようなので、タネリは高く笑う。しかし、その笑い声が遠くへ消えてゆくと、タネリもまた、しょんぼりと寂しくなるのである。

北国の長い冬の眠りから、いま目覚めようとしている丘の樹々や草やヒキガエルや鳥の姿が、タネリの彷徨とともにスケッチされていた。丘という場所が、生きとし生けるものたちのつかの間の眠りと目覚めの、それゆえに死と再生の現場であったことが、鮮やかに示されている。そこに立っている柏の木や栗の木は、やはり生命の樹であったにちがいない。

生命の樹としての柏の木は、たとえば「かしはばやしの夜」には、柏の木大王という名前で、大小とりまぜて一九本の手と一本の太い脚をもつ姿で描かれている。「狼森（オイノもり）と笊森（ざるもり）、盗森（ぬすともり）」にも、笊森の奥まったあたりに、一本の古い柏の木があって、その下には木の枝で編んだ大きな笊が伏せてあり、なくなった九つの農具が置かれ、その真ん中に「黄金色の目をした、顔のまつかな山男」が隠れていたのだった。「種山ヶ原の夜」では、炭焼きの青年の夢のなかに木霊たちが現われるが、楢樹霊や樺樹霊と並んで柏樹霊が見いだされる。青年は木霊たちと奇妙な対話を交わすのであるが、そこにも生命の樹のテーマの変奏が見いだされるといっていい。

くりかえすが、賢治の作品世界においては、栗の木が『金枝篇』のオークの木に匹敵するような、聖なる樹木としての役割を与えられている。『定本 宮澤賢治語彙辞典』の「栗」の項目にも、たくさんの事例が引かれ、そこに「樹木信仰と、風や大気が渦を巻く世界の中心としての、いわば宇宙樹的なイメージ」が沈められていたことが指摘されている（二一七頁）。

たとえば、「さるのこしかけ」では、楢夫が夕方、「裏の大きな栗の木」の下にゆくと、その幹には白いキノコが三つできている。このキノコもまた、ときに生命力の象徴となる。生命の樹はキノコやヤドリギを身にまとうことで、さらに神聖の度合いを高めるのだ。ここに「裏の」とあるが、物語の終わりには、それが楢夫の「うちの前の草原」であり、そこに栗の木があることが明かされている。

キノコはサルノコシカケであった。だから、キノコのうえには、ひょっこり三疋の小猿が現われて腰掛けるのである。その小猿たちに誘われて、楢夫は栗の木の根元の四角い入口から、栗の木のなかに入ってゆく。栗の木のなかには、小さな電燈やはしご段があり、どこまでも上へ上へとのぼってゆき、突然、「眩しいひるまの草原」のなかに飛びだしている。そこは「林に囲まれた小さな明地」であった。種山ヶ原だと小猿の大将に教えられる。いつの間にか、小猿たちが演習と称して、楢夫のからだを小さな綱できりきり縛ってから、みなで集まって肩車で塔のような、林のようなもの（たとえば、祭壇のような……）をつくり、その高みへと引っぱりあげた。下では、「落せっ。」「わあ。」という喚声が起こる。それから、小猿たちは散り散りに四方に別れて、「林のへりにならんで草原をかこみ」、楢夫が地べたに落ちてくるのを眺めようとしている。それを危ういところで、「茶色のばさばさの髪と巨きな赤い顔」の山男によって助けられるのだ。うちの前の草原に降ろされると、栗の木があって、たしかに三つのサルノコシカケがついていた。すでに夜になっていた。

ひと幕物の芝居か、幻覚であったか。サルノコシカケをつけた栗の木は「まるで煙突のやうなもの」で、異界へとのぼってゆくためのはしご段がついている。この煙突がまさしく、たとえばサンタクロースのような訪れ人が、天界と地上の家とを往き来する通路であったことを想い起こすことにしよう。エリアーデのこんな言葉を添えておくのもいい。すなわち、住居の真ん中にある柱は宇宙軸と同一視されるが、その柱のもつ神話的・宗教的な機能は、小屋においては「煙出しの上方の開口部が引受けている」（「聖なる空間と時間」）と。ともあれ、このとき、栗の木もまた、日常と非日常とを、現世と異界とを繋ぐ垂直方向の架け橋であった、ということだ。

そして、いきなり連れ出されたのが種山ヶ原であり、そこが林に囲まれた小さな空き地であったことは、けっして偶然ではない。これもまた、丘をめぐる原風景のひと齣である。楢夫はそれと知らずに、小猿たちによって執り行なわれる、生け贄の祭りの庭に招き寄せられていたのではなかったか。むろん、哀れな生け贄として……。その祝祭のステージが種山ヶ原という、林に囲まれた草の丘であったわけだ。小猿たちが散り散りに林の縁にならんで、草原を囲んでいたのは、それが桟敷席であったからである。森のなかのひらけた丘のうえに神楽殿がある、というイメージがより鮮明に像を結んだといえるかもしれない。

ところで、「風の又三郎」のたいせつな舞台のひとつとされる「上の野原」は、やはり種山ヶ原であったという。

ほんたうにそこはもう上の野原の入口で、きれいに刈られた草の中に一本の巨きな栗の木が立ってその幹の根もとの所がまっ黒に焦げて巨きな洞(ほら)のやうになり、その枝には古い縄や、切れたわらぢなどがつるしてありました。

あきらかに、古い縄や草鞋を吊り下げられた栗の巨木は、信仰の対象であり、生命の樹の面影が射している。この上の野原の入口にあって、境界標識ともなっている大きな栗の木ばかりではない。上の野原にはそこかしこに、栗の木が宗教的なモニュメントのように立っているのだ。「大きなてっぺんの焼けた栗の木」のかたわらで、嘉助はガラスのマントを着た又三郎に出会っている。また、「半分に焼けた大きな栗の木の根もとに、草で作った小さな囲ひがあって、チョロチョロ赤い火が燃えてゐました」とあり、盆の迎え火のような、火祭りかなにかの舞台であったのかもしれない。あるいは、「はるかな西の碧(あお)い野原は、今泣きやんだやうにまぶしく笑ひ、向ふの栗の木は、青い後光を放ちました」ともあり、この青い後光を放つ栗の木が神(かむ)さびた聖樹であったことは、とりあえず否定することができない。

それにしても、上の野原の入口にあり、わざわざきれいに草を刈って浄められた祭場に立つ、あの巨きな栗の木はとりわけ、天と地とを繋ぐ世界樹か世界の柱のように思われる。上の野原の栗の木たちがどれもこれも、どこかしら焼け焦げているのは、落雷を受けた痕であろう。おそらく、これらの栗の木の群れは、雷神の憩う神木であったにちがいない。天界と地上とを結んでいたのである。劇の「種山ヶ原の夜」において、青年と樹霊たちとの語らいの庭が、いわば「どんどはれ」となるのが、「お雷神(なりがみ)さん」の出現とともにであったことを思いだす。種山ヶ原と栗の木と雷神の関係には、じつに深い由緒が秘められていることは、疑いようもない。

さて、「どんぐりと山猫」では、山猫によるどんぐり裁判について、その舞台が以下のように明かされている。

> 一郎がすこし行きましたら、谷川にそつたみちは、もう細くなつて消えてしまひました。そして谷川の南の、まつ黒な榧(かや)の木の森の方へ、あたらしいちいさなみちがついてゐました。一郎はそのみちをのぼつて行きました。榧の枝はまつくろに重なりあつて、青ぞらは一きれも見えず、みちは大へん急な坂になりました。一郎が顔をまつかにして、汗をぽとぽとおとしなが

ら、その坂をのぼりますと、にはかにぱつと明るくなつて、眼がちくつとしました。そこはうつくしい黄金（きん）いろの草地で、草は風にざわざわ鳴り、まはりは立派なオリーヴいろのかやの木のもりでかこまれてありました。

「さるのこしかけ」のなかの、生け贄の祭りの舞台となった、林に囲まれた小さな空き地を思いださねばならない。「文語詩未定稿」の一編である「丘」の冒頭の一行、「森の上のこの神楽殿」の背後には松の風が吹いているが、きっと松の林に囲まれていたにちがいない。あるいは、「丘にたてがみのごとく／ひのきたちならべる」といった、「補遺詩篇」に収められた二行詩「〔丘にたてがみのごとく〕」が示唆しているのも、ヒノキの林がタテガミ（竪紙・立て髪・鬣）のように囲んでいる丘の姿であったかもしれない。賢治のなかには揺るがぬイメージが胚胎されてあったのだ。「どんぐりと山猫」では、山猫が主宰する裁判の舞台が、まわりを真っ黒な榧の木の森によって囲まれた「うつくしい黄金いろの草地」である。そこが神聖なる裁きの庭のステージとなったのだ。丘のうえの広場ではなかったか。ドングリたちのてんでに騒ぎたてる声が谺（こだま）している。
あるいは、「なめとこ山の熊」の最後の場面にも、もうひとつの丘が姿を見せる。

　とにかくそれから三日目の晩だった。まるで氷の玉のやうな月がそらにかかってゐた。雪は青白く明るく水は燐光をあげた。すばるや参（しん）の星が緑や橙にちらちらして呼吸をするやうに見えた。

その栗の木と白い雪の峯々にかこまれた山の上の平らに黒い大きなものがたくさん環になって集って各々黒い影を置き回々教徒の祈るときのやうにじっと雪にひれふしたまゝいつまでもいつまでも動かなかった。そしてその雪と月のあかりで見るといちばん高いところに小十郎の死骸が半分座ったやうになって置かれてゐた。

思ひなしかその死んで凍えてしまった小十郎の顔はまるで生きてるときのやうに冴え冴えして何か笑ってゐるやうにさへ見えたのだ。ほんたうにそれらの大きな黒いものは参の星が天のまん中に来てももっと西へ傾いてもじっと化石したやうにうごかなかった。


猟師の小十郎が熊に殺されてから数えて、三日目の晩である。月やスバル、参の星（オリオン座の三つ星）や満天の星に照らされながら、「栗の木と白い雪の峯々にかこまれた山の上の平ら」に、つまり雪の丘のうえに、黒い熊たちの影が環になって、イスラム教徒が祈るようにひれ伏している。そして、丘のいちばん高いところに、小十郎の死骸が半分座ったように置かれてある。天界への捧げ物が供えられる祭壇である。ヘブライ人が供物をささげる場所は、「すべて高い丘の上と、すべての青木の下」であった、というエレミヤ書の言葉を思いだしておくのもいい。栗の木は一本ではなく、山のうえの平らな丘を囲むように何本か立っていたのではなかったか。そこは天上世界とこの地上とを、あの世とこの世とを繋ぐ聖なる場所であり、それゆえに、熊たちが猟師をあの世に送るための葬送の場となったのだ。

さて、最後に取りあげておきたいのは、「銀河鉄道の夜」である。その「五、天気輪の柱」には、以下のように丘の風景が語られている。

> 牧場のうしろはゆるい丘になって、その黒い平らな頂上は、北の大熊星(おほぐまぼし)の下に、ぼんやりふだんよりも低く連って見えました。
>
> ジョバンニは、もう露の降りかかった小さな林のこみちを、どんどんのぼって行きました。まっくらな草や、いろいろな形に見えるやぶのしげみの間を、その小さなみちが、一すぢ白く星あかりに照らしだされてあったのです。〔……〕
>
> そのまっ黒な、松や楢の林を越えると、俄(には)かにがらんと空がひらけて、天の川がしらしらと南から北へ亙(わた)ってゐるのが見え、また頂の、天気輪の柱も見わけられたのでした。つりがねさうか野ぎくかの花が、そこらいちめんに、夢の中からでも薫りだしたといふやうに咲き、鳥が一疋、丘の上を鳴き続けながら通って行きました。

この場面は、先に引いた「どんぐりと山猫」の、一郎が榧の木の森に囲まれた草の丘にたどり着く場面と、ひそかに響きあっているように感じられる。草や茂みのあいだに、「ちひさなみち」／「小さな林のこみち」があり、少年は「まつ黒な榧の木の森」／「まっ黒な、松や楢の林」を越えてゆく。

やがて、暗い坂道を抜けると、「にはかにぱつと明るくなつて」／「俄かにがらんと空がひらけて」、草の丘のいただきにたどり着くのである。丘という名の聖所は、はるかな山の高みにある異界ではなく、資格や条件が整いさえすれば、日常の暮らしの場から地続きに訪ねてゆくことが可能な異界であり、さらに遠い異界や他界への通路のとば口でもあったことが、ここには示されていたかと思う。

ここで、松田司郎が『宮沢賢治の深層世界』（洋々社、一九九八年）の「第三部　銀河鉄道の彼方へ――ジョバンニのみた夢」のなかで示している、すぐれた考察に触れておきたい。そこには、「丘の頂きに立つ木が異界への侵入の重要なオブジェとなる作品は多い」という指摘が見いだされる。そして、「水仙月の四日」「ひかりの素足」「風の又三郎」とともに「銀河鉄道の夜」に見られる丘のうえの木の表象をめぐって、「少年たちの体の芯に芽生えてきたエロス（性）の洗礼」という独特の視点から論究がなされている。「天気輪の柱」についても、あるいは十字架についても、豊かな示唆を受けてきた。これを、わたし自身の序章として、いずれきちんとした応答を試みてみたいと思う。

さて、ひとまず論を閉じなければならない。「天気輪の柱」が唐突に、しかし、きわめて象徴的なかたちで登場していることに、幾度となく衝撃を受けてきた。それがいかなる象徴的な意味を抱いているのかは、いまは問わずにおく。牧場の背後にあるゆるやかな丘、その黒い平らな頂きに、天気輪の柱が立っているのである。そこはまた、北の大熊星の下でもあった。ツリガネソウか野菊の花が一面に咲いている。鳥が一疋、丘のうえを鳴きながら通ってゆく。星や草や鳥、それらがどれも、賢治の描く丘の風景に見いだされる定型的な景物であったことは、あらためて指摘するまでもあるまい。

いずれであれ、天気輪の柱もまた、生命の樹のひとつ、すくなくとも変奏のひとつではあった。松田はすでに、「イエスのゴルゴタの丘での十字架上の死」に言及していた。わたしはエリアーデの言葉を想起せざるをえない。すなわち、キリスト教徒にとって、「ゴルゴタの丘は世界の中心に位置する」(「聖なる空間と時間」)といい、キリスト教の図像では、「十字架はしばしば生命の木として表現されている」(「豊穣と再生」)という。あるいは、「オリエント伝説では、十字架は人の魂が神のところに昇っていくための橋もしくは梯子である。十字架は「世界の中心」に立っているので、そこは天と地と地下の通路である」(「豊穣と再生」)ともいう。注釈はしない。生け贄と裁きと葬送の丘は避けがたく、ゴルゴタの丘へと通じているにちがいない、とだけ書きつけておく。

＊1 「聖なる空間と時間」(『エリアーデ著作集』第三巻、久米博訳、せりか書房、一九七四年)、「豊穣と再生」(『エリアーデ著作集』第二巻、久米博訳、せりか書房、一九七四年)。

＊2 ミルチャ・エリアーデ原案『世界宗教史』七(奥山倫明・木塚隆志・深澤英隆訳、ちくま学芸文庫、二〇〇〇年)一九三頁。

＊3 ジェームズ・フレイザー『図説 金枝篇』(内田昭一郎・吉岡晶子訳、東京書籍、一九九四年)三五一頁。

物見山山頂から種山高原（水沢方向）を望む（岡村民夫撮影）

コラム①

種山ヶ原

平澤信一

北上山地南西部に広がる標高六〇〇から八五〇メートルのなだらかな隆起準平原。江刺市、遠野市、気仙郡の境界地域にある、物見山（八七〇メートル）を中心とした高原として知られてきた。江戸時代から放牧地として利用されていたという。東西一一キロメートル、南北二〇キロメートルにも及ぶ平原状の山で、物見山・大森山・立石などを総称して「種山高原」とも呼ばれている。一九六二（昭和三七）年に高原の一角、立石近くに建てられた詩碑に刻まれているのは、戯曲「種山ヶ原の夜」の中で使われている「種山ヶ原の雲の中で刈った草は……」で始まる詩「牧歌」だ。

一九九四（平成六）年五月、種山頂上に向かう道路沿いにコテージやオートキャンプ場などを備えたアウトドア施設「種山高原・星座の森」がオープンした。施設の中央にあるコミュニティー広場には、賢治を愛する市民有志によって「風の又三郎像」（日本芸術院会員・中村晋也作）が建てられた。

一九一七（大正六）年の稗貫（ひえぬき）農学校での地質調査旅行で訪れて以来、賢治にとってこの場所は想像力の源のひとつで、この土地から童話「種山ヶ原」、戯曲「種山ヶ原の夜」、少年小説「風の又三郎」などが生まれた。

「種山ヶ原の夜」は深夜、樹霊たちと言葉を交わす物語であり、「かしはばやしの夜」を連想させる。

「種山ヶ原」は、祖父と兄の弁当を届けようと出かけた主人公の達二が、牛を追ううちに霧が立ち籠めた草原に迷い込んでしまい、剣舞や九月の教室、女の子、山男の幻覚を垣間見る話。死の淵をみる物語でもある。一見、村童スケッチ風なこの作品の題名「種山ヶ原」が、当初は「霧穂ヶ原」であり、「北上」は「雲冴」、「種山剣舞連」が「猪手剣舞連」であって、「霧穂ヶ原は昔は、北の方の鹿の集まり場所でした。今でも、人は一人も住んで居りません。岩手県の地図をひろげて、霧穂ヶ原をさがすのは、どうかやめて下さい。野原や山がみんな地図にあると思ったら大ちがひです」とあることは、「種山ヶ原」が単なるリアリズムの作品でないことを証している。

種山高原・星座の森に建つ「風の又三郎像」（岡村民夫撮影）

　賢治は、ここを訪れた時の印象を「海の縞のやうに幾層ながれる山稜と／しづかにしづかにふくらみ沈む天末線／あゝ何もかもうみんな透明だ／雲が風と水と虚空と光と核の塵とでなりたつときに／風も水も地殻もまた私もそれと等しく組成され／じつにわたくしは水や風やそれらの核の一部で／それをわたくしが感ずることは／水や光や風ぜんたいがわたくしなのだ」（詩「種山ヶ原」パート三）と記している。いまでは宮沢賢治ゆかりの景勝地「イーハトーブの風景地」として国の名勝に指定されている。

賢治の想像力の源泉であった種山高原（岩手県観光協会提供）
この場所から「風の又三郎」をはじめ、多くの作品が生まれた

2

〈上の野原〉と〈さいかち淵〉

「風の又三郎」における場所について

吉田文憲

一　〈上の野原〉の位置

「風の又三郎」の、物語の重要な舞台である〈上の野原〉と〈さいかち淵〉の位置関係は、どうなっているのだろうか。

そのことが前から気になっていた。

「風の又三郎」には二つのクライマックスがある。

その一つが、「九月四日」の舞台になる〈上の野原〉だ。もう一つが、子どもたちが物語にとっては危険な（このことについては、あとでのべるが）鬼っ子遊びをする「九月八日」の舞台である〈さいかち淵〉だ。

〈上の野原〉には、物語の主要人物の一人、分校でただ一人の六年生一郎の兄の働く「競馬に出る」馬の放牧場がある。物語を注意深く読むと、その牧場は分校の背後の草の山の、さらにその上方に拡がっているような印象をうける。

冒頭の、谷川の岸にある小学校のロケーションを説明する場面に、

> すぐうしろは栗の木のあるきれいな草の山でしたし　（傍点筆者、以下同）

とある。「すぐうしろ」とは分校のうしろのことだが、〈上の野原〉は、この学校のすぐうしろの「きれいな草の山」の背後に隠されて在り、さらにそれはそのはるか上方に拡がっているというのが、この物語をくり返し読んだわたしの印象である。これはこういういい方をしてみてもいい。それはどこかこの世ならぬ天上の野原のようなかなたの印象さえうける、と。[*1] この「隠されて在る」は、だから人はたとえばそこへ行こうと思えばいつでも行くことができるが、一方でそこはときに人には見えない、もしかしたら誰も行くことのできない場所なのだ、と。[*2]

「きれいな草の山」は本当にきれいな場所なのだろうか。これは奇妙な問いだろうか。賢治作品の「きれいな」は、ときに「ざしき童子（ぼっこ）のはなし」の渡し舟にちょこんと坐ったあの「きれいな子ども」のように、どこか人間ばなれをしていて、神の領域に属するもの、妖精のような無気味な気配がまとわりついている。「風の又三郎」の冒頭にも、この「きれいな」や「さはやかな」、さらには「ごぼごぼつめたい水を噴く岩穴」の「つめたい」など、学校の建っている場所、あるいは冒頭の場面全体にはなにかしらこの世ならぬ世界からの聖なる光が降りそそいでいる。それはたしかに物語のはじまりにふさわしい清浄で「さはやかな」朝の光景を描いてはいる。けれど、そのすぐあとに、

　青ぞらで風がどうと鳴り

という文章が続き、このさわやかな物語のはじまりの光景にふさわしい朝の青空の高みで、はやく

も「どう」という物語にとっては主調低音のような幾重にも不吉な不協和音が鳴り響いているのである。

この「どう」は、むろん、物語冒頭の、

どっどど　どどうど　どどうど　どどう、

の「ど」の音に強く呼応している。あるいはこの音は、空の高みの「どう」の音が呼び寄せた音といってもいいだろう。

おそらくは私たちの耳、その可聴範囲では捉えきれないし聞こえないかもしれないが、「風の又三郎」ではいつでもこの不吉な音が、地の底や空の高みといった低（高）層部で、物語の見えない部分＝隠されて在る潜在領域においてたえず鳴っている。「風の又三郎」という物語の核心は、物語の見えない部分、この潜在領域で鳴っている音にある、といってもいいほどだ。「風の又三郎」は物語の潜在領域のかなたから音が訪れてくる、あるいは音に化身したなにものかの音の訪れの物語だ。あるいはさらにこういってもいい。「きれいな草の山」の背後にも、この不吉な「ど」の音が鳴っている、と。

実際、「風の又三郎」の下敷になっている先行作品「風野又三郎」では、学校のうしろのこの「きれいな草の山」の栗の木の股（又）のところに、はじめて風の神さま、妖精の風の又三郎は出現する。一方「風の又三郎」ではそれはさわやかな朝の光の下に隠されている。あるいは先行作品から、それが又三郎と又三郎が降り立った木である痕跡を消して栗の木だけが残った。

その結果、書き手の目にも、この栗の木の周辺、あるいは栗の木の股には、姿は見えないけれども、風の神さま又三郎がいないけれどもいる、あたかも不在のゴーストのように気配としては残っている、あるいはオーラとして漂うことになったのではなかろうか。

不在のもののオーラとして残されたイマージュ。

あるいは不在において、見えないことによってたち顕れ動き出すイマージュの働き。

ともあれ、ここでは、学校の背後には栗の木のある「きれいな草の山」があり、〈上の野原〉はさらにその上方に拡がっていることを確認しておきたいのである。

二　〈上の野原〉の入口とモリブデン

ところでこの〈上の野原〉は、最初「九月一日」の新学期の先生の話のなかに出てくる。先生はこんなふうに話すのだ。「みなさんは朝から水泳ぎもできたし林の中で鷹にも負けないくらゐ高く叫んだりまた兄さんの草刈りについて上の野原へ行ったりしたでせう」、と。そのあとさらに、この夏休みのあいだにみなさんにお友達が一人ふえたといって、北海道からやってきたこの物語の主人公高田三郎を紹介するのである。そのとき、先生はこんないい方をする。

それはそこに居る高田さんです。その方のお父さんはこんど会社のご用で上の野原の入り口へおいでになってゐられるのです。

「そこに居る」にあえて傍点をふってみた。さらに「一人ふえた」にも。むろん、そこを強調したいためである。なぜか。

「風の又三郎」は「一人ふえる」物語であるといってみたい。あの「ざしき童子のはなし」の大道めぐりの遊びのように、「十人」の子どもが両手をつないで丸くなり、ぐるぐるぐるぐる座敷の中を回って遊んでいたら、「いつか十一人」になっていた。「ひとりも知らない顔がなく、ひとりもおんなじ顔がなく、それでもやっぱり、どう数えても十一人」いる。その一人ふえたのが、ざしき童子だというのである。

この「ざしき童子のはなし」は「風の又三郎」の原型的な作品である。

新学期の授業がはじまったとき、みんな「すっかりやすみの前のとおりだ」とは思う。けれどもじつはこのとき「どこから来たのか、まるで顔も知らないをかしな赤い髪の子供がひとり』ふえていたのである。

そのふえた一人、どこか無気味な男の子が「そこに居る」。

たしかにその子を先生はちゃんと「高田さん」と紹介した。そのちょっと風変わりな無気味な男の子に人間の名前が与えられた。名前が与えられることによって、この子の素性がはっきりした。

　だが本当にこの子の素性ははっきりしたのだろうか。

「そこに居る」にこだわれば、そこにいるのは本当は誰なのか。物語のなかでのこの問いは、そこに見えているのはいったい誰なのか、そういうかたちでたえずくり返される問いでもある。あるいはこの物語はそういう問いをつねに潜在させている。物語の冒頭のシーン、教室の窓ガラスのむこうにしんとした気配とともに坐っている男の子を見て、登校して来たみんなは驚いたり、とまどったりしてしまう。そしてそこにいきなり強い風が吹いてきて窓ガラスががたがた鳴っている間にその子がいなくなってしまうと、子どもたちは「あいつは風の又三郎だったな」「二百十日で来たのだな」などと話し合う。[*3] そしてなんとその直後に、こんどはその子とそっくり同じ姿をした男の子が先生に連れられて目の前に現れ、みんなに紹介されるのである。

　天沢退二郎は『謎解き・風の又三郎』（丸善、一九九一年）のなかで、ここにはなにかしら「不連続」なところがあるとのべている。すっかり同じ姿をした男の子が二度登場し、一度目はみんなはその子を風の又三郎だと思い、二度目に登場したときには先生から高田三郎君だといわれる。その二度の登場の間に、窓ガラスをガタガタ鳴らすほどの強い風が吹いてきて、その子が一度消えるという出来事が起こっている。そこにも時間的になにかしら「不連続」なものがある、と天沢はいうのである。これはもしかしたらそのときの分校の子どもたちの共通した思いでもあったのではなかろうか。

そしてその不思議な男の子のやってきた場所が私たちがこれから話題にしようとしている〈上の野原〉の入口だ、というのである。

その子が帰っていったあと、分校の子どもたちは先生とこんな会話を交す。これは読めば読むほど物語にとってじつに興味深い会話である。

「何の用で来たべ」と子どもたちの一人が尋ねる。すると先生は「上の野原の入口にモリブデンといふ鉱石ができるので、それをだんだん掘るやうにする為ださうです」と答える。突然出てきたモリブデンという言葉に留意しておこう。次に別の子どもが尋ねる。「どごらあだりだべな」。先生は、こんな子らに答える。「私もまだよくわかりませんが、いつもみなさんが馬をつれて行くみちから少し川下へ寄った方なやうです」。さらに会話は続く。「モリブデン何にするべな」。「それは鉄とまぜたり、薬をつくったりするのださうです」。

そして最後に、物語のなかでも重要な役割を果たす嘉助と佐太郎のこんなやりとりがある。

「そだら又三郎も掘るべが。」嘉助が云ひました。
「又三郎だなぃ、高田三郎だぢゃ。」佐太郎が云ひました。
「又三郎だ又三郎だ。」嘉助が顔をまっ赤にしてがん張りました。

「何の用で来たべ」、これはじつはこの物語の核心をなす問いではなかろうか。むろんここでは主に高田三郎の父に対してそう問うているのであるとしても、物語にとっては、いったい高田三郎は（その父子は）、いやあの不思議な男の子は、何の用で「ここ」へ来たのか、という問いになる。あるいはそういう問いを潜在させている。さらにそれは、作者は何のためにこんな男の子をここに登場させ、かつこんな物語を書いたのだろう、というこれもまた容易に答えられない問いにもなるだろう。「どごらあだりだべな」も含みのある問いである。これは表向きはモリブデンなる鉱物はどこらあたりに埋まっているかという問いである。そしてその近くに高田三郎父子の家があるならば、それはいったい〈上の野原〉の入口のどこらあたりだろうか、という問いにもなっている。物語では結局、高田三郎父子の家が描き出されることはない。それは最後までどこにあるのか（そしてどんな家なのかも含めて）謎のままである。この家の在りかをめぐる謎は意外に深く、高田三郎父子の正体をめぐるこの物語の謎と深く通底している。

ともあれ先生の説明からおぼろ気ながらわかることは、高田三郎の父は鉱山技師で、〈上の野原〉の入口にはモリブデンという鉱石が埋まっているところから、その調査あるいは試掘のために北海道の会社からこの村へやってきた、ということぐらいである。

「モリブデン何にするべな」。モリブデンというその音（音感の質）も含めて正体不明の物質。分校の子どもたちにとってそれはこのときはじめて聞く、はじめて耳にした言葉であろう。

事典等で調べてみれば、モリブデンはクロム族元素の一。単体としてよりも、それを加えた合金鋼として（まさに「鉄とまぜたり、薬をつくったりする」）高温強度・耐磨耗性などが増し、ステンレス鋼、高速度鋼として機械部品・工具鋼などに用いられるとある（『世界大百科事典』〔平凡社〕等を参照）。モリブデンはそれ自体としての性質よりも、合金化することによって強度を増し、いわば一種の触媒として、そのものの支持体として役立ち、消費される物質のようである。

このモリブデンの触媒的性質――すなわちそれが加わり作用することによってその対象が、あるいはその支持体が著しく強度が増したり、耐磨耗度が高まったり等変化するというこの鉱物の性質はなにほどか、あるいは微妙に「風の又三郎」という一人の男の子の正体をめぐる物語の謎と響き合うものがあるのではなかろうか。

さらにこういってもいい。

モリブデンというどこか正体不明の物質、地下に埋もれた物質、その名づけ難さは、そのままこの物語の高田三郎の正体をめぐる謎に見合っているのではなかろうか、と。

「風の又三郎」は結局、高田三郎の父が〈上の野原〉の入口あたりに埋まっているモリブデンという鉱石を掘りに来て、それを結局は掘らずにまた元いた場所に帰ってゆくわずか一二日間の物語、というふうにも要約できるだろう。

もしこのモリブデンが掘り出されていたらこの物語はどうなっていただろうか。それではこの物語は成立しなかったのではなかろうか。

どこか謎の物質モリブデンはついに地下に埋もれたままに残される。そして高田三郎父子は誰にもその姿を見られることなくこの村から去ってゆく。

だからこそこの物語の謎は謎のまま残されるのだ。ここにはそういう天上と地上の、そして地下に埋もれ（物語の背後に隠れ）たものの相互に照らし合う見えない照応関係があるのではないか。

謎の物質モリブデンは目に見えず依然として地下に埋もれている。そのことによって紛れもなくこの物語全体に放たれている妖しい磁力のようなものがある。あたかも〈上の野原〉の地下に眠る、その見えない磁力に引き寄せられるかのように空からここにやってきたものがいる。そういう天上と地上と地下を結ぶ隠れた物語のストーリーラインをここに作ってみることもけっして不可能ではない。

〈上の野原〉の地下に埋もれているモリブデンは、この物語の見えない強力な「支持体」＝「基底材」なのだといってもいいのではなかろうか。

三　先駆形態の「種山ヶ原」について

ところでわたしたちがこれまで「風の又三郎」の物語のなかの呼び名に従って〈上の野原〉と呼びならわしてきたこの場所は、北上山地南西部に拡がる種山ヶ原という高原がモデルであることはよく知られている。賢治には「種山ヶ原」という短歌や詩がある。また「種山ヶ原の夜」という戯曲もある。さらに一九二一（大正一〇）年頃に書かれた初期作品に「種山ヶ原」という童話がある。じつはこの初期童話「種山ヶ原」の草稿一八枚が「風の又三郎」の「九月四日」の章にその細部を巧みに書き換えながら組み込まれているのである。すなわち童話「種山ヶ原」は「風の又三郎」の「九月四日」の章の先駆形態なのである。

その童話「種山ヶ原」の冒頭近くに、次のような文章がある。

実にこの高原の続きこそは、東の海の側からと、西の方からとの風や湿気のお定まりのぶっつかり場所でしたから、雲や雨や雷や霧は、いつでももうすぐ起って来るのでした。

これは一見気象学の描写のようにもみえるが、ここに書かれていることはそれだけではない。ここに詩「種山ヶ原」の下書稿の次の一節を重ねれば、詩「小岩井農場」等に描かれた若き日の賢治のお気に入りの場所だったあの岩手山麓にもまして、この北上山地の中心をなす種山ヶ原一帯が賢治文学、あるいはその思索にとってじつに重要な場所だったということがわかるだろう。詩「種山ヶ原」下書稿先駆形Aのパート三末尾から引用する。

雲が風と水と虚空と光と核の塵とでなりたつときに
風も水も地殻もまたわたくしもそれとひとしく組成され
じつにわたくしは水や風やそれらの核の一部分で
それをわたくしが感ずることは

水や光や風ぜんたいがわたくしなのだ

「峠の上で雨雲に云ふ」という詩にふれて賢治研究者の大塚常樹は、作者は「雲を発情する巨大な水生動物と捉え」、「雨雲の巨大な生命力にうっとりと見とれている」とのべている（『コレクション現代詩』桜楓社、一九九〇年）。「種山ヶ原」下書稿では、雲は「風」と「水」と「虚空」と「光」と「核の塵」で成り立つとうたわれている。賢治はここで「雲」に循環する宇宙生命の息吹のようなものを感じている。たとえばここでの「核の塵」を有機分子の自発的な組成と相互作用によってこの地球に発生した原始的な生命体「生命の塵」に置き換えてもいいだろうか。それは賢治詩に頻出する元素的キーワード「微塵」や「モナド」という言葉が語ろうとするものでもあるだろう。

この詩では「それをわたくしが感ずる」（それに感応する）というところに詩想の力点があるように思われる。

この場合の「それ」というのは「わたくし」が「水や風やそれらの核の一部分」であるということ。「それ」を「わたくしが感ずる」ことにおいてそのまま「水や光や風ぜんたいがわたくしなのだ」ということ。その宇宙的モナドとの一体感。

ここでのべられていることはまた童話集『注文の多い料理店』序で「わたくし」が「風をたべ、桃いろのうつくしい朝の日光をのむ」のと同じことなのだといってもいい。そこに「わたくし」という感応体、宇宙的モナドとの一体感を生きる共鳴装置が存在しなければ、風や虹や月明かりからイーハトヴの物語をもらってくることはできない。イーハトヴの風や光が語る物語はそこに現出しない。

原子朗は『新宮澤賢治語彙辞典』（東京書籍、一九九九年）の「種山ヶ原」という項目のなかで、こんなことを書いている。種山ヶ原の「ダイナミックに急変する天候、風や雲の変幻自在な一大空間は彼の心象風景に呼応した」「賢治にとって種山高原はまさしく生命体としての宇宙との生動する交感の場なのであり、変動する風や雲や霧たちは宇宙生命の生きた言葉であり表情であった」。

種山ヶ原——この天空に向かってがらんと開かれた「風や湿気」の「ぶっつかり場所」は賢治文学の宇宙的モナドと化した妖しい文字、声、呼吸、心象の激しく渦巻く場所である。風に吹かれること、雨に打たれること、霧に巻かれること、それは宇宙の元素的息吹、モナド化した生命力を深く感じることと同義である。種山ヶ原を風に吹かれて「ほっほっう」と走り回る賢治の姿を想像する。

別のいい方をすれば、種山ヶ原は「このからだ」が「そらのみぢんにちらば」る（「春と修羅」）仮構された天上の場所なのだ。その天上のエロスが風に溶け込み、その踊る身体に溶け込む場所なのだ。

このように考えたとき、上の野原を舞台にもつ「風の又三郎」冒頭の、

どっどど　どどうど　どどうど　どどう、

というあの風は、風や雲や霧など宇宙的モナドの渦巻く場所である種山ヶ原の方から吹き下りてき

た、といってみることもできるだろう。この物語の胚種は、種山ヶ原にあった。そこが「風の又三郎」の物語の発生現場なのだ、と。

四　アジールとその外部

「風の又三郎」が、賢治の最晩年、一九三一〜一九三三（昭和六〜八）年にかけて、初期作品「風野又三郎」を下敷にそれを全面的に改変し、さらに童話「種山ヶ原」「さいかち淵」等を巧みに改作して組み入れ成立していることは、研究者の間ではよく知られている。

ここからは「風の又三郎」のもう一つの重要なトポスである〈さいかち淵〉について考えてみよう。〈さいかち淵〉は、北上川の支流豊沢川にモデルと見られる場所があった（岡村民夫「コラム②さいかち淵」参照）。さいかちはマメ科の落葉高木だが、そこには樹齢一〇〇年といわれるさいかちの巨樹が数本、北側の崖下に並び立ち、あたりいっぱいに枝を広げていたという。賢治も子どもの頃、この場所で水泳ぎなどをしたことがあったのだろうか。

ところで〈さいかち淵〉は「風の又三郎」では、「九月七日」「九月八日」の舞台になっている。これは先行テクスト「さいかち淵」の「八月十三日」「八月十四日」の章がそのまま「九月七日」「九月八日」に移行したものである。

ここには先行テクストの反映（照り返し）もあろうが、「風の又三郎」では九月に入ったというのに夏の暑さのぶり返したような日々がつづき、九月七日、この日の子どもたちは授業が済むとすぐに〈さいかち淵〉のある「川下の方へそろって〔水泳ぎに〕出掛け」る。このとき、嘉助が、又三郎を誘う。

さて、ここで問題になるのは「川下」である。ここで「川下」というのは学校の位置を基準にしての「川下」ということだろうか。すると、学校は、その上流（あるいは上方はるか）に〈上の野原〉が拡がり、その下流（下方）には〈さいかち淵〉という「淵」が口を開けているということになるだろうか。〈さいかち淵〉の「淵」というメルク・マールはあきらかに〈上の野原〉の最深部に隠されて在る「底知れずの谷」と呼応している。物語の舞台の学校の上と下に二つの無気味な「穴」が口を開けているのだ。それを図示すれば、次のようになるだろうか。

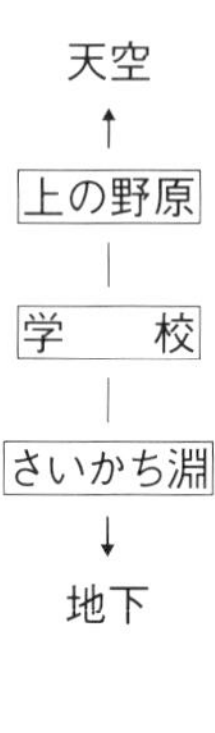

これが「風の又三郎」の構造化されたコスモロジーだとわたしはいってみたい。

このとき〈上の野原〉〈さいかち淵〉は物語にとっては異界であるということになるだろうか。天沢退二郎の言葉をかりれば、〈上の野原〉と〈さいかち淵〉は物語の「二つの極点」である。「極点」とは天沢の定義によれば一種の限界状況、そこから先へ行ったらもう戻りようのない、取り返しのつかない状態に移行する境界の時空、裂け目のような場所である（前掲書）。

するとその中間地帯にあるこの物語における「学校」とは、何か。

右の「極点」や限界状況という言葉を念頭におけば、逆にこの物語においては「学校」は一種のアジールだ、というういい方をしてみたい。アジール（asyl）とはアジト（asit）と同根の言葉で、犯罪者や奴隷など社会的弱者やその外部にいるものがその中へ逃げ込めば一時的にその存在が守られて在る場所、あるいは逮捕されることのない場所、秘密の隠れ家、聖域、保護区などをいう。ここで学校がアジールだというのは、そこには先生がいる、子どもたちを見守っている大人の眼がある、ともあれそこは子どもたちにとってはまがりなりにも身の安全を保障される場所、という意味である。けれどこの物語では子どもたちは授業が済むともう一散に〈上の野原〉や〈さいかち淵〉へ飛び出してゆく。異界へ、身を守るべき大人の眼が届かない危険な場所へ、いわばアジールの外へと駆け出してゆく。

〈上の野原〉や〈さいかち淵〉がこの物語のクライマックスをなす二つの舞台だというのは、このアジールの外＝異界が物語の舞台になるということでもある。アジールの外は子どもたちにとっては同時に誘惑の舞台である。別のいい方をして、これを、物語の子どもたちの行動の軌跡、物語の潜在的な欲望はたえず分校の子どもたちをアジールの外へと誘っているといってもいいだろう。〈上の野原〉の最深奥部には「底知れずの谷」が覗いているし、〈さいかち淵〉には子どもたちを水底へ引きずり込む「淵」がその口をあけている。すなわち谷川の岸のこの小学校はじつに危険な場所に建っているのである。

「九月七日」の章には、冒頭問題にしてきた〈上の野原〉と〈さいかち淵〉の位置関係を示唆する、次のような文章がある。

そこはこの前上の野原へ行ったところよりもも少し下流で右の方からも一つの谷川がはひって来て少し広い河原になりそのすぐ下流は巨きなさいかちの樹の生えた崖になってゐるのでした。

この条りを読むと、〈さいかち淵〉は「この前上の野原へ行ったところよりもも少し下流」とあるから、そこは学校のある場所からすこし上のようにも思えるがはっきりしない。ただここでは〈さいかち淵〉が〈上の野原〉との関係で、そこから「少し下流」にあるということが読み手に強く印象付けられるように書かれているように思える。すなわち〈上の野原〉と〈さいかち淵〉は物語の上方と下方に開けた二つの「穴」、二つの異界として、なにかしら深い照応関係をもつものとしてこの物語に組み込まれているように思われる。わたしは「風の又三郎」という物語は、実質的には「九月八日」で終わると思っているが、この「九月七日」の章には、その伏線とでもいうべきものがいたるところにちりばめられているのである。

そのことをここではすこし象徴的ないい方で書いてみよう。たとえば午後の授業の「うとうと」する眠くなるような時間。そしてくり返し出てくるねむの木。その惰性的な眠りを破る、子どもたちが水に飛び込むときの「どぶんどぶん」や「だぁんだぁん」というオノマトペ。それから川に仕掛けられた発破（ダイナマイト）のひどい爆音。

こうしていま「九月七日」を「眠り・発破」の章とわたしは名づけてみたい。それは物語の秩序を破壊する無気味な音である。

さらに象徴的なのは、

「あ、生洲、打壊（ぶっこは）すとこだぞ。」

という子どもたちのセリフであろう。発破で気絶し流れてきた雑魚（ざこ）たちを、水遊びに来た子どもたちは石で「生洲」をつくってそこへ放ち囲い込む。このあと、その「生洲」を誰か見知らぬ大人がステッキで「ぐちゃぐちゃ掻きまは」す場面が続くのである。「風の又三郎」はどこか大人たちのまなざしや干渉を子どもたちの側が徹底的に排除したところに成立している物語である。するとこの「生洲」は子どもたち自身が作りあげたこの物語の枠組み、その構造の象徴であろうか。

その「生洲」をステッキで「ぐちゃぐちゃ」「打壊」す見知らぬ大人。むろんこの「打壊」すは、あの「発破」に通じるイマージュである。

こうして「風の又三郎」の物語の眠り（子どもたちだけの遊びの時間）はもうすぐ破られる。そういう、物語の終わりを告げる不吉な予兆のような破裂音がこの章では鳴っているのである。

五　鬼っ子遊びの恐ろしさ

さきに「九月八日」の章で実質的にこの物語は終わるとのべた。

では「九月八日」の〈さいかち淵〉ではいったい何が起こったのだろうか。

そのことを二つの項目にまとめて次にのべてみよう。

①鬼っ子遊びが呼び出すものは何か。

②雷を呼ぶ（嵐の場面）――そのことによってつくり出される、あるいは物語に呼び込まれる憑依の空間。

「九月八日」、この日も前日に続いて夏の暑さがぶり返したようになり、子どもたちは授業が済むとまたしても一目散に〈さいかち淵〉へむかって飛び出してゆく。そこで四年生の佐太郎が魚の毒もみに使う山椒の粉で川魚を獲ろうとするが、なぜか魚は一匹も浮いてこない。気まずくなった佐太郎はこんどはその場を取り繕うように「鬼っこしないか」とみんなに声を掛ける。

そこで〈さいかち淵〉を舞台に鬼っ子遊びがはじまるのである。

鬼とは、何か。ここではそういう問いを立てておきたい。

知られているように、鬼とは「隠（おぬ）」に由来するという説がある（『倭名類聚抄』）。あるいは隠す、隠れている、見えないようにする等々この世の外、闇に属するもののイマージュが、この言葉の周囲にはつきまとっている。一般には、人間に危害を加える想像上の怪物、妖怪、ときには死者をいう。平安時代以前には「鬼」に「かみ」「もの」「しこ」などの訓（読み）が付されていることもよく知られていよう。

「風の又三郎」という物語は、谷間の村の子どもたちが高田三郎という不思議な転校生の背後にたえず風の又三郎という妖怪の姿を幻視する。あの男の子が果して人の子なのか風の神の子なのか――分校の子どもたちはその正体をめぐって日々わくわくするような危険な（?）遊びをくり返す。その日々の、異界のものを中心にした魅惑に満ちた遊戯の最後にこの鬼っ子遊びがくる、といってもいいだろうか。

ともあれ、ここでも鬼とは隠されて在るもの、異界に属するもの、こちら側からは見えないものの幻視の姿である。あるいは鬼やらい〈追儺〉の儀式のように、ここでもヤイヤイはやしたてられ、やがて共同体内部の災厄をその身に負って最終的には社会の外へ追放される存在（もの）でもある。そうしてこちら側には更新されたいつもの日常の時間＝秩序が戻ってくる。民俗学でいうハレとケの循環。「風の又三郎」では転校生高田三郎がいわば「鬼」の位置にいることはいうまでもない。鬼っ子遊びの結末を、物語は、しまひにたうとう、又三郎一人が鬼になりました。

と書き出している。象徴的でもあり、恐ろしい文章だ。これでは、隠された語り手の意志が、又三郎、お前が「鬼」なのだよ、と名指しているようなものではないか。あるいは語り手の潜在的な意志がここでこの子の正体をそれとなく明かしてしまっているといってもいい。そしてここから、物語からそう名指された又三郎のいわば「鬼」への変貌がはじまるのだ、と天沢退二郎はのべる（前掲書）。鬼っ子遊びの終わりの方にこんな文章がある。「又三郎の髪の毛が赤くてばしゃばしゃしてゐるのにあんまり永く水につかって唇もすこし紫いろなので子どもらは、すっかり恐がってしまひました」。こうしてここから〈さいかち淵〉を舞台とした又三郎の乱暴狼藉、まさに「阿鼻叫喚」（天沢、前掲書）の地獄図が展開されるのである。そして最後に取り押えられ、あげく腕をつかんで無理無体にふりまわされた嘉助はついに、口から霧をふいて、さらにごぼごぼむせて、

「おいらもうやめた。こんな鬼っこもうしない。」

といい放つ。

このとき、嘉助がいい放ったこの「もうやめた」や「もうしない」は「風の又三郎」という物語の事実上の終結宣言でもあるだろう。思えばこの物語は、風がどうっと吹いてきて窓ガラスが風に

がたがた鳴ったときの「九月一日」の嘉助の一言「あゝわかったあいつは風の又三郎だぞ」からはじまったのだった。その物語の開始を宣言した男の子がここではそれを「もうやめた」といっているのだ。この章にはさらに「それからみんなは、砂っぱの上や淵を、あっちへ行ったり、こっちへ来たり、押へたり押へられたり、何べんも鬼っこをしました」という文章がある。「鬼っこ」に傍点をふっているのは、作者である。そしてこれはじつは「風の又三郎」という物語を要約する文章ではなかろうか。あの不思議な転校生が分校に現れて以来、子どもたちは毎日その人間離れした不思議な男の子をめぐって「あっちへ行ったり、こっちへ来たり、押へたり押へられたり、何べんも鬼っこ」遊びをしていたのである。しかもここでのその遊び場所は「砂っぱの上や淵」という、足許のどこか不安定な、足を滑らせたら崖から淵へ転落してしまいかねないような危険な場所である。

こうしてみんなが危険な鬼っ子遊びに夢中になっているうちにあたりの天候が急変している。この天候の急変を物語は、次のように描き出す。

そのうちに、いきなり上の野原のあたりで、ごろごろと雷が鳴り出しました。と思ふと、まるで山つなみのやうな音がして、一ぺんに夕立がやって来ました。風までひゅうひゅう吹きだしました。淵の水には、大きなぶちぶちがたくさんできて、水だか石だかわからなくなってしまひました。

この場面を、物語に潜在する〈上の野原〉の流動するエネルギーがついに〈さいかち淵〉の方へ下りてきた、あるいはここで〈上の野原〉の、異界に封じ込められていたエネルギーが一気に〈さいかち淵〉に雪崩れ込み、合流し、爆発(スパーク)した、といってみようか。

すなわち、物語の「上方」から激しく吹き出す力があり、「下方」にはそれを吸い込む通路、別の力がある、そういういい方をしてみてもいい。

そしてなによりも鬼っ子遊びがこの天候の急変をもたらしたのだ。じつはここにも用意周到な語り手の物語上の伏線があって、ここ数日、夏のぶり返しのような暑さの日々がつづいている。気流の不安定な〈上の野原〉や山の方ではもくもく積乱雲が発達しているだろうということがこれ以前にそれとなく物語のなかではほのめかされてもいる。その午後になって急速に発達した積乱雲が〈さいかち淵〉の方へ移動してきた。気象学的には、この場面(シーン)をそのように説明することも可能である。だが、ここでは「鬼」と「雷」をつなぐ連想が物語の隠れた意志を語る強い伏線となっている。物語のその線をたどってみたい。

いうまでもなく雷神は雷を神格化したカミである。雷神は嵐を起こし雨をもたらす荒ぶる水神である。と同時にイナビカリや雷光を放つ火のカミでもある。雷神、あるいは竜神は異界の力を解き放つ鬼の形象化されたイマージュである。

一方、淵には淵の力がある。そういういい方をしてみたい。

淀みに深く水をたたえた淵は、古来さまざまな物語の発生現場である。たとえば淵からは身投げした娘の子守り唄が聞こえる。不思議な機織りの音が聞こえる。琵琶の音が聞こえる。女の人のうたう声が聞こえる。古来からそんな民話・伝承の類は枚挙にいとまがない。それはたとえば『遠野物語』の「姥子淵」のように、そこにたたずむものを水底に引き込む力、水底からなにものかの妖しく呼びかける力といってもいいだろうか。ときに青みを帯びてきらきらと光が揺れる底深い淵のほとりは、そこにたたずむものをなにかしら神秘な想いに誘い込む一種の催眠空間でもあるだろう。「風の又三郎」の〈さいかち淵〉では、この古来の伝承に適うようにどことも知れぬ方角から、誰ともいえぬ不思議な声が妖しく淵のうえを渡ってゆく。

「雨はざっこざっこ雨三郎
風はどっこどっこ又三郎」

するとねむの木の下に遁げ込んでいた「みんなもすぐ声をそろへて」それに唱和し叫ぶのである。

「雨はざっこざっこ雨三郎
風はどっこどっこ又三郎」

この不思議な声と子どもたちの合唱。このとき雷鳴が轟き、雨と風が吹き荒ぶ〈さいかち淵〉は異界の力に満ちみちた無気味な憑依空間と化していたのではなかろうか。たしかに子どもたちのなかの誰かが叫んだのかもしれない。自分が叫んだことも知らずに。その男の子は一度〈上の野原〉で昏倒し、夢の中でガラスのマントをまとって空へと飛びあがる風の又三郎の姿を見た嘉助以外には考えられない。たとえばその異界の力が憑依した嘉助のうたが、ねむの木の下の子どもたちみんなに取り憑いた。うたがうたに取り憑いた。

こういえば「風の又三郎」とはいつでもうたが取り憑くところに発生する物語ではなかろうか。冒頭の物語がはじまるのに先立って吹く風、あの「どっどど　どどうど」という風のうたにエネルギーを吹き込まれて、にわかにこの物語は動き出したのだ。異界から吹き出す風の力に憑依されてこの物語ははじまったのだ。

うたはいつでも取り憑くものの力である。*4

だからこのときの〈さいかち淵〉における物語の構図は、次のようになるだろう。みんなはねむの木の下にいる。高田三郎はひとりさいかちの木の下にいる。そしてそのあいだに一本の川が、無気味な深みをたたえた〈さいかち淵〉が横たわっている。うたはあきらかにこの子を、お前が鬼だと、お前が風の又三郎だと、その隠されて在るものの正体をあらわに名指しているのである。

鬼には鬼の生きられる時間がある、という有名な益田勝美の言葉がある。鬼は、あるいは鬼の霊気は、夜が明けはじめると、空が白み鳥が鳴き出すと、こちら側の世界から退散しなければならない。その邪気や霊気は急速に失われる。そして日本の民話・伝承は一つの例外もなくこの物語の定型を守っている（「黎明——原始的想像力の日本的構造」『火山列島の思想』筑摩書房、一九六八年）。すなわち異界のものがその正体を見破られたり、その名をいいあてられたりしたときは、そのもののこちら側の世界からの退散・退場のときである、というのは、益田説を踏まえた異類婚姻譚、異界訪問譚の民話・伝承のパターンである。だから鬼とはいつでも追放されるものの謂である。「風の又三郎」は、そのものは何か、誰か、という、外からやってきた（転校生を仮装した）そのものの正体をめぐる物語である。

「九月八日」の〈さいかち淵〉における鬼っ子遊びは、いま物語に潜在する隠れて在るもの、あるいはこちらからは見えないものとして在るそのものの正体をあきらかにした。この物語が実質的にはここで終っているとはそのような意味である。

ところでこの場面にふれて『謎解き・風の又三郎』のなかで、天沢退二郎はとても示唆に富むことをのべている。みんなにうたによってはやしたてられた三郎は「何だかはじめて怖くなったと見えて」、さいかちの木の下からどぼんと水へはいってみんなの方へ泳ぎ出す。天沢は次のようにいうのである。

このことは少なくとも、この異形の少年の中に、いまの天変地異の側ではない者が住んでいることをはっきり示しています。（傍点原文）

天沢のこの発言は、この子、高田三郎もまた天変地異の側のものに取り憑かれた存在であるということを語っているのではなかろうか。風の又三郎が風の神、天空に属する異界のものであるとして、その異界のものがここでは北海道からやってきた一人の転校生高田三郎の身の上に取り憑いた。あるいはこの場面では、その取り憑いたものが、瞬時誰とも知れぬもののうたによってこの子の身体から脱け出していったと、だからこそその子はもう二度とこの物語には登場しなくなるのだと、そう天沢の発言を読むことができるのではなかろうか。

「九月八日」、この場面では〈上の野原〉と〈さいかち淵〉を天上と地下の見えない通路として、物語のなかを冒頭のうたに呼応するような途方もない爆発的な異界からの力(エネルギー)が通り抜けて行った。それが物語そのものを吹き飛ばしてしまった。

「九月八日」の〈さいかち淵〉のあの嵐の場面は、それがそこに仮装された凄まじい気象現象として吹き出し現れているのではなかろうか。

＊1　「風の又三郎」の「九月四日、日曜」の章、高田三郎と一郎、嘉助たちが待ち合わせして、〈上の野原〉の一郎の兄の働く牧場へのぼってゆく場面がある。〈上の野原〉の入口近くまで来て、西の方角を眺め渡す。そこに、こんな描写がある。「光ったり陰ったり幾通りにも重なったたくさんの丘の向ふに川に沿ったほんたうの野原がぼんやり碧(あを)くひろがってゐるのでした」。方位としての「西」も気になるが、ここでわざわざ「ほんたうの野原」と書いている作者の思いはどんなものだろうか。〈上の野原〉のかなた、「たくさんの丘

の向ふの川に沿った」ところにひろがっている「ほんたうの野原」はどこか人間の容易に辿り着けない場所にあるように思われる。この「ほんたうの野原」には「空間、束縛からの自由、行為の無限の可能性を表す」天上の野原のイマージュはないか。あるいは方位から「死、来世、冥界」に結がるイマージュもあるのではないか（アト・ド・フリース『イメージ・シンボル事典』等を参照）。賢治作品における「野」や「野原」には、辿り着けない場所としての「楽園」のイマージュがつきまとっているように思われる。

＊2　註1とも関連するが、賢治作品には、そのときに一回限り開かれる、むこう側へ渡ることのできる通路があるように思われる。たとえば「どんぐりと山猫」の、かねた一郎の辿った山猫ワールドへの道、「ポランの広場」の「広場」、「風の又三郎」の霧に巻かれて嘉助が辿った〈上の野原〉の最深奥部の野生の馬たちの集合場所の「円い広場」など。次の日、また同じ道を辿っても彼らはもう二度とその場所へ行くことはできないだろう。そのとき、一回限り、特別な条件の下に開かれる異空間への道が、賢治作品にはあるように思われる。

＊3　ここで分校の子どもたちが過去形で語り合うということは、この不思議な出来事は、もう二度と起こらない、逆にこの出来事がどんなに貴重な、二度とありえない出来事だったか、その子どもたちの感じているこのときの不思議な思い、驚異、神秘、非現実感等々の消息をなまなましく伝えている。

＊4　「〈うた〉が、向こう側にある何かに取り憑かれるところに生成するといったとき、その憑くということが、「憑きもの」の習俗が示すような忌み嫌われる状態と伴ってあったことを考えておくべきだ」と斎藤英喜はのべる。「〈うた〉は禁忌を抱え込んで存在している」とも（古代語誌刊行会編『古代語を読む』桜楓社、一九八八年）。これは「風の又三郎」を考えるときにも、示唆に富む。「風の又三郎」は〈うた〉の禁忌にふれることによって、あるいは〈うた〉の誘惑、憑依空間の現出によって現実と非現実のあわいにきわどく成立する物語だともいえるからだ。

コラム②

さいかち淵

岡村民夫

花巻西部を流れ下る豊沢川の中流に「からごや淵」（中根子）と「まごい（まごえ）淵」（石神）と呼ばれる二ヶ所の淵がかつてあった。「からごや淵」には川面に影を落とすサイカチの大樹が一本あり、やや川下の「まごい淵」の川原には、賢治の村童スケッチ「さいかち淵」と同様にネムノキが群生していた（どちらの木もマメ科で羽状複葉）。近接したふたつの淵は、子供たちの夏の水浴場であり、一部の大人の発破による密漁場でもあった。「風の又三郎」のさいかち淵で発破漁をする「下流の坑夫をしてゐた庄助」は、村童スケッチ「さいかち淵」の段階では「石神の庄助」と記されている。花巻農学校の教え子・小原忠は、小学生の頃「まごい淵」で賢治と出会い、潜水をして遊んだり川原石の岩石名を教えてもらった。またこのとき一緒に遊んだ阿部義雄によれば、辺りの川原に実際に馬に跨った「網シャツの人」が来ることもあったという（宮沢賢治学会イーハトーブセンター主催夏季特設セミナー「「風の又三郎」の謎に迫る」第一回における島耕二監督『風の又三郎』上映後の同氏の思い出話（二〇〇三年八月三日））。これらの淵をモデルに、賢治は「さいかち淵」と、「風の又三郎」の同名の淵を造形したのだと考えられる。

「淵」は、特異なトポスとして日本の民譚にしばしば登場する。「閉伊川の流れには淵恐ろしき伝説少なからず」と語り始められる『遠野物語』五四話や、小烏瀬川の姥子淵の河童が水浴び中の馬を引張り損ね、人に戒められたことを伝える同書五八話は、その典型といえる。「からごや淵」「まごい淵」にこの種の伝承があったか詳らかでないが、さいかち淵の水底には民俗的記憶が潜んでいるに違いない。「鬼っこ」の鬼になったあげく他の子供を水中で引きずりまわす「さいかち淵」のしゅっこ（舜一）や「風の又三郎」の三郎は、鬼か河童のようであり、彼自身が「何かに足をひっぱられるやうに」慌てて淵から岸に上がるという点では、河童に襲われた側のようでもある。

　賢治作品における「淵」といえば、印象的な例がほかにもある。「ざしき童子（ぼっこ）の話」の第三話は、月夜の晩に引越す途上のざしき童子を舟に乗せたという奇譚であり、「北上川の朗明寺の淵の渡し守」から「わたくし」が聞いたとされている。豊沢川をモデルにした「淵沢川」の上流に住む「なめとこ山の熊」のマタギは、その名も淵沢小十郎であって、熊の一撃をくらって彼が亡くなる日の山入りは「まっ青に淵になったり硝子板をしいたやうに凍ったり」している白沢（豊沢川支流として同名の沢が実在する）の遡行として描写される。「淵」とは、怪異との遭遇や異界・他界への移行が生起する危うい境界ないし開口部なのだ。

　賢治作品においては「淵」の比喩まで、尋常でない強度を帯びる。「風の又三郎」では、発破漁のおこぼれにあずかった子供たちがサイカチの木に登るとき、「空もまるで、底なしの淵のやうになりました」という不気味な一文が登場する。初期童話「烏の北斗七星」で烏の大尉が許嫁の烏に会いに行く場面は、驚くべきことにこう語られる――「烏の大尉は、けれども、すぐに自分の営舎に帰らないで、ひとり、西のさいかちの木に行きました。雲はうす黒く、たゞ西の山のうへだけ濁った水色の天の淵がのぞいて底光りしてゐます」（傍点筆者）。

サイカチの葉と豆果
サイカチの木の自生地は、川や沢沿いなどの水辺が多い

3

「風の又三郎」の存在／不在

《三年生》の問題から《誰ともなく……叫んだもの》へ

平澤信一

宮沢賢治の書き記したテクストが、絶えざる生成と解体とを繰り返し、ある時は、ひとつの作品と見えたものが複数の作品に分岐し、またある時は、思わぬ形で交錯・融合して、ひとつの作品として立ち現れてゆく様については、『校本　宮澤賢治全集』（筑摩書房、一九七三〜一九七七年）による全面的な資料公開を経て以後、そのおおよその姿が捉えられるようになった。だが、それら作品ごとの諸相の具体的な検証となると、対象は膨大で、（『新校本　宮澤賢治全集』（筑摩書房、一九九五〜二〇〇九年）によって、新たな本文が掲出されたものもあるように）われわれはまだ、その追跡の途上にあるのだと言わざるをえない。

賢治が晩年に執筆した「グスコーブドリの伝記」「ポラーノの広場」「銀河鉄道の夜」「風の又三郎」の代表的な《少年小説》四篇に限っても、「グスコーブドリの伝記」は全く装いの異なる「ペンネンネンネンネン・ネネムの伝記」と、「グスコンブドリの伝記」の草稿上で交錯（クロス）するのだし、「ポラーノの広場」は、「ポランの広場」「毒蛾」という先駆形を併せ持つ。「銀河鉄道の夜」には、〔初期形一〜三〕と〔後期形〕という四つのヴァージョンがあり、「風の又三郎」では、「風野又三郎」という先駆形を大枠として、村童スケッチ「種山ヶ原」「さいかち淵」が転用され、組み込まれているのだ。あるいは詩作品において、そうした類例は、枚挙に暇がない。

一　「風野又三郎」と「風の又三郎」

ここでは特に「風の又三郎」の「九月四日、日曜」の章にあたる「種山ヶ原」と、「九月八日」の章にあたる「さいかち淵」の転用箇所について考えてみたい。「風の又三郎」は、詩人の佐藤一英が発行した雑誌『児童文学』の第一冊「北守将軍と三人兄弟の医者」（一九三一年七月）と、第二冊「グスコーブドリの伝記」（一九三二年三月）に続けて発表する予定だったものである。賢治の教え子・沢里武治宛ての一九三一年八月一八日付書簡（書簡三七九）に「この頃「童話文学」〔「児童文学」の誤りとされる〕といふクォータリー版の雑誌から再三寄稿を乞うて来たので、既に二回出してあり、次は『風野又三郎』といふある谷川の岸の小学校を題材とした百枚ぐらゐのものを書いてゐます」とあるが、同誌は続刊せず、「風の又三郎」が賢治の生前に、公にされることはなかった。そのため、「風の又三郎」は、未完成の作品と見做され、よく知られた《三年生》の〈存在／不在〉の問題をはじめとして、推敲の不充分さがあちこちで指摘されている。文圃堂版全集（一九三四～一九三五年）から始まる没後の各全集の編纂者たちは、そうした問題にひとつひとつ対応して、その時々の刊本を作り上げてきた。前出の『校本　宮澤賢治全集』は、そうした箇所をできるだけ原稿に近い状態で本文化するという点で、その編纂方針は、画期的であった。「『風の又三郎』草稿冒頭の分教場の記述に、作者は推敲時に「三年生がないだけで」という加筆をしているが、そのあとの部分では、三年生が何人もいることになっている。従来の全集はそれらを削ったり、いちいち二年生や四年生に直したりして、つじつまを合わせようとし、かえって一部に新たな矛盾を生じていた。これも本巻では校訂せず、草稿のままに戻してある」（入沢康夫・天沢退二郎「編集室から」『校本 宮澤賢治全集』第一〇巻月報、一九七四年三月、八頁）というように。

沢里宛て書簡では題名が「風野又三郎」となっている点についても、説明しておかなければならないだろう。実のところ、賢治自身が本作の題名を「風の又三郎」と記したことは一度もないのである。あらゆる作品列挙メモや現存自筆草稿の第一葉にも題名を、明らかに「風野又三郎」としていることは、繰り返し確認されてきた。にもかかわらず、「風の」の題名が採用されたのは、物語の本文中では一度も「風野」の表記がないことやその自然さ、また筆写を頼まれた教え子・松田浩一が「風の又三郎」とするよう指示を受けたという証言が尊重されたからだと考えられるし、更に（校本全集以後について）言えば、「風の又三郎」には、先駆形としての「風野又三郎」が存在し、その区別をつけるためにも、分かりやすいという配慮が働いたのだろう。先駆形「風野又三郎」は風の神の子である風野又三郎が目の前に現れて、村の子どもたちに気象学的な様々な体験を語る話、いっぽうの「風の又三郎」は転校生の高田三郎が村の子どもたちの中に入って、風の又三郎幻想とでも呼ぶべき現象を巻き起こす話である。「風の又三郎」において、高田三郎は実のところ、風の又三郎であったのか、なかったのか……。

「九月一日」の始まりは、とりあえず先駆形と同一紙葉上にある。「変てこな鼠いろのマントを着て水晶かガラスか、とにかくきれいなすきとほった沓をはいてゐ」る又三郎の姿は、黒インクの手入れによって「変てこな鼠いろのだぶだぶの上着を着て白い半ずぼんをはいてそれに赤い革の半靴をはいてゐ」る転校生の姿へと書き換えられる。そして転校生《高田三郎》はその後、先生に連れられて現れるのだが、先駆形の《風野又三郎》の姿は子どもたちには見えても先生には見えない。それは「いくら見てゐても、そのそらはひる先生の云ったやうな、がらんとした冷たいとこだとは思はれない」という少年ジョバンニ（「銀河鉄道の夜」自筆草稿第二二葉）の想像力を子どもたちが共有しているからであろう。子どもらにとって、夜空が「見れば見るほど」「小さな林や牧場やらある野原のやうに考へられて仕方なかった」ように、先駆形では《風野又三郎》は確かに存在したのである。だが、後期形「風の又三郎」では、どうだろう？　嘉助が「「あゝわかった　あいつは風の又三郎だぞ。」」と叫び、「さうだっとみんなもおもった」にせよ、又三郎は決して、自らの正体を現すことがない。「そのとき風がどうと吹いて来て教室のガラス戸はみんながたがた鳴り、学校のうしろの山の萱や栗の木はみんな変に青じろくなってゆれ、教室のなかのこどもは何だかにやっとわらってすこしうごいたやう」だったとしても、高田三郎は転校生としての高田三郎であり続け、いわば、子どもたちの視線は、宙吊りになったままなのである。その嘉助が遂に又三郎の本当の姿を垣間見ることになる。それが「九月四日、日曜」に起こる「風の又三郎」前半の最も大きな山場とも言うべき場所である。

二　九月四日へ

「風の又三郎」の「九月四日、日曜」の章は、六年生の一郎を中心に、嘉助、三郎、佐太郎、悦治が、一郎の祖父と兄が働く上の野原に行って、競馬ごっこをしていると、馬が柵を乗り越えて逃げてしまい、嘉助と三郎がそれを追ううちに、嘉助ひとりが霧の立ち籠める深い草の中に迷い、昏倒して、ガラスのマントを着た風の又三郎の幻覚を見るというものである。これは村童スケッチ「種山ヶ原」の原稿を転用・改稿して成立している。「種山ヶ原」は、夏休みの剣舞の思い出に耽りながら達二が、祖父と兄が働く上の原に行くと、連れて行った牛が突然、逃げ出し、それを追ううちに、霧の立ち籠める深い草の中に迷い、昏倒して、剣舞・九月の教室・女の子・山男の幻覚を次々に見るという話である。「実にこの高原の続きこそは、東の海の側からと、西の方からとの風や湿気のお定まりのぶっつかり場所でしたから、雲や雨や雷や霧は、いつでももうすぐに起って来る」のだという。著者賢治は「種山ヶ原」の達二の行動を、一郎や嘉助や三郎などに適宜ふりわけ、「風の又三郎」の物語を立体的なものへと仕立て上げている。と同時に、逃げた動物を《牛》から《馬》に〈変換〉することで、物語の又三郎幻想を一層高めることに成功しているのだ。

〔(ナシ)→嘉助はもう足がしびれてしまってどこをどう走ってゐるのかわからなくなりました。〕

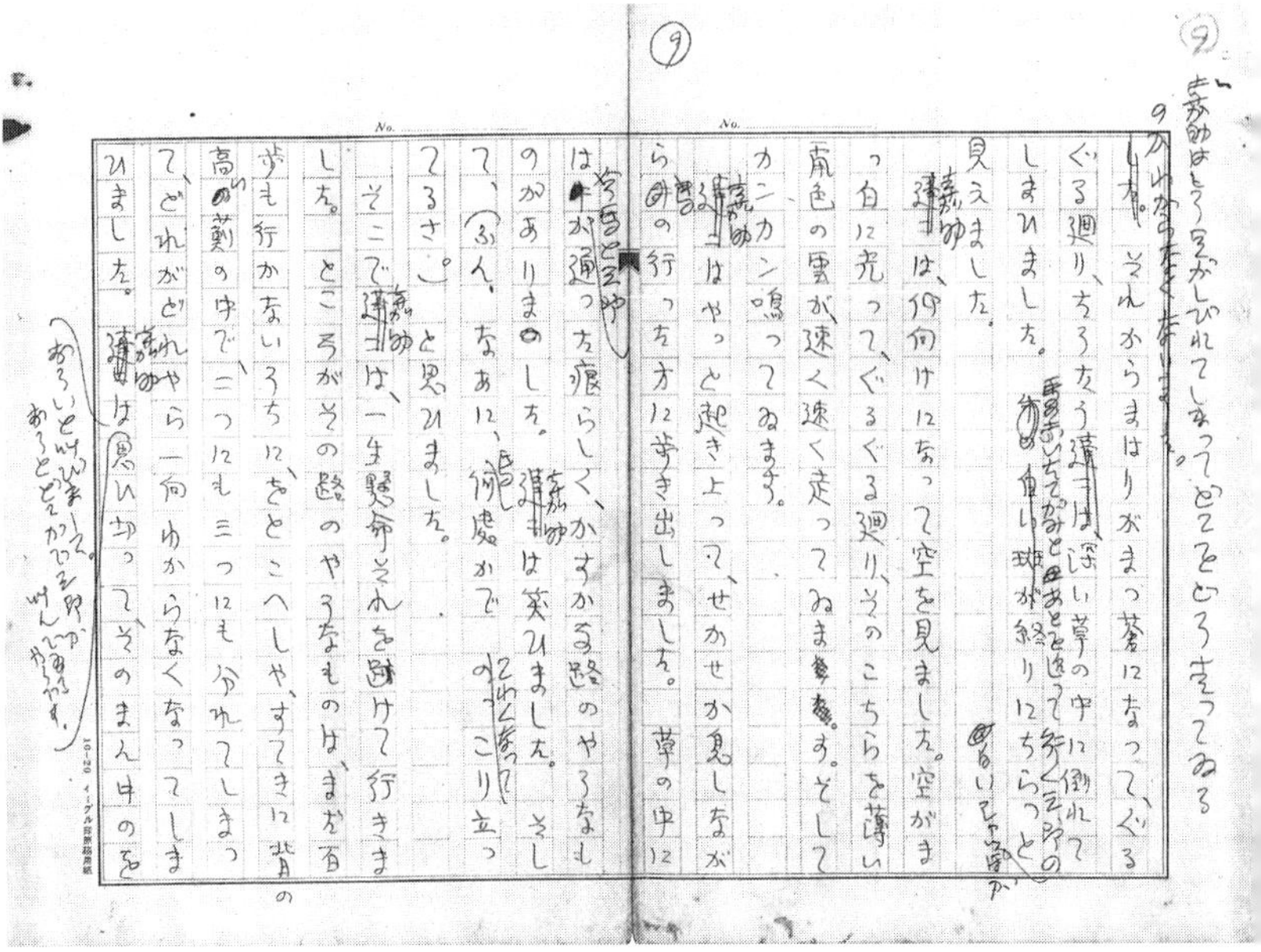

図① 「風の又三郎」自筆草稿第32葉（宮沢賢治記念館蔵）

それからまはりがまっ蒼になって、ぐるぐる廻り、たうたう［達二は、→削］深い草の中に倒れてしまひました。［牛の白い斑が→馬の赤いたてがみとあとを追って行く三郎の白いシャッぽ（ママ）が］終りにちらっと見えました。

［達二→嘉助］は、仰向けになって空を見ました。空がまっ白に光って、ぐるぐる廻り、そのこちらを薄い鼠色の雲が、速く速く走ってカンカン鳴ってゐます。

［達二→嘉助］はやっと起き上って、せかせか息しながら［牛→馬］の行った方に歩き出しました。草の中には、［牛→今馬と三郎］が通った痕らしく、かすかな路のやうなものがありました。［達二→嘉助］は笑ひました。そして、（ふん。なあに、［ナシ→馬］

何処かで［㋤→こわくなって］のっこり立ってるさ。）と思ひました。
（「風の又三郎」自筆草稿第三二葉、[*1]図①参照）

こうして明らかになる《馬》と三郎との隣接性――《馬》と風神という結び付きは、神話学的には、ギリシア神話に登場する風神＝半人半馬のケンタウルス[*2]（「銀河鉄道の夜」には、「ケンタウル祭の夜」という一章もある）を、また民俗学的には、神社の絵馬に繋がってゆくような神の乗り物としての神馬を、[*3]容易に連想させるものであり、更に賢治の詩「第四梯形」（『春と修羅』関根書店、一九二四年、二八二〜二八三頁）には「夜風太郎の配下と子孫とは／大きな帽子を風にうねらせ／落葉松のせわしい足なみを／しきりに馬を急がせる」と、馬を走らせる風神の姿も現れる。そうして、「風の又三郎」執筆時に新たに書き下ろされた、

もう又三郎がすぐ眼の前に足を投げ出してだまって空を見あげてゐるのです。いつかいつもの鼠いろの上着の上にガラスのマントを着てゐるのです。それから光るガラスの靴をはいてゐるのです。
又三郎の肩には栗の木の影が青く落ちてゐます。又三郎の影はまた青く草に落ちてゐます。そして風がどんどんどんどん吹いてゐるのです。又三郎は笑ひもしなければ物も云ひません。[*4]たゞ小さな唇を強さうにきっと結んだまゝ黙ってそらを見てゐます。いきなり又三郎はひらっ

とそらへ飛びあがりました。ガラスのマントがギラギラ光りました。ふと嘉助は眼をひらきました。灰いろの霧が速く速く飛んでゐます。

そして馬がすぐ眼の前にのっそりと立ってゐたのです。その眼は嘉助を怖れて横の方を向いてゐました。

嘉助ははね上って馬の名札を押へました。そのうしろから三郎がまるで色のなくなった唇をきっと結んでこっちへ出てきました。

（「風の又三郎」自筆草稿第三八葉）

という嘉助の見る幻覚の冒頭すなわち「又三郎がすぐ眼の前に」と、目を開いて見た「馬がすぐ眼の前に」というイメージの照応。あるいは「唇を強さうにきっと結んだ」又三郎と、「唇をきっと結んで」現れた三郎の表情の呼応は、《風の又三郎／馬／高田三郎》という三者の結び付きを実に自然に導き出したと言えるだろう。別役実（『イーハトーボゆき軽便鉄道』リブロポート、一九九〇年、一三三頁）も正しく指摘するとおり、ここでは「馬が「風の又三郎」であるとは言えないまでも、高田三郎が「風の又三郎」なのではなく、その延長上に投影されたイメージである」ということが明らかにされたのだ。だが《達二》が《嘉助》に、《牛》が《馬》に〈変換〉されたことの意味は、テクストにとって、それだけに留まるものではなかった。

「そのとき、向ふの白い河原を、肌ぬぎになったり、シャツだけ着たりした大人が、五六人かけて来ました。そのうしろからは、ちゃうど活動写真のやうに、一人の網シャツを着た人が、はだか馬に乗って、まっしぐらに走って来ました。」（自筆草稿第五一葉）とあるのは「さいかち淵」を転用した「九月七日」の章だが、ここで《馬》は《活動写真》と結び付く形で登場して来る。かつて写真家エドワード・マイブリッジが、走る馬の四本足が同時に地上を離れるかどうかの論争に決着を付けるため連続撮影を試み、それがトーマス・エジソンによるキネトスコープの発明（一八九一年）に繋がっていったことを、宮沢賢治がどこまで意識していたかは分からない。だが《馬》は映画誕生の条件であり、宮沢賢治にとっても、映画すなわち《活動写真》と共に連想されるものだった。そして、詩「〔今日もまたしやうがないな〕」[*5]に見られるように、宮沢賢治にとって《活動写真》とは《トリック》に結び付くものだったのである。

まるでCG（コンピュータ・グラフィックス）のように、《牛》が《馬》に入れ替わることで一体、何が起きたのだろう？　《牛》の速度で見たものを《馬》の速度で見るとき、そこには本来、《馬》の速度では見えないものが次々に押し寄せてくる。「種山ヶ原」について、天沢退二郎（ちくま文庫版『宮沢賢治全集』第五巻「解説」一九八六年、五〇七頁）が「逃げるのが馬ではなく牛であるためにいっそうのどやかな田舎風のテンポが出ているように思われる（「風の又三郎」の場合にはもっと切羽つまった感じがある）」と指摘するのは、おそらくそのためだ。だが一方で《馬》の場合よりも圧倒的に情報量の多い流れゆく風景は見る者を〈高速度撮影／スロー再生〉さながらのいっそう鮮やかな世界感受へと導くのではないか。あっという間で、それでいてスローモーションを見るように……。

〔達二↓嘉助〕は〔ナシ↓もう〕早く、〔おぢいさん↓一郎たち〕の所へ戻らうとして急いで引っ返しました。けれどもどうも、それは前に来た所とは違ってゐたやうでした。第一、薊があんまり沢山ありましたし、それに草の底にさっきなかった岩かけが、度々ころがってゐました。そしてたうたう聞いたこともない大きな谷が、いきなり眼の前に現はれました。すゝきが、ざわざわざわっと鳴り、向ふの方は底知れずの谷のやうに、霧の中に消えてゐるではありませんか。

風が来ると、芒の穂は細い沢山の手をいっぱいのばして、忙しく振って、

「あ、西さん、あ、東さん、あ西さん。あ南さん。あ、西さん。」なんて云ってゐる様でした。

（「風の又三郎」自筆草稿第三四葉）

〔達二↓ママ（賢治の直し忘れと見られる）〕はがっかりして、黒い道を又戻りはじめました。知らない草穂が静かにゆらぎ、少し強い風が来る時は、どこかで何かゞ合図をしてでも居るやうに、一面の草が、それ来たっとみなからだを伏せて避けました。

（「風の又三郎」自筆草稿第三五葉）

ここで《さっきなかった岩かけ》は「九月一日」の章で《三郎／又三郎》が教室から姿を消した

後に机の上に残された《石かけ》(自筆草稿第六葉)を受け、《三郎/又三郎》が通った痕を暗示している。秋枝美保(「『風の又三郎』論」『作品論　宮沢賢治』双文社出版、一九八四年、二八六頁)も言うように「風で微妙に揺れ動く草穂は、あたかも生き物の触手のようであり、野原全体を、何か敏感な生き物のように感じさせる。そして、それは、ほとんど、この野原に迷い込んだ嘉助の心象風景そのもの」なのである。そうして、

そんなことはみんなどこかの遠いできごとのやうでした。(「風の又三郎」自筆草稿第三八葉)

という果てしない幻想への飛翔(先に引用した又三郎の登場は、この一行を挟んで展開される)——神話学的、民俗学的な根拠はもちろん、風の又三郎はまさに、こうした映画的想像力によって姿を現すのである。[*6]

三　九月八日へ

「風の又三郎」後半の山場である「九月八日」の章は、リーダー的存在である一郎をはじめとする子どもらがみんなでさいかち淵に行き、四年生の佐太郎が毒もみに使う山椒の粉を流して魚捕りを試みるが失敗して、鬼っこ遊びをするうち、とうとう又三郎ひとりが鬼になって本気になり過ぎみ

んなを怖がらせる。すると突然、夕立がやって来て、誰ともなく「「雨はざっこざっこ雨三郎／風はどっこどっこ又三郎」」と叫んだものがあり、みんなもすぐ声をそろえて叫び、逆に又三郎を脅えさせるというものである。これは「九月七日」ともども、村童スケッチ「さいかち淵」を転用・改稿して成立している。「さいかち淵」は、やはりリーダー的存在であるしゅっこをはじめとする子どもらがみんなでさいかち淵に行き、毒もみに使う丹礬で魚捕りを試みるが失敗して、鬼っこ遊びをするうち、とうとうしゅっこひとりが鬼になって本気になり過ぎみんなを怖がらせる。すると突然、夕立がやって来て、みんなが遁げこんだねむの木の方かどこか、烈しい雨のなかから「「雨はざあざあ　ざっこざっこ、／風はしゅうしゅう　しゅっこしゅっこ。」」（傍点原文）と叫んだものがあり、しゅっこを脅えさせるというものである。だが、両者には決定的な違いがある。それは「さいかち淵」における話者《ぼく》の、「風の又三郎」における〈不在〉である。

> そのうちに、いきなり林の上のあたりで、雷が鳴り出した。と思ふと、まるで山つなみのやうな音がして、一ぺんに夕立がやって来た。風までひゅうひゅう吹きだした。淵の水には、大きなぶちぶちがたくさんできて、水だか石だかわからなくなってしまった。河原にあがった子どもらは、着物をかかへて、みんなねむの木の下へ遁げこんだ。ぼくも木からおりて、しゅっこといっしょに、向ふの河原へ泳ぎだした。そのとき、あのねむの木の方かどこか、烈しい雨のなかから、

「雨はざあざあ　ざっこざっこ、
風はしゅうしゅう　しゅっこしゅっこ。」といふやうに叫んだものがあった。しゅっこは、泳ぎながら、まるであわてて、何かに足をひっぱられるやうにして遁げた。ぼくもじっさいこわかった。やうやく、みんなのゐるねむのきのはやしについたとき、しゅっこはがたがたふるえながら、
「いま叫んだのはおまへらだか。」ときいた。
「そでない、そでない。」みんなは一しょに叫んだ。ぺ吉がまた一人出て来て、「そでない。」と云った。しゅっこは、気味悪さうに川のはうを見た。けれどもぼくは、みんなが叫んだのだとおもふ。

（「さいかち淵」自筆草稿(2)第一〇葉、傍点原文）

そのうちに、いきなり上の野原のあたりで、ごろごろごろと雷が鳴り出しました。と思ふと、まるで山つなみのやうな音がして、一ぺんに夕立がやって来ました。風までひゅうひゅう吹きだしました。淵の水には、大きなぶちぶちがたくさんできて、水だか石だかわからなくなってしまひました。みんなは河原から着物をかかへて、ねむの木の下へ遁げこみました。すると又三郎も何だかはじめて怖くなったと見えてさいかちの木の下からどぼんと水へはいってみんなの方へ泳ぎだしました。すると誰ともなく
「雨はざっこざっこ雨三郎

風はどっこどっこ又三郎」と叫んだものがありました。みんなもすぐ声をそろへて叫びました。

「雨はざっこざっこ雨三郎
風はどっこどっこ又三郎」

するとX三郎はまるであわてて、何かに足をひっぱられるやうに淵からとびあがって一目散にみんなのところに走ってきてがたがたふるえながら

「いま叫んだのはおまへらだちかい。」とききました。

「そでない、そでない。」みんなは一しょに叫びました。ぺ吉がまた一人出て来て、「そでない。」と云ひました。又三郎は、気味悪さうに川のはうを見ましたが色のあせた唇をいつものやうにきっと噛んで「何だい。」と云ひましたが、からだはやはりがくがくふるってゐました。

（「風の又三郎」自筆草稿第六〇葉↑「さいかち淵」自筆草稿(2)第一〇葉）

「けれどもぼくは、みんなが叫んだのだとおもふ」と言うように事態を冷静に判断しようとする話者《ぼく》の消失。そしてこの話者《ぼく》の消失に即応した出来事でもあるのだろうか（入沢康夫は、これを草稿の転用における「一種のあや」〔傍点原文〕ではないかと指摘したという）[*7]、「叫んだものは誰か」という問いは、いよいよその謎を深め始める。

天沢退二郎はかつて、次のように語っていた。

この、打てばひびくというように叫びかえす子どもたちのタイミングのよさ。では、最初「誰ともなく」叫んだのは子どもたちのひとりだろうか。もちろんそう考えることはできる。［……］しかしそう断定できるような書き方を賢治はしていない。ということはここでは、そうではない、ということなのだと断定できる。だいいち、淵のむこうに立っていた三郎がこれだけの恐怖にかられたのは、最初の声が、ねむの木の下にかたまって雨を避けている子どもたちとは明らかにちがうところからきこえてきたからとしか考えられない。［……］

では最初に叫んだのは誰か。その答を賢治は書いていない。というより、その問いを賢治はさりげなく蔽いかくして、やりすごしている。すなわち、叫んだのは「誰でもなかった」と作者は云いたがっているのである。全体的に非常にリアルな一種の生活童話であり、賢治の他の作品に頻出するごとき幻想や超自然的驚異が顔を出さない作品と一般に考えられがちな、『風の又三郎』であるが、ここの一箇所はまさしく賢治一流の、幻覚的な怪異の露出といわねばならない。（小学校二年生のとき人に借りて初めて『風の又三郎』を読んだぼくの記憶に鮮かに残ったのは、逃げた馬を嘉助が追うエピソードではなくて、このさいかち淵の夕立のふしぎな声であり、そのためか以後この物語は子どもごころに何となく恐ろしい、不安な、あえていえば不健康なものという印象をのこしたのである。）

では最初に叫んだのは誰か。答えはかんたんだ、あまりにも明らかだ。それこそ風の又三郎である。その叫びは、気のつかぬ間にまったく薄くなった作品世界のすぐ向うがわの、沈黙と死の国、存在の世界の声の、時ならぬ闖入にほかならない。あのはげしい夕立――沈黙自身の言葉の蕩尽のすえに、それはこの世の詩のことばとして、ふいに「誰ともなく」誰かののどをふるわせて発現したのである。それもまさしくおのれの名を名ざしつつ。

（『宮澤賢治の彼方へ』思潮社、一九六八年、三九〜四〇頁）

そしてまた、そうした見解を「それはとうに私自身承認しがたいものである今、あらためて考えなおしてみたい」と語りつつ、次のように言う。

いまの、二度くりかえされる囃し言葉、《誰ともなく》しかしはっきりと語の一つ一つのききとれるこの声は、もはやねむの木の下の方ともどことも示されてはいないが、決して遠くないどこか、むしろ意外に間近などこかで発せられたらしく思われるが、しかしよく見ると「どこかで」とさえも書かれてはいない。ただ、何といっても印象的なのは、むしろ衝撃的なのは、ただちに改行さえせずに《みんなもすぐ声をそろへて叫びました》とあって同じ二行がくりかえされる、この即応性・タイミングのよさであろう。この《みんなも》《すぐ》《声をそろへて》の即応ぶりからは、一番目の《誰ともなく》発せられた叫びを聞いたときの子どもたちが恐怖や違和感どころか、驚愕さえおぼえなかったことがただちに察せられる。なぜか？　それはすなわちその声が仲間の声、子どもたちのひとりの声だったからとみるのが自然ではあるまいか？

　しかしただちに付け加えなければならないが、その声は決して子どもたちの中のひとりが発したものではありえない。［……］子どもたちの中の誰が？　と思ってひとりひとりを点検してみれば、どう考えてみても誰でもない――かくて《誰ともなく（……）ものがありました》とは、唯一不可換的表現であることがわかる。

　子どもたちのひとりであるが、しかし決して子どもたちの中のひとりではなく、《みんな》に加わっていながら《みんな》とは別にある存在――これは決して言葉の遊びでもなければ詭弁でもないことは、すでに「ざしき童子のはなし」を思い出している読者諸兄姉にお見通しであろう。あの短篇の第二エピソード、「大道めぐり、大道めぐり」と叫びながら、十人の子どもらが両手をつないで円になり、ぐるぐるぐるぐる、座敷のなかをまわっていたら、いつか十一人になる。《ひとりも知らない顔がなく、ひとりもおんなじ顔がなく、それでもやっぱり、どう数へても十一人だけ居りました。》その増えた一人がざしきぼっこなのだと、こういうことだったではないか。

　［……］いま《雨はざっこざっこ雨三郎……》と、誰ともなく発声したのは、決して子どもたちの中の一人ではないがそこにいた子どもたちの一人としてまぎれこんでいた、土地の精霊に擬しうる存在であると思われるのである。

（『《宮澤賢治》鑑』筑摩書房、一九八六年、二八九〜二九一頁、傍点原文）[*8]

『宮澤賢治の彼方へ』の刊行は一九六八年、『《宮澤賢治》鑑』の刊行は一九八六年――両見解の相違は、なぜ生じたのだろうか。天沢自身の読みの深まりは、もちろん考慮し得る。だが、それにしても、両見解は余りに方向性が違いすぎるのではないか？　そう考えるとき、天沢が前著で言及する「小学校二年生のとき人に借りて初めて『風の又三郎』を読んだ」という体験は、非常に重要な意味を持つ。なぜなら、それは一九三九（昭和一四）年一二月に刊行された羽田書店版の『風の又三郎』であるからであり、同書では、問題箇所は、次のようになっていたからである。

そのうちに、いきなり上の野原のあたりで、ごろごろと雷が鳴りだしました。と思ふと、まるで山つなみのやうな音がして、一ぺんに夕立がやつてきました。風までひゆうひゆう吹きだしました。

ふちの水には、大きなぶちぶちがたくさんできて、水だか石だか、わからなくなつてしまひました。

みんなは河原から着物をかかへて、ねむの木の下へ逃げこみました。すると三郎も、なんだかはじめてこはくなつたとみえて、さいかちの木の下から、どぼんと水へ入つて、みんなの方へ泳ぎました。

すると、どこかで誰ともなく、

「どつどど　どどうど　どどう

あまいざくろも吹きとばせ

すつぱいざくろも吹きとばせ

どつどど　どどうど　どどう

どつどど　どどうど　どどうど　どどう

どつこどつこ又三郎、

ざつこざつこ雨三郎。」

と叫んだものがありました。

みんなも声をそろへて叫びました。

「どつこどつこ又三郎、

ざつこざつこ雨三郎。」

三郎はまるであわてて、何か足をひつぱられるやうにして、ふちから飛びあがつて、一目さんにみんなのところに走つてきて、がたがたふるへながら、

「今、叫んだのは、お前たちかい。」とききました。

「そでない、そでない。」みんなは一しよに叫びました。

ぺ吉がまた一人出てきて、

「そでない。」といひました。

三郎は気味悪さうに川の方を見てゐましたが、色のあせたくちびるを、いつものやうにきつとかんで、

「なんだい。」といひましたが、からだはやはり、がくがくふるへてゐました。

（羽田書店版『風の又三郎』一九三九年、一四二～一四四頁）


羽田書店版に登場する「「どつどど　どどうど　どどうど　どどう」」という《あの歌》――これでは誰だって、叫んだものは、又三郎である、と考えたくなるのではないか。もっとも天沢が一九六四（昭和三九）年秋にパリで『宮澤賢治の彼方へ』を書いたとき、最新のテキストだった「風の又三郎」は、一九五六（昭和三一）年筑摩書房版であり、これが一九五一（昭和二六）年刊行の岩波文庫版（当該箇所は、羽田書店版にほぼ等しい）を手に留学中だった天沢の元に船便で届いていたことは、天沢自身によって回想されている（宮沢賢治記念会編『修羅はよみがえった』ブッキング、二〇〇七年、二五七頁）。従って、引用は基本的に昭和三一年筑摩書房版によって為されているから、『宮澤賢治の彼方へ』の引用自体に当該箇所で《あの歌》は登場しては来ないのであるが、しかし、その読みの方向性については、それ以前の（羽田書店版以来の）印象が拭いがたく残っていたのではあるまいか。これは例えば秋枝美保（「『風野又三郎』としての『風の又三郎』」『國文學 解釈と教材の研究』一九九六年六月、三二頁）が島耕二版の映画（一九四〇年一〇月公開）[*9]に感ずるという、当該箇所における

高田三郎＝風の又三郎という描き方への違和についても、同じことが言える。島耕二が依拠したのは、おそらく羽田書店版であるのだから……。

四　「風の又三郎」の本文史

一体、「銀河鉄道の夜」について、《ブルカニロ博士》が登場するヴァージョンだとか、しないヴァージョンだとか、いろいろなことが言われているが、「風の又三郎」の《あの歌》が「九月八日」に出て来るか来ないかといった類の話は、聞いたことがない。そこで、ここで、必然の成り行きとして、「風の又三郎」の本文史を振り返っておくことにしよう。

①文圃堂版『宮澤賢治全集』第三巻（一九三四〔昭和九〕年一〇月）
②羽田書店版『宮澤賢治名作選』（一九三九〔昭和一四〕年三月）
③十字屋書店版『宮澤賢治全集』第三巻（一九三九〔昭和一四〕年七月）
④羽田書店版『風の又三郎』（一九三九〔昭和一四〕年一二月）
⑤岩波文庫版『風の又三郎』（一九五一〔昭和二六〕年四月）
⑥筑摩書房版『宮澤賢治全集』第一〇巻（一九五六〔昭和三一〕年四月）
⑦岩波文庫版『風の又三郎』（一九六七〔昭和四二〕年七月改版）

⑧筑摩書房版『宮澤賢治全集』第一〇巻（一九六七〔昭和四二〕年一〇月）
⑨筑摩書房版『校本　宮澤賢治全集』第一〇巻（一九七四〔昭和四九〕年三月）
⑩筑摩書房版『新修　宮沢賢治全集』第一二巻（一九八〇〔昭和五五〕年一月）
⑪ちくま文庫版『宮沢賢治全集』第七巻（一九八五〔昭和六〇〕年一二月）
⑫筑摩書房版『新校本　宮澤賢治全集』第一一巻（一九九六〔平成八〕年一月）

細かい異同は、更なる別稿に譲るとして、「九月八日」に登場する《あの歌》について言えば、これが初めて登場するのは、②羽田書店版『宮澤賢治名作選』。③十字屋書店版全集は、古書店で①文圃堂版が値上がりしているのを見て、紙型を買い取り、四～六巻及び別巻を加えたと一般に言われるが、「風の又三郎」に関して言えば、同じ三巻であるにもかかわらず、両者の本文は異なる。①文圃堂版に《あの歌》はなく、今日の目で見れば、むしろ草稿に近い。再び《あの歌》が消え、草稿本文に近づくのが、⑥筑摩書房昭和三一年版全集。以後、徹底して草稿を反映した本文掲出を目指す最新の⑫新校本全集に至るまで、基本的に変更はない。いずれにせよ、②から⑤までの《あの歌》が、草稿の当該箇所には、まったく根拠のないものであることは確認しておく必要があるだろう（図②参照）。

草稿を見て印象的だったのは、子どもたちのシュプレヒコールが真ん中の左上欄外のごく小さな書き込みだったことである。しかも実際に書かれているのは《雨はざっこざっこ〻〻〻／風〻》の

図②　「風の又三郎」自筆草稿第60葉（宮沢賢治記念館蔵）

みであり、もちろん⑫⑨新旧校本全集校異篇には「作者はこの二行をこのように略記しているが、前出二行のくりかえしとみて本文を校訂した」と校訂の事実が記され、⑫新校本では更に、校訂箇所は亀甲括弧でくくって、本文でも分かるようにしてあるから、全集の処置としては問題ないが、それにしても、多数の論者が繰り返し注目している問題箇所が、このような場所にあることには、やはり驚かざるを得ないのであった。と同時に、この《誰ともなく》の〈闖入〉は、「さいかち淵」には話者《ぼく》がいて理知的な判断を下そうとするが、「風の又三郎」にはそれがないという次元に留まるものではなく、反復がもたらす起源の他界性にまで結び付いてゆくものであることを明らかに指し示しているのであった。そして、だからでもあろうか。そもそも「風の又三郎」というテクストには、あのまことによく知られた《三年生》の問題をはじめとして、〈いる／いない〉という主題が、あちらこちらで展開されていたのではなかったか。

「九月四日、日曜」の章の冒頭は、草稿に最も忠実な⑫新校本全集の本文では、次のようになっている。


次の朝空はよく晴れて谷川はさらさら鳴りました。一郎は途中で嘉助と佐太郎と悦治をさそって一諸に三郎のうちの方へ行きました。［……］みんなはまるでせかせかと走ってのぼりました。向ふの曲り角の処に又三郎が小さな唇をきっと結んだまゝ三人のかけ上って来るのを見てゐました。三人はやっと三郎の前まで来ました。けれどもあんまり息がはあはあしてすぐには何も云へませんでした。嘉助などはあんまりもどかしいもんですから、空へ向いて「ホッホウ。」と叫んで早く息を吐いてしまはうとしました。すると三郎は大きな声で笑ひました。「ずゐぶん待ったぞ。それに今日は雨が降るかもしれないさうだよ。」

「そだら早ぐ行ぐべすさ。おらまんつ水呑んでぐ。」

三人は汗をふいてしゃがんでまっ白な岩からこぼこぼ噴きだす冷たい水を何べんも掬ってのみました。

「ぼくのうちはこゝからすぐなんだ。ちゃうどあの谷の上あたりなんだ。みんなで帰りに寄らうねえ。」

「うん。まんつ野原さ行ぐべすさ。」

みんなが又あるきはじめたとき湧水は何かを知らせるやうにぐうっと鳴り、そこらの樹もなんだかざあっと鳴ったやうでした。

四人は林の裾の藪の間を行ったり岩かけの小さく崩れる所を何べんも通ったりしてもう上の原の入口に近くなりました。

（「風の又三郎」自筆草稿第二四～二五葉、傍点筆者）


これも天沢退二郎（『謎解き・風の又三郎』九一～九三頁）[*10]が指摘するとおり、《一郎》は《嘉助と佐太郎と悦治》を誘ってやって来たのだから、一行は《三人》ではなくて《四人》のはずである。そうして《三郎》が加われば、《四人》ではなくて《五人》なのでは？——ここにも《ざしき童子》のごとき〈見えない一人〉が〈現出／消失〉している。従来の全集等本文では、①文圃堂版から⑤岩波文庫版までは《三人／四人》と草稿のままが続くが、《あの歌》では草稿に返ったはずの⑥筑摩書房昭和三一年版全集では、逆に実態に即して《四人／五人》と校訂されている。⑦岩波文庫昭和四二年改版では《三人／五人》という驚くような本文もある。⑧筑摩書房昭和四二年版は《四人／五人》、⑨校本、⑩新修、⑪ちくま文庫版、⑫新校本は、もちろん草稿どおり《三人／四人》である。

この〈見えない一人〉は、だが、やはり偶然〈現れた／消えた〉ものとは思われない。実は、《三年生》の〈存在／不在〉と《誰ともなく……叫んだもの》の問題は、その深層において結び付いており、〈見えない一人〉の問題も、そのもうひとつの現れなのではないか。そこで、最後に、「風の又三郎」の核心とも言える《三年生》の問題を、もう一度確認しておくことにしよう。

五　《三年生の問題》再び

少年小説「風の又三郎」は、四行の《あの歌》に続いて、次のように始まっている。

> 谷川の岸に小さな学校がありました。
> 教室はたった一つでしたが生徒は［(ナシ)→三年生がないだけであとは］一年から六年までみんなありました。
> （「風の又三郎」自筆草稿第一葉）*11

そして、本稿第一節でも紹介したとおり、作者は推敲時に「三年生がないだけであとは」という加筆をしているが、そのあとの部分では、三年生が何人もいることになっているのである。①文圃堂版以来、⑧筑摩書房昭和四二年版までは、草稿第七葉の「六年生は一人　五年生は七人　四年生は六人　三年生は十二人　組ごとに一列に縦にならびました」の《三年生》を《一二年生》と読み換えることで（そうすると、後に登場する「二年生は八人一年生は四人」と符合することもあって）、《三年生》の存在は、本文の奥に押し隠されていた。少し後で教室に赤毛の子どもを発見した学童たちが「「あゝ　三年生さ入るのだ。」」と叫ぶのとも呼応して、それは実に自然に感じられた。だが、それは（最後に書かれた）「九月二日」の章で、《四年生》の兄《佐太郎》に《木ぺん》をとられた、《三年生》であるはずの《かよ》[*12]が《二年生》にされ、

> 「では三年生のひとはお休みの前にならった引き算をもう一ぺん習ってみませう。これを勘定してごらんなさい。」先生は黒板に $\begin{array}{r}25\\-12\\\hline\end{array}$ と書きました。三年生のこどもらはみんな一生けん命にそれを雑記帖にうつしました。かよも頭を雑記帖へくっつけるやうにして書いてゐます。「四年生の人はこれを置いて」$\begin{array}{r}17\\\times\ 4\\\hline\end{array}$ と書きました。四年生は佐太郎をはじめ喜蔵も甲助もみんなそれをうつしました。
>
> （「風の又三郎」自筆草稿第二四葉）

の《三年生》が、これも《二年生》に置き換えられた結果なのであった。あるいは①文圃堂版から⑤岩波文庫版までの同じ箇所は、

> 「では四年生のひとはお休みの前にならつたことを、もう一ぺん習つてみませう。これを勘定してごらんなさい。」
>
> 先生は黒板に $\begin{array}{r}17\\\times\ 4\\\hline\end{array}$ と書きました。
>
> 四年生は佐太郎をはじめ喜蔵も甲助もみんなそれをうつしました。

（①文圃堂版全集第三巻、二三二頁）

と《三年生》の影すらない。もちろん今なお、

「では一年生（と二年生）の人はお習字のお手本と硯と紙を出して、二年生と四年生の人は算術帳と雑記帳と鉛筆を出して、五年生と六年生の人は国語の本を出してください。」

という⑦岩波文庫昭和四二年改版九三刷（二〇二一年三月）二一頁の《（と二年生）》は余りに不自然なのだが……。

そうした箇所の草稿における実態を初めて明らかにしたのが⑨校本全集であり、しかし矛盾が生じた結果、⑩新修版（と⑪ちくま文庫版）では逆に「三年生がないだけであとは」という加筆の方が本文から外されたのである。そうすれば《三年生》を巡る矛盾は奇麗に解決する。それは一つの大きな発見であった。だが、この本文校訂は正しかったのだろうか？

およそ文学作品にとって、その真のリアリティを支えるものは、作家固有のモチーフであり、それは必ずしも理屈の通ることを要求しない。当の校訂を施した天沢自身（『《宮澤賢治》鑑』筑摩書房、一九八六年、三〇〇頁[*13]）が、後に「これをいちがいに、作者の消し忘れなどと云ってすむものではないかもしれない。少なくとも、一般向けの、あるいは子ども相手の刊本だからといって、安易に、

「三年生がないだけで」を削除しさえすれば《後は全く問題がない》などというべきではなかった」と語り、当該箇所についての作者心理上ならびに作品要請上の必然性を指摘しているとおり、やはりこの本文校訂には無理がある。《又三郎》は不在の《三》を目指して、ここに現れたのであり、[*14]この一文は、作家にとって決して置き換えの効かない唯一不可換的なものなのだ。それはまた、ここまで「九月八日」に《叫んだもの》は誰かをはじめとして、「九月四日」の〈見えない一人〉を検討した本稿の主旨からも導き出される結論であり、《三年生》は〈いるけれどいない〉のであり、《風の又三郎》もまた、そのような場所から現れ出るものであることは繰り返し言うまでもないだろう。

＊1　「種山ヶ原」草稿に対する黒インクの手入れ。『新校本　宮澤賢治全集』第一一巻・校異篇では、「種山ヶ原」草稿最終形態の文字そのものを転用している箇所を、ゴシック体で示し、改稿後の文字を明朝体にして、手入れ結果のみを掲出しているが、本稿では、改稿の方向性を見やすくするため、［改稿前→改稿後］という形で、改稿前の文言を提示した。いっぽう、改稿途上の訂正は、煩雑になるため、掲出していない。本稿における全集・校異篇からの引用については、以下、断りのない場合、同じ。

＊2　吉田文憲『宮沢賢治　妖しい文字の物語』（思潮社、二〇〇五年）一四四頁、アト・ド・フリース『イメージ・シンボル事典』（山下主一郎ほか訳、大修館書店、一九八四年）三四三頁「horse ウマ」の項などを参照。

＊3　佐々木宏幹・宮田登・山折哲雄監修『日本民俗宗教辞典』（東京堂出版、一九九八年）五八～五九頁「絵馬」の項などを参照。

＊4　『新校本 宮澤賢治全集』第一一巻・本文篇一九二〜一九三頁。引用文中「又三郎は笑ひもしなければ物も云ひません」の箇所は、同全集一九二頁一八行目では「又三郎は笑ひもしなければ物を云ひません」となっているが、『校本 宮澤賢治全集』第一〇巻一九二頁一八行目でも「又三郎は笑ひもしなければ物も云ひません」と判読されており、宮沢賢治記念館所蔵の自筆草稿コピーでも《も》と読めるので、新校本全集の誤植と思われる（傍点筆者）。

＊5　『世界大百科事典』第二六巻（改訂新版、平凡社、二〇〇七年）五六〇頁「マイブリッジ」（金子隆一執筆）の項などを参照。

＊6　本稿執筆にあたって、随時、参照した『謎解き・風の又三郎』（丸善ライブラリー、一九九一年）で、天沢退二郎は「風神と馬という結びつきは、神話学的にもフォークロア的にも根拠がありそう」だとしながら、「しかし私はここで、三郎（又三郎）イコール馬であるというような短絡や飛躍は避けたい」（一二四頁）として、それ以上、踏み込むことをしていない。たしかにそうした当然すぎる根拠を取り立てて指摘することは、あまり意味を成さないかもしれないが、「風の又三郎」という作品において《馬》の登場が複数の文脈から実に自然に感じられるということは、あからさまなオリジナリティを主張するのとは異なる、賢治テクストにおける深い言葉の現れ方を検討する上で、相当に意味のあることだと思われる。そこで筆者は、あえて神話学や民俗学の観点から、その根拠を確認し、更にこれまで意識されて来なかった《馬》と映画の結びつきを指摘した。「フィルムを逆まわしにして、変装をはぎとってもとへもどせば、高田三郎はいつでもまたもとの、ガラスのマントを着てすきとおった沓をはいた風の又三郎にもどるわけですね。まさに、それが、「九月四日」の章で起こることです」（『宮沢賢治の世界』NHK市民大学テキスト、一九八八年、一二七頁）という天沢の詩人的洞察は、蓋し、卓見である。

＊7　天沢退二郎『謎解き・風の又三郎』一七〇頁に紹介されている。

＊8　初出は「『風の又三郎』再考――「九月八日」の章末をめぐって」（『言語文化』第二号、一九八四年二月）八～九頁。

＊9　『風の又三郎』一九四〇年一〇月公開（モノクロ）、製作＝日活多摩川、監督＝島耕二、脚本＝永見隆二、小池慎太郎、撮影＝相坂操一、出演＝片山明彦（三郎）、大泉滉（一郎）、星野和正（嘉助）、中田弘二（先生）、北龍二（三郎の父）。

＊10　天沢は同書で、この人数の違いを、映画のフレームの問題と関連付けて考察しており、「風の又三郎」に映画的想像力を認める本稿にとって、大変興味深い指摘である。

＊11　初行は鉛筆による第一形態。「教室は……」以下はブルーブラックインクによる書き込みと直後の加筆。

＊12　このエピソードが、同級生の《慶助》に《木ぺん》をとられた《キッコ》が、見知らぬ《おぢいさん》から不思議な《鉛筆》をもらう「みぢかい木ぺん」を連想させることは言うまでもない。風妖《又三郎》が降りてくる《高田三郎》と、不思議な力を持った《木ぺん》が手に入る《キッコ》の在り様には、どこか共通性があるように思われる。

＊13　初出は「『風の又三郎』再考――三年生の問題」（『宮沢賢治』第五号、洋々社、一九八五年四月）四四～四五頁。

＊14　ちなみに島耕二版の映画では、いないのは《五年生》になっている。《高田三郎》が《五年生》であることに由来するそれは、それなりに現実的な解釈ではある。

＊――賢治テキストの引用は、特に断りのない場合、筑摩書房版『新校本　宮澤賢治全集』に拠ったが、自筆草稿コピーを傍らに置いて、随時、参照した。

早池峰山
「風の又三郎」の小学校は、
早池峰山麓の大迫の火ノ又分教場がモデルのひとつとされる

コラム③

遠野

安智史

二〇〇五年の広域市町村合併で隣市となった遠野市と、賢治の故郷花巻市は、いずれも盛岡藩（南部藩）の領地であり、それぞれ、鍋倉城、花巻城の城下町として栄えた。両者の間には街道が通い、交通の要所だった。一八九〇（明治二三）年、花巻に東北本線が開通。花巻駅経由で遠野に向かうことが、東京からの最短ルートとなり、『遠野物語』（一九一〇年）の柳田国男もその一人となる。その後、一九一四（大正三）年に花巻—遠野間を結んだ岩手軽便鉄道が、銀河鉄道幻想の源泉となったことは言うまでもない。

賢治が実際に遠野郷を訪れた最初の記録は一九一五（大正四）年、盛岡高等農林学校一年の夏に花巻から五〇キロを歩いたというものだけれど、もともと遠野と共通の精神風土にいたといえる。だからこそ——賢治が柳田の文献にどの程度親しんでいたのかは、未詳の部分が多いけれども——文献によるまでもなく、むしろ、それよりもはるかに正確に、その場所の本当の精神をとらえ、開かれた想像力によって作中に生かし、物語化したといえるだろう。

民俗学的に見れば、賢治は聞き書きする記録者（心象スケッチという形をふくめて）と、聞き書きをされる語り部の、両義的な立ち位置にいたともいえる。のち、『遠野物語』の語り部でありつつ民俗学者として卓越した聞き手でもあった、遠野郷出身の佐々木喜善（ただし、賢治と直接に交流した晩年には仙台に移住していた）と意気投合した根底にも、民俗風土の共通性、エスペラント語志向などとともに、語り手／聞き手の両義性という立場の共通性があったのではないか。

また、喜善の『聴耳草紙』や、喜善の収集した話を基とする『遠野物語拾遺』などに登場する、山中の目一つ一本足の化物についても、一九七〇年代以降の金属民俗学の進展によって、柳田説が批判されるはるか以前……というより、柳田がはじめて「一つ目小僧の話」(一九二二年)を発表した同時代において、賢治はすでに、一つ目小僧の原型となった容姿、片眼がつぶれて、片足が変形した「をかしな形の男」として「どんぐりと山猫」に山猫の馬車別当を登場させていた(本書収載の拙論「近代化する山中異界」参照)。金をはじめ各種鉱物が豊富であった遠野─花巻周辺の風土のなかで生まれ育った賢治だからこそ、柳田説を批判した半世紀後の金属民俗学に先んじて、鍛冶氏族の神の容姿を物語中に生かすことができたといえるだろう。

また、賢治と遠野を結ぶもう一人の重要人物として、遠野郷の上郷小学校教師を務めていた、元教え子の沢里武治がいる。一九三一(昭和六)年八月末、賢治は沢里の教える小学校を取材し、それが「風の又三郎」に生かされた。この点でも、遠野は賢治の物語世界の源泉だった。

のみならず、この取材の際、賢治は、遠野駅で沢里と合流し、上郷駅に向かう岩手軽便鉄道のデッキで、「風の又三郎」冒頭の歌を、沢里に作曲を依頼すべく、歌うというよりも叫んでみせたという。そのあまりの迫力に、沢里は作曲をあきらめるしかなかった。けれども、今でも遠野の夏、釜石線や旧軽便鉄道跡を辿ると、透明な風の中から「どっ、どどどどう、どどどう、どどどう」と叫ぶ賢治の声が響いてくるかもしれない。

北上川にかかる鉄橋を渡る岩手軽便鉄道の列車

4

風景と存在

〈川〉という場所

澤田由紀子

はじめに――〈川〉の流域と作品の関係

宮沢賢治の、ひとつの肖像写真がある[*1]（図①）。一九二六（大正一五）年三月、卒業式の日に[*2]、教壇に立つ姿を同僚に撮影させたものである。背後の黒板には奥羽山脈と北上高地が左右に描かれ、奥羽山脈側から北上川へとその地質構造が描かれている。写真の宮沢賢治の姿は、衿の様子から礼服と思われる服装をしていることが見て取れる。黒板の内容は退職の記念の写真撮影のために書かれたものと推測される。宮沢の教職生活の象徴として描かれたものが地質の図であったこと、そしてそれが北上川を真中に、まるで岩手県を東西に切り取った断面図のような地質図であることは、非常に興味深い[*3]。

図①　教壇に立つ宮沢賢治

この地質断面図に見られるように、彼の生まれ育った岩手県の真ん中を北から南へ流れる大きな流れ、北上川を語ることなく、彼の故郷を語ることはできない。その川は、両岸の奥羽山脈と北上高地からいくつもの流れが注ぎ込むものであり、その流れの果ては石巻で太平洋へと注ぎ込んでいく。彼はその川と山地の形成についての知識があり、〈川〉という場所によって、彼は自らの歴史認識を構築し、時間と空間についての考えを深めていくのである。北上川だけに留まらず、彼の生活圏には多くの山地からの支流が存在し、そうした支流が遊び場となり、また、生活のなかでの欠かせない風景となっている。その環境のなかで暮らしてきた宮沢賢治という作家の〈川〉を語るには紙幅がいくらあっても足りないが、〈川〉という場所の、彼にとっての性質を明らかにすること、少なくとも作品に投影された〈川〉とその流域が何をもたらしているかを分析することで、彼が〈川〉という場所に何をみていたのか、そしてそれは作品世界の形成にどのように影響していったのか、その一端を明らかにすることができるのではないだろうかと考えている。そしてそれは、偶然に川がそこにあったからではなく、作家の意識の振幅に合致した選択として、表現の場として〈川〉が選択されたのである。〈川〉とその流域は、生き物の生と死に深く結びついたものとして認識されていたことを、具体的な作品の検証から明らかにしてゆきたい。

一　〈川〉という場所——文語詩未定稿「〔ながれたり〕」から文語詩稿「麻打」へ

宮沢賢治の晩年にまとめられた「文語詩稿　五十篇」の中に、川辺の情景描写を含む、「麻打」[*4]という一篇がある。

麻打

①楊葉の銀とみどりと、　　はるけきは青らむけぶり。

②よるべなき水素の川に、　　ほとほとと麻苧うつ妻。

この詩篇には、おおよそ、歴史的に文語で描かれた詩篇の手法そのままに、ある風景が語られ、そこに輻輳するように、さらに別の風景が重ねられて語られる手法がとられている。「文語詩稿　五十篇」の一詩篇であるこの詩篇は、その校異の最終稿である〈定稿〉である。文語詩稿の特徴は、原稿用紙にこうした一篇のみ、行間をあけて行番号が付された一行を五／七の韻律で読点で区切り、句点までをひとまとまりとして書かれているところにある。行と行の間は離されていて、行番号が付された一連がひとつの叙景・叙情を描写し、それを二つ、四つと重ねるというのが「文語詩稿」[*5]の手法であり、それが明確に示されたのがこの詩篇である。[*6]

この詩篇は、その原稿の校異を遡れば、宮沢賢治の初期作品である短歌の時代までに至る。その改稿過程は、この「麻打」の〈定稿〉に至るまで、いくつもの支流に分かれていくかのごとくだ。変遷を続ける作品の姿に、自身が初めて〈定稿〉という言葉をその「序」に使ったのが、晩年の「文語詩稿　五十篇」である。「永遠の未完成これ完成なり」[*7]という言葉に象徴的に示されているように、その晩年でも絶えざる改稿をあらゆる作品に与え続け、その完成形をようやく自身に許した作品群[*8]が「文語詩稿　五十篇」という作品への自負を示すことにもつながっているといえよう。

そうした〈定稿〉詩篇のひとつであるのが、この「麻打」である。この詩へとたどり着いた道のりは、単なるモチーフの支流として片付けられない奥深さをもち、ひとつの完成された世界として、〈定稿〉「麻打」は存在している。

この「麻打」については、「文語詩稿　五十篇」でも典型的な二連二行構成で、かつ、題が付されたものである。[*9]丸番号として残された行番号が付されたものを連とみなし、その第一連では、読点・句点までの二つのパートが近景と遠景を描写している。

第一連「楊葉の銀とみどりと、はるけきは青らむけぶり。」では、あたかもカメラのフォーカスを、近景の楊葉へと焦点化し、次に焦点リングをまわして霞む遠景の様子へあわせていくかのごとく、視線の動きをそのままに再現した近景／遠景の風景描写が行われる。

そして、その〈対〉としての第二連が、その風景描写にかぶせられてゆくのである。第二連「よるべなき水素の川に、ほとほとと麻苧うつ妻。」では、一行の中に、読点で区切られた二つの描写が、叙情として対置されている。第二連ではまず、視点は川へ焦点化されるが、「よるべなき」の詩句は、川辺にかけられた枕詞の役目も果たし、読点に続く後半にまでその影響を及ぼす効果を狙っているといえよう。しかし、注目すべきは、万葉の時代からある「よるべなき」「川辺」「浜」という頼りない不安な心情を吐露してきた風景描写を利用しつつも、作者は川を近代的な視点でもって、その川の水を水素分子へと分解し、「水素の川」と表現することで、表面的で典型としての描写をさけ、かつ、作者の独自の視点、世界を見る見方を示し、古典ではなく現代の文語表現を獲得している点である。

その水素分子が水となり、川となって流れていく様と、読点後はその川辺で日々のつらい労働としての麻打ちをする「妻」の姿、その双方が「よるべな」いとは如何なることであるのか。「妻」の心情としての「よるべな」さは、ある程度の幅で解釈できるところであろう。成立当時の東北の人々の暮らしは決して楽なものではなかった。作者・宮沢賢治の晩年には、凶作も続き、「文語詩稿」には多くの労働者の辛さや悲しみが描かれているが、特に「文語詩稿」に特徴的なのは、今まで描かれなかった女性の労働の辛さを描いた作品が多いことである。日常着としての麻布を織る仕事は伝統的に女性の労働であり、[*10]麻の栽培から糸に生成し、布として織るまでの長い作業のすべてを女性が担っていた。麻の栽培は衣類の自給自足と現金収入の道であり、女性の労働と位置づけられていたのである。このことはこの詩篇が〈定稿〉として描かれた当時でも同じであり、「麻打」では、川の水を利用して糸の繊維を細くするための麻打ち作業と、織り上げた布を川の水に浸してからたたいてぬめりをとる作業の、そのどちらをしているのかは不明であるが、いずれにしろ川辺で水を利用した労働に従事している姿が描かれている。古くから続く女性労働の姿と、近代的な視点の川の描写を、いずれも「よるべなき」ものとして表現する作者の視点は、描写する側の主観のありようを示している。

宮沢賢治の作品には、世界を表現する方法として、科学用語を多用し、新たな視点を持ち込もうとする傾向があるが、この詩篇にもそれは現れている。鳥の動きをブラウン運動で示した詩「小岩井農場」等にもみられるように、物質を分子に分解するまなざし等に示される科学的視点は、作者自身が世界をどう理解するのかという意識に関わっている。その詩の表象する世界を理解するためには、その科学的視点への理解が欠かせないものとなっている。水は実際には水素と酸素で構成されるが、表現としての「水素の川」は、そうした厳密性を超えて、世界を分子の眼で見る視点として理解できるものである。それは世界を流動的で不確定であるとする作者の世界認識に通じている。そこに、当時の社会状況と、辛い女性労働の現状が、第一連と〈対〉になることで、現代の詩篇としての意味をもつのである。「よるべなき」姿、それは物質の流動性と生命のはかなさの描写であり、詩人の構築する世界へのまなざしを我々に示しているのである。

この詩篇がこの〈定稿〉となっていく過程のその源泉を辿ると、結局、この〈定稿〉詩篇にも原点のモチーフが反映されていることがわかる。

まずは、最も古い描写としての短歌作品153・154（「歌稿〔B〕」）を検証してみよう。[*11]

153対岸に
　人、石をつむ
　人、石を

積めどさびしき
水銀の川

154すべり行く
水銀の川
そらしろく
つゆ来んけはひ鳥にもしるるし

これらは、明らかに次に引用する「麻打」下書稿㈠に示された、洪水被害の後の河川の護岸工事の様子を描いたものである。この護岸工事の様子は最初の文語詩化の際に、次のように肉付けされた。

この川の水かさまして
人人は岸に石積む
そらしろくつゆこんけはひ
せきれいのわざにもしるく

舟わたす針金の索
ひたひたと水面を拍てり

みなかみは黒き船橋
雲かづく死火山の藍
きみが辺を来るこの川の
水まして水は濁らね

柳やゝ青らむなべに
人人なほ石積めり[*12]

北上川は洪水被害が多く、宮沢賢治が中学生時代にも盛岡では市内を流れる支流の中津川の洪水被害が何回も起きている。「文語詩篇ノート」には「一九一一年九月」の項に[*13]「中津川洪水」の文字も見られる。この頁は盛岡中学三年の項にあたるが、実際に甚大な被害を被った中津川の洪水は前年の一九一〇（明治四三）年の八・九月に起こっており、[*14]特に九月一日から四日にかけての大雨の被害は甚大で、九月三日は大豪雨・大洪水のため盛岡中学校は休校となっている。この時の大洪水で盛岡の上、中、下の三橋は流失し、一六七〇（寛文一〇）年以来の大被害となり、また北上川沿岸は

図②　中津川・上の橋上流の氾濫の様子（『盛岡市大洪水写真帖』）

いたるところ氾濫し、紫波、稗貫のみならず江刺、東磐井までも水害被害は広がった。[*15]「文語詩篇ノート」の記載は曖昧な記憶による誤記と思われるが、ノートに記すほどの鮮明な記憶と、その大きな被害への思いが、文語詩稿化するモチーフのひとつとして浮上するものであった事実は、まぎれもないものである。

　晩年に文語詩稿として再び作品化される時、下書稿では、洪水被害からの復旧作業に追われる人々の辛い労働の姿と、その労働する人々の背景として「そらしろくつゆこんけはひ」「みなかみは黒き船橋／雲かづく死火山の藍」などの表現をあわせることで、工事が終わる前にもう一度雨が降り、人々の復旧作業が再び灰燼に帰すような可能性までも示唆する内容に展開させている。このことは一九一〇年の八月の大洪水の後、復旧する間もなく九月に再び大洪水が起こった事実と重なる。「人人なほ石積めり」の詩行には、大きな自然災害の力を前にして、非力ながらも寡黙に生活を守ろうとする人々の営みとその悲しみが見え隠れする。

　これはこの詩篇（「麻打」下書稿㈠）に手を入れた下書稿㈡において「ほのかにも倦みてうたひつ」が「人人なほ石積めり」の代わりとして挿入されたことからも、このときの詩の主題が自然災害とその大きな力を前にした非力な人々の悲しみであったことがわかるものである。
しかし、命のはかなさと〈川〉が関連する発言は、この詩篇だけに示されたものではない。実際には出版されなかったが、「集」としてまとめ上げた口語詩の『春と修羅 第二集』の「序」の最終部においても、次のような言葉が見られる。

北上川が一ぺん氾濫しますると
百万疋の鼠が死ぬのでございますが
その鼠らがみんなやっぱりわたくしみたいな云ひ方を
生きてるうちは毎日いたして居りまするのでございます[*16]

この第二集の「序」では、『春と修羅』の「序」とは対照的に、自らのそれまでの行動を反省・卑下しつつも、大きなことは言えなくても小さなことでも自らできることをしている今の自分を尊び、自らを洪水で流されていく鼠に喩えて、その鼠のようなはかなき命が、他の人から見れば矮小に見られようとも、命ある限りそう考え行動する自らの立場を尊いと主張しているのである。そこには、仕事に大きいも小さいもない、命にも大きいも小さいもないとする詩人の自負がある。それを表現する際に、川を流れる鼠の大量の死骸というイメージを付与するところに、宮沢賢治のもつオブセッションが存在している。[*17]

川と死が結びつくイメージは、宮沢賢治の作品の中にたびたび見られるものであるが、その最初はかなり早い。小学校二年時の友人の溺死事件が大きな影響を及ぼしていることは多くの論者が指摘していることであるが、加えて仏教の地獄図のようなイメージを用いて、死のイメージとする幻想が、一九一八（大正七）年の学生時代の書簡[*18]に示されている。それは「青びとのながれ」と呼ばれている幻想である。

私の世界に黒い河が速にながれ、沢山の死人と青い生きた人とがながれを下って行きまする。青人は長い手を出して烈しくもがきますが、ながれて行きます。青人は長い長い手をのばし前に流れる人の足をつかみました。また髪の毛をつかみその人を溺らして自分は前に進みました。あるものは怒りに身をむしり早やそのなかばを食ひました。溺れるものの怒りは黒い鉄の瓦斯となりその横を泳ぎ行くものをつゝみます。流れる人が私かどうかはまだよくわかりませんがとにかくそのとほりに感じます。

この幻想は、以後、「歌稿〔A〕[*19]」の短歌表現にも現れる。

青びとのながれ

680 あゝこはこれいづちの河のけしきぞや人と死びととむれながれたり
681 青じろき流れのなかを死人ながれ人々長きうでもて泳げり
682 青じろきながれのなかにひとびとはながきかひなを〳〵うごかすうごかす
683 うしろなるひとは青うでさしのべて前行くもののあしをつかめり
684 溺れ行く人のいかりは青黒き霧とながれて人を灼くなり
685 あるときは青きうでもてむしりあふ流れのなかの青き亡者ら
686 青人のひとりははやく死人のたゞよへるせなをはみつくしたり
687 肩せなか喰みつくされししにびとのよみがえり来ていかりなげきし

688青じろく流るゝ川のその岸にうちあげられし死人のむれ

689あたまのみひとをはなれてはぎしりし白きながれをよぎり行くなり

書簡に示された「黒い河」が、実際の川ではなく、観念的なものであることは明白である。この歌稿に示された、幻想の生者としての青びとが、死人とともに流れる河という心象風景は、すでに多くの論者が指摘しているように[20]、宮沢賢治が『心象スケッチ　春と修羅』で示した、自らを〝修羅〟と認識するモチーフへと導かれる、その原初のイメージであったことは間違いない。白身を模した「青びと」と、死者が、同じ流れの中にあり、「歌稿〔A〕」では、死者をも食むような青びとの強烈なイメージを、〈川〉の水の流れのイメージの中に潜ませている。これらの作品が描かれた頃は若く、懊悩深き頃であることはよく知られているが、それが一過性のものではなく、作者の作品の通奏低音となるような深い深いところで、常に保たれていたことは、同じモチーフで、晩年の作である詩篇「〔ながれたり〕[21]」（「文語詩未定稿」）があることからもわかる。以下はその冒頭箇所である。

ながれたり
　夜はあやしく陥りて

ゆらぎ出でしは一むらの
陰極線の盲（しひ）あかり
また蛍光の青らむと
かなしく白き偏光の類
ましろに寒き川のさま
地平わずかに赤らむは
あかつきとこそ覚ゆなれ
（そもこれはいづちの川のけしきぞも）

基本的な内容の展開は、前述の一九一八（大正七）年の書簡中に見られるものと変わらない。書簡や歌稿では具体的な場所を指示していないが、この文語詩未定稿「（ながれたり）」では行頭の字下げや括弧付きの詩行によって、詩篇における視点の位相の差を示し、その位相の異なる視点位置を読み手が解釈することによって、字下げのない行を基準とする叙景が、視点人物の心象の中の幻視された風景と、同じ視点人物により現在時制で描写された〈現実〉風景とを、二重化していく構造によって、深化が示されている。

途中で行頭を五字下げられ括弧でくくられた詩行「（そもこれはいづちの川のけしきぞも）」とは、歌稿680から引き継がれた詩句であるが、ここでは括弧という記号により詩中では明確に位相を変えた内声という形で詩行に挿入されている。一方、冒頭行の次の行から、二字下げされた詩行五行は、この詩篇ではここのみ表出するもので、しかも、字下げのない基準の視点と、括弧付きの詩行とも違う視点と想定されるものであり、このことからも、この五行の視点位置は、詩の世界の性質を解き明かす鍵と考えられる。

冒頭の「ながれたり」から、突然位相の違う視点で「夜」が「あやしく陥り」、「陰極線」や「蛍光」「白き偏光」といった、宮沢賢治が頻繁に使用する化学実験の比喩に彩られた自然の「あかり」が、「青らむ」という描写がここでは続く。風景とそれをつつむ光の描写を、心象スケッチ風にしかし冷静な目で描いた箇所である。「ながれたり」の主語は記されていないため、これらの光も、何をそのような光として描写しているのかは、ここまででは示されない。七行目で、ようやくそれは「川」の色で「ましろ」であり、「寒き川」であると、基準の視点で語られることになるのである。そして、その視点では、視点人物の時制で時間が「あかつき」であることも示されているために、この視点は現在時制で「川」を見ている視点であり、括弧付き内声である「(そもこれはいづちの川のけしきぞも)」と述べる内声とは、認識として対立する視点であることも明らかになる。故に、その対立軸からまた一歩離れたところから語られた詩行が、行頭二字下げ詩行となる。

本来、文語詩の地の詩行の視点とは、この二字下げ詩行に近い描写の態度であるが、この詩篇では、字下げのない冒頭視点が語りを統制して行くために、現在時制の視点の語りが、幻想の中に取り込まれていく様が展開していく。その幻想と現実を橋渡しする、冷静なる表象が二字下げの視点であろう。しかし、これ以降そうした冷静な視点は浮かび上がらない。むしろ括弧付き内声が、現在時制の語りの意識への疑問を呈して、平衡を保とうとするかのように進行していく。冒頭視点では現在の視点で、今、見ている川の、すぐそこに死人の屍で作られた筏に乗った男が、筏にとりすがり川の流れから逃れようとする若い男を払いのけるという風景を見ていくのである。

また下りくる大筏
まなじり深く鼻高く
腕うちくみてみめぐらし
一人の男うち座する
見ずや筏は水いろの
屍よりぞ組み成さる

髪みだれたるわかものの
筏のはじにとりつけば
筏のあるじ瞳(まみ)赤く
頬にひらめくいかりして
わかものの手を解き去りぬ

ここには、童話「ひかりの素足」で、うすあかりの国で鬼に歩かされている兄弟の描写に類似する、〝修羅〟の世界が描かれていると言えよう。〝修羅〟の世界ではあっても、歌稿や「ひかりの素足」のような、あきらかな幻想として描くのではなく、今見えているその景色を、あたかも実際に見ている川の風景として描写し、内声によってそれが心象中の風景であることを示唆し、反論する構造となっている。その様子は次の箇所にも示されている。

共にあをざめ救はんと
流れの中に相寄れる
今は却りて争へば
その髪みだれ行けるあり
（対岸の空うち爛れ
赤きは何のけしきぞも）

明け方に筏で川を下る、というモチーフは文語詩稿にまま見られるものである。それは、酒船であったり、木を搬出する筏船であったりする。労働の憂いや辛さ、人々の普段の姿や気取らない姿を描こうとするのは、文語詩稿の特徴でもある。「麻打」に描かれた「麻苧うつ妻」もそうした労働の姿の描写の一つであり、そこには今の現実の人々の暮らしをしっかりと見つめる詩人の姿勢がうかがえる。しかし、この「〔ながれたり〕」の船の描写には別の側面も示されている。現実の川と、心象中の川、この二つの〈川〉の表現のありようを、みてゆく必要性があるだろう。

これは「麻打」において第一連が現実の風景描写としてあるなら、第二連は、現実の視覚を超えた、一気に「水素」というミクロの概念を挿入し、世界を多重的に見ようとする視線によって表現されていることと相似である。詩篇「春と修羅」で表現された「二重の風景」という詩語があるが、現実と心象の風景の二重性は、晩年の文語詩までも引き継がれている。そして、それが〈川〉という場で頻繁に表現されていることは、留意する必要があるだろう。そのことは、宮沢賢治が、世界を見る視線に、〈川〉が深く影響を与えていることとつながりがあると考えている。

二　〈川〉の空間認識――「やまなし」から「銀河鉄道の夜」へ

初期作品の中で、川を物語の舞台とするものとしては、生前発表作品である「やまなし」がその特徴をよく示していると考える。「やまなし」は、山の小川に住む蟹の親子の住む世界を、〈幻燈〉として描こうとするものである。「小さな谷川の底を写した二枚の青い幻燈です。」という言葉から始まるその物語は、谷川の底を川の表面の上から写すのではなくて、川のその流れの中に自らも蟹の子供らとともにいるように、水面から上の世界を別の世界と見なして、川の底から見上げた水面、本文では「天井」と表現される場所に写る影や光を、まるで蟹の親子がスクリーンのように見ているという、新しい視点を獲得した物語でもあった。そのスクリーンに写し出されていくものとは、クラムボンという、何かは明らかにされないものが、魚の遊泳によって消えていったり、太陽の光によって光り輝く様など、日光という幻燈機が次々に写し出してゆく水中の世界の変化の姿である。蟹の子供たちの視線では、「クラムボンは死んだよ」「クラムボンは笑ったよ」と、その様子を表現しているが、ここでの蟹の子供たちの「死んだよ」という言葉には、死の本質は自覚されていない。世界の変容を楽しんでいるだけである。

その本質は、世界を区切るそのスクリーンの向こうから突然、青くて光るものが自分たちの世界に出現し、今まで行き来していた魚をどこか違う場所へ連れて行くという、衝撃的な事件によって示され、子供たちは自覚を促されるのである。スクリーンと思っていたその境界が突然破られて魚を死の世界に連れて行くことから、天井が幻燈のスクリーンではなく、ひとつの境界面であり、その向こうの「こわいところ」の存在を示すことで、蟹の子供たちの世界は、死と隣り合わせで、自分たちの知らないより広い世界がむこうに広がっていることが明らかにされるのである。このことへの恐怖の感情を、蟹の子供たちは、再び何かが天井という境界面を越えて来たときに感じ、怯えることになる。それは実は、熟して落ちてきたやまなしの実であったのであるが、一度自覚された境界面をこえてくるものへの怯えは、繰り返される。蟹の子供たちにとって、お父さんの「安心しろ」という言葉があっても、世界はもう以前の姿では認識されていないのである。世界は拡大し、それまで自覚していなかった「死」を身近に感じる場所へと変容していく、それが「やまなし」の物語の示した世界であった。

この作品に示された空間認識は、未発表の初期の童話作品「双子の星」の世界と比較することで、その深化をみることができよう。「双子の星」で描かれる世界は、天の川の星の世界と、その空の下の世界とに分けられている。「一」では、主に星の世界で物語は進行するが、「二」においては、双子の星たちは、彗星にだまされて、二つの世界の中間である「青ぐろい虚空」をまっしぐらに落ちていき、海の底へたどり着く。そこではヒトデが実は落とされた星であることを知り、二つの世界につながりがあることが示されていく。

この物語の背景には、聖なる存在の落下、という宮沢賢治が詩篇「〔堅い瓔珞はまっすぐに下に垂れます〕」[*22]に描いたものと同じモチーフがあるが、「双子の星」では星空と下の世界は同じ王様をあがめる世界として一つの世界を構築し、そこには「死」への恐怖という内容は含まれていない。世界の広さを自覚する部分は同じとしても決定的に違うのは「やまなし」においては、自覚により世界が変容してしまうことだろう。海の底から天空の上までを一つの世界と見なす視線のはじまりは「双子の星」にあっても、そこに「死」を内包した世界を導入したことで「やまなし」の空間への認識は深化している。そしてその背景には、「青びとのながれ」からくる、〝修羅〟の世界の投影があると考えるのである。それは、詩篇「春と修羅」において、ひとつの固まった形をみせていく。〝修羅〟である「わたくし」は、「四月の気圏のひかりの底」にあり、そのまなざしの先には「れいらうの天の海」がある。その「天」を見上げながら「唾し　はぎしりゆききする」〝修羅〟としての己の姿とその自覚、世界観が描かれることとなるのである。「青びとのながれ」と「やまなし」は、『春と修羅』においてある完成を見る宮沢賢治の空間認識や歴史認識を準備した作品と言えるだろう。『春と修羅』の「序」に見られる歴史認識と空間認識は、最終的には「銀河鉄道の夜」に反映されている。次には「銀河鉄道の夜」の空間認識を、そこに描かれた〈川〉の在りようによって検証したい。

三　〈川〉へのまなざし――「銀河鉄道の夜」とふたつの〈川〉

宮沢賢治の作品においては、〈川〉は地上にだけでなく天にもある。このような視点の転換については前節でも触れたが、物語の中でそのことが大きな構成要素となっている作品の代表的なものとしては「銀河鉄道の夜」が挙げられることは言うまでもない。

作品に登場する〈川〉は、物語の舞台としての「川」と、物語の基盤をなすモチーフの〈川〉の二つが交錯している。

最初に、「銀河鉄道の夜」で具体的に〈川〉のモチーフがどのようにちりばめられているのかを見てみたい。教室で先生が教える銀河は、「天の川」として示される。この銀河＝天の川は、後に主人公ジョバンニが街で見かける星座早見盤に描かれていて、ジョバンニは再びその天の川、銀河の〈川〉へと想いをはせることにつながっていく。また、その日は現実の「川」へ烏瓜を流す行事のある「ケンタウル祭」の日として設定されている。ジョバンニは、祭りの行事の行われる川へ向かうザネリと出会い、ザネリの心ない言葉に傷つき、皆のいる川と反対の丘の上へ行き、まさしく実際の天の川を見上げているうちに、天の〈川〉に沿って走る銀河鉄道に乗ることになるのである。その銀河鉄道の中で、かつては親しい友人であったが今は引け目から距離をおいている友人カムパネルラと一緒の時間を過ごす。

銀河の〈川〉は岸辺ともなる。岸辺であるプリオシン海岸では化石が発掘されている。川をわたる鳥たちがいれば、その鳥を捕る鳥捕りもいる。あるときにはりんどうの花の咲く岸辺となり、あるときには深く刻まれた渓谷になって銀河鉄道の横にあり続ける。鉄道の旅は、行く手に見えた黒い石炭袋をみつめているうちにジョバンニの目の前からカムパネルラが忽然と姿を消し、ジョバンニが地上の丘の上で目覚めることで終わりを告げ、銀河鉄道で同行していたはずのカムパネルラが、現実の世界で、烏瓜を流すための舟から水に落ちて地上の川の中に姿を消していたことを、ジョバンニは後に知らされることになる。天井と地上に幾重にも〈川〉のモチーフが繰り返されるのが「銀河鉄道の夜」という物語である。

銀河を一つの川に見立て、その岸に沿って鉄道が敷設されているという設定が、花巻の当時の軽便鉄道の敷設位置の一部と合致することから、北上川とその上にかかる「天の川」という二重写し構造であると言われている。*23「銀河鉄道の夜」という物語で重要視されていたのは、当時の科学の最新知識や、花巻や日本では見ることのできない星座名が登場し、外国の名前を持つ登場人物達が繰り広げる舞台などであると考えられる。そうした上で、天の〈川〉と地上の「川」が二重写しになるという発想は、水面というホライゾンを境界面としてこの世とあの世を分け、その位置を反転させることで、水中に沈んで行った死者を天上で生かす物語にもなり、その境界面を汽車が走ることで、生者と死者の共に歩む物語として成立してゆくことになるのである。実際の川に落ちたカムパネルラと、銀河の〈川〉を望んで眠ってしまったジョバンニが、死者と生者として、境界面を共に旅をして、終着点では、死者と生者として別れを経験するという設定である。

境界面の〈川〉が銀河として登場してくるが、その描写には特徴がある。冒頭の教室の場面で、銀河を〈川〉と見なす発言が繰り返されている。

「ではみなさんは、さういふふうに川だと云はれたり、乳の流れたあとだと云はれたりしてゐたこのぼんやりと白いものがほんたうは何かご承知ですか。」　（「一、午后の授業」）

しかし、この先生の問いは、この後次のように解説される。

「ですからもしもこの天の川がほんたうに川だと考へるなら、その一つ一つの小さな星はみんなその川のそこの砂や砂利の粒にもあたるわけです。またこれを巨きな乳の流れと考へるならもっと天の川とよく似てゐます。つまりその星はみな、乳のなかにまるで細かにうかんでゐる脂油の球にもあたるのです。そんなら何がその川の水にあたるかと云ひますと、それは真空という光をある速さで伝えるもので、太陽や地球もやっぱりそのなかに浮かんでゐるのです。つまりは私どもも天の川の水の中に棲んでゐるわけです。そしてその天の川の水の中から四方を見ると、ちゃうど水が深いほど青く見えるやうに、天の川のそこの深く遠いところほど星がたくさん集って見えしたがって白くぼんやりと見えるのです。この模型をごらんなさい。」

先生は中にたくさん光る砂のつぶの入った大きな両面の凸レンズを指しました。

「天の川の形はちゃうどこんななのです。このいちいちの光るつぶがみんな私どもの太陽と同じやうにじぶんで光ってゐる星だと考えます。私どもの太陽がこのほゞ中ごろにあって地球がそのすぐ近くにあるとします。みなさんは夜にこのまん中に立ってこのレンズの中を見まはすとしてごらんなさい。こっちの方はレンズが薄いのでわずかの光る粒即ち星はたくさん見えその遠いのはぼうっと白く見えるといふこれがつまり今日の銀河の説なのです。そんならこのレンズの大きさがどれ位あるかまたその中のさまざまの星についてはもう時間ですからこの次の理科の時間にお話しします。では今日はその銀河のお祭りなのですからみなさんは外へでてよくそらをごらんなさい。」

（「一、午后の授業」）

ここで説明される「今日の銀河の説」とは、ハッブルによるアンドロメダ星雲の距離の推定の発表による、島宇宙説への傾きを指すことはすでに指摘のあるところである。*24

このような科学的所見による説明により獲得された視点、つまり島宇宙である我が銀河系宇宙をその宇宙の外側から眺める視点を保持しつつ、中に自分をおくということを先生は説明し、想像させている。しかし、ジョバンニは、街中でショウウィンドウに飾られた星座早見盤を見、天気輪の柱のある丘の上に寝転んで実際の天の川を見ながら、先生の言葉に対して自分の感性を働かせていくことになるのである。

あゝあの白いそらの帯がみんな星だといふぞ。
ところがいくら見てゐても、そのそらはひる先生の云ったやうな、がらんとした冷いとこだとは思はれませんでした。それどころでなく、見れば見るほど、そこは小さな林や牧場やらある野原のやうに考へられて仕方なかったのです。
（「五、天気輪の柱」）

先生は、空間としての宇宙や銀河の構造を、水の中に浮いた「脂油の球」として三次元的に把握させようとしているが、ジョバンニの発想はあくまでも地平面とその上にあり、島宇宙としての銀河を外側から想像するという視点には立っていない。故に「がらんとした冷いとこ」というジョバンニの印象は、島宇宙としてみるという、寄って立つところのない視点に置かれたときの、所在なさも本来は示しているのかもしれない。

最新の知識は投入されていても、物語はそれによって成立しているわけではない。あくまでも境界面としての地平面を移動する鉄道に乗るのも、このジョバンニの空想からであり、またジョバンニが実際に見せられた宇宙の図は、平面であったことも大きく関係しているといえよう。そこに、幾重にも重ねられた〈川〉のモチーフが加わり、銀河の物語といえども、北上川沿いを走る汽車のイメージを兼ね備え、「川」の向こうにある風景が移動していくのを走る汽車の中から平行に眺める移動の仕方で物語は進行することになっていく。「川」の水面であるかのような銀河には、近く遠くに点在する三角標（三角覘標であるという説が今では有力である）が存在し、停車場をおりて川岸まで下っていくと、そこにはイギリス海岸を彷彿とさせる岸辺で発掘作業が行われている。銀河鉄道に乗っている限り、銀河という〈川〉はあくまでも地平線であり、そこに落ち込むことはない。北の十字である白鳥座から、南の十字である南十字座までを旅する銀河鉄道であるが、あくまでも水平移動の域を出ないのである。

しかし、南十字座にある石炭袋（コールサック）に至ると、二人は離ればなれとなり、ジョバンニは地上に戻る。地上の夜の「川」は、コールサックのように暗く、カムパネルラは容易に発見されることはない。地上の「川」は生と死の境界となって、助けられたザネリは生き残り、ザネリを助けたカムパネルラは死者となる。

物語では、しかし、ジョバンニの次のような言葉が続くのである。

下流の方は川はゞ一ぱい銀河が巨きく写ってまるで水のないそのまゝのそらのやうに見えま

した。
ジョバンニはそのカムパネルラはもうあの銀河のはづれにしかゐないといふやうな気がしてしかたなかったのです。

（「九、ジョバンニの切符」）

天上の〈川〉を地上の「川」に引き写しながら、ジョバンニは、受け容れがたいカムパネルラの死という事実を、最後には受け容れざるを得ない。そこは〝修羅〟の世界である地上の「川」であり、「やまなし」において示されたように、死の世界がその境界面から下に広がる空間である。最終部でカムパネルラの行った先について、ジョバンニが伝えたくとも伝え切れない表現にとどまっているのは、宮沢賢治自身のオブセッションとして初期からみられる〈川〉のモチーフに、常に生と死が内包されているためともいえるだろう。

＊1　「写真四四」（『新校本 宮澤賢治全集』第一六巻下、筑摩書房、二〇〇一年）。
＊2　佐藤成『証言　宮沢賢治先生』（農山漁村文化協会、一九九二年）。
＊3　宮城一男は、この地質断面図の筆の〝なれ〟に「プロ級の地質学者の筆のタッチ」を感じるという（『宮沢賢治　農民の地学者』築地書館、一九七五年、七二頁）。
＊4　宮沢賢治「文語詩稿　五十篇」（『新校本 宮澤賢治全集』第七巻・校異篇、四五頁）。
＊5　本論で「文語詩稿」と表記するものは「文語詩稿　五十篇」「文語詩稿　一百篇」「文語詩稿　未定稿」の

三つを総称したものとし、「疾中詩篇」などの、「文語詩稿」以前に文語で書かれた詩篇と区別した。この区別は〈定稿〉化への意志の存在によるものである。

*6 拙稿「宮澤賢治「文語詩稿」における〝定稿性〟についての考察」(『甲南大学紀要 文学編111 日本語日本文学特集』一九九九年三月)、「新たな方法への模索――宮沢賢治「文語詩稿」考」(『宮沢賢治研究Annual』第一〇号、宮沢賢治学会イーハトーブセンター、二〇〇〇年三月)等で言及。

*7 宮沢賢治「農民芸術概論綱要」。

*8 「文語詩稿」の形成過程の一つとして、初期短歌作品から口語詩に至るまで編年的にモチーフを取り出し、文語詩に作り直し、〝文語詩による自分史〟を構成しようとした時期があったことは、宮沢賢治が残した「文語詩篇ノート」と題され分類されているメモ等からもうかがえるものである。その後、詩篇を〈定稿〉としてまとめ上げた最晩年には、その構想からも離れて、作品自体の完成度や、文語詩としての〈定稿〉化を重視して作品を「集」としてまとめ上げている。このことはすでに多くの指摘のあるところである。本論ではそうした形成過程について、〈定稿〉化の内容については既出の拙論を参照頂くこととし、「文語詩稿」の形成に至る過程の変遷の詳細については本論の本旨から離れる内容であるため割愛させて頂いた。私が本論で重要視するものは取り上げる詩篇の〈定稿〉の内包する世界観であり、その形成過程である故である。

*9 前掲拙稿(*6)参照。

*10 高橋九一『稗と麻の哀史』(翠楊社、一九八三年)、同「女と麻」(『むらの生活史』農山漁村文化協会、一九七八年)。

*11 「歌稿〔B〕」(『新校本 宮澤賢治全集』第一巻、一三三〜一三四頁)。154の歌稿には後に斜線が付されている。

*12 「麻打」下書稿㈠(『新校本 宮澤賢治全集』第七巻・校異篇、一四三頁)。

＊13　「文語詩篇ノート」五頁（『新校本　宮澤賢治全集』第一三巻下・本文篇、一八三頁）。

＊14　一九一〇年の大雨による盛岡・中津川の氾濫の様子は、田口忠太郎編『盛岡市大洪水写真帖』（田口商店美術部、一九一〇年）に詳しい。同書より写真も転載。

＊15　盛岡気象台編『岩手県災異年表』（熊谷印刷、一九七九年）より。

＊16　『春と修羅　第二集』「序」（『新校本　宮澤賢治全集』第三巻、九頁）。

＊17　中学時代に経験した北上川・中津川の洪水被害の中で、流された鼠の死骸を見ている可能性は否定できないが、検証は不可能である。

＊18　書簡89、一九一八（大正七）年一〇月一日、保阪嘉内宛葉書。

＊19　「歌稿〔A〕」（『新校本　宮澤賢治全集』第一巻）。

＊20　恩田逸夫「宮沢賢治と川・橋・らんかん――「川」を契機とする「修羅」意識の系列」（『跡見学園紀要』一九六二年三月）、小沢俊郎「『青びとのながれ』考」（「日本文学研究資料叢書『宮沢賢治Ⅱ』有精堂、一九八三年）、平澤信一「「青びとのながれへ――賢治短歌の詩的強度について」（『宮沢賢治』第一二号、洋々社、一九九三年二月）、佐藤通雅「第五章　短歌の終焉へ」（『賢治短歌へ』洋々社、二〇〇七年）等。

＊21　「文語詩未定稿」（『新校本　宮澤賢治全集』第七巻、一九七～二〇〇頁）。

＊22　『春と修羅』「補遺」所収。天から落ちていく天人の姿を描き、それと共に落ちることを願う心象を描いた詩篇。この詩篇の「聖なる存在の落下」については、拙稿「衆生との共生――宮沢賢治作品空間に見られる〈堕ちる／飛騰する〉構図」（『宮澤賢治と共存共栄の概念――賢治作品の見直し　国際学会報告集』インド宮澤賢治国際学会、二〇一三年）にて考察しているので、そちらを参照されたい。

＊23　北上川とその上にかかる「天の川」が二重写し構造であるということを提示した斎藤文一の説（「宮澤賢治　銀河鉄道の夜――そこに何をもとめたのか」『スカイウォッチャー』立風書房、一九九一年八月）は、盆

の頃の天の川の北十字が北上川に流れ込むように見えることから「銀河鉄道の夜」が発想されたというもので、興味深い上に構造としては物語と合致する部分が多いために広く受け入れられたが、斎藤論で主張された花巻の緯度経度と日付の指定は、ひとつの例として受け取るべきで、そこに科学的根拠は薄いと考える。また、物語には、お祭りの決まり言葉として使われる「ケンタウルス、露をふらせ」という言葉があるが、ここに示されるケンタウルス座は、その星座で一番明るいαケンタウリ星については、賢治も行った三宅島でも見ることはできない上に、星座全体が見えるようになるのはグアム島くらいまで南下しなくてはならない。その上に「露をふらせ」という言葉からは、温暖差の生じる夕方～深夜の間に夜露が降りる現象を示していると考えられるが、地表面上で冷やされた空気の水蒸気が液化する現象であり、涌いて出るという表現のほうが適切である。この現象とケンタウルス座が何らかの意味ある位置にあることが物語からうかがえるのであるから、地平線ぎりぎりの星座が意味をもつ場所としては、より南の緯度の位置に舞台設定場所があることが必要かもしれないと考えられる。もともと、「銀河鉄道の夜」は登場人物がイタリア名であることなどから、実際の花巻を場所として設定するのは無理が生じている。北海道程に緯度のあるイタリアではさらにケンタウルス座を全てを見ることはできない。故に、「ケンタウルス」も一つの象徴として物語に取り入れられているキーワードであり、それはケンタウルス座の恒星プロキシマ・ケンタウリが地球から一番近い恒星であると思われていた当時の知識からくるものである可能性もあるが、これも推測に過ぎないものである。花巻と架空の場所が重ね合わされ、それが〈川〉を舞台にしてなされていることに焦点を当てていくことが重要であると考える。

＊24 鈴木健司「《異の空間》と《銀河の窓》の意味するところ——「〔北いっぱいの星ぞらに〕」論」（『宮沢賢治幻想空間の構造』蒼丘書林、一九九四年）、井田誠夫「宮沢賢治と銀河・宇宙」（『宮沢賢治「銀河鉄道の夜」を読む』創元社、二〇〇二年）等。

コラム④

北上山地の石灰岩

岡村民夫

海生微生物の屍が数限りなく沈殿し石灰岩となる。新生代の火山岩を骨格とする奥羽山脈と対照的に、古生代・中生代の水成岩や深成岩から構成される北上山地には、石灰岩が多く分布する。猊鼻渓（一関市東山町）は、北上川支流・砂鉄川が石灰岩の山肌を深くえぐった渓谷である。近年発見された未発表の賢治詩「〔停車場の向かうに河原があって〕」のなかに「上流でげい美の巨きな岩を／碑のやうにめぐったり／滝にかかって佐藤猊嵓先生を／幾度あったがせたりする水が」という詩句がある。執筆推定時期は一九二五（大正一四）年以降の数年間。「げい美」は猊鼻渓と厳美渓（一関市厳美町）の混同だろうが、猊鼻渓を指していよう。

佐藤猊嵓は、この灰白の渓谷の崇高美を漢詩でたびたび讃え、また『東北絶勝　猊鼻渓勝誌』（一九〇四年）等のガイドブックを著すことによって、無名だった渓谷を世に知らしめた。賢治の詩草稿が記された「水沢」地図裏面の下方には、「White lime Stone over the river」の書き込みがある。奥羽山脈中の厳美渓の岸壁は石灰岩ではなく、火山灰に由来する凝灰岩だ。猊嵓の尽力の結果、渓谷は「猊鼻渓」と命名され、一九二三（大正一二）年に岩手県初の「国の名勝」に指定された。岩手の風景の再発見と観光化につながった文芸の力。猊嵓による猊鼻渓興しは、賢治の「イーハトーブ」構想にとって、ひとつの先例だったのかもしれない。

花巻農学校教諭時代から賢治は、北上山地産の石灰岩抹によって奥羽山脈寄りの酸性土壌を中和する必要を訴えていた――「早くかの北上山地の一角を砕き来りて我が荒涼たる洪積不良土に施与し草地に自らなるクローバーとチモシイとの波を作り耕地に油々漸々たる禾穀を成ぜん」（「修学旅行復命書」）。けれども、さすがの彼も砂鉄川のライムストーンがおのれの命数を縮めることになるとは、鈴木東蔵（一八九一〜一九六一）に出会うまで思いもしなかっただろう。一九二五（大正一四）年、東蔵は猊鼻渓より二キロほど下流の山裾（一関市東和町松川）に東北砕石工場を創業する。石灰岩を採掘し、石灰岩抹肥料を生産・販売する会社である。主な販入先は小岩井農場だった。東蔵に請われ、賢治は一九三一（昭和六）年二月に東北砕石工場技師嘱託となり、製品開発・広告制作を助けるほか、結核の再発で同年九月に倒れるまで東西南北に奔走し、外交セールスにはげんだ。

賢治の東北砕石工場就職は、鉱業や林産製造を夢見ていた雌伏期への螺旋状の回帰といえる。

東北砕石工場石切場跡に設置されている人形（後列右から四人目が宮沢賢治、五人目が鈴木東蔵）（岡村民夫撮影）

砂鉄川が石灰岩を浸食してできた渓谷、猊鼻渓
両岸には高さ100メートルの断崖がそびえる

5

近代化する山中異界
山男、山猫（たち）と、馬車別当をめぐって

安　智史

はじめに

山は、人々との関係性のなかで息づいてきた空間であるが、近代にはいって、その意味は劇的に変質した。

端的にいえば、信仰の地から、踏破し、開発すべき土地へ。鉄道や道路敷設のたんなる障害物という見方すら発生した。

ただし、その変質が、直線的に進行するものではないこともいうまでもない。ある歴史を負った場所にたいする人々の感覚は、時代とともに変質しつつ、一方では重層化するのだ。現在の私たちにも、山にたいする信仰の地としての感覚は、生き残っているのではないだろうか。

たとえば、明治末から大正前期、柳田国男は周知のように、山人（やまびと）を山中に追われた先住民族と考え、その解明に力を注いだ。ここに、台湾の山中民族をめぐる植民地政策を意識し、農政官僚として日韓併合にかかわった経験（の隠蔽）が関係するという説もある。しかし当然ながらそれだけでは、山という空間が人々にもたらしてきた意味を開示する、豊穣なテクストを書き継ぐことはできなかっただろう。

『後狩詞記（のちのかりことばのき）』（一九〇九年）から『山の人生』（一九二六年）にいたるテクストにおいて、柳田はなにより、山という空間そのものが、人々との関係性のなかで意味するものの解明に力をそそいだ。

そのとき柳田は、自らの内なる山への観念――幼少年期の神隠し体験や、あるいは新体詩人としてのロマン主義的な自然観の影響もあろう――への問いかけを見失わなかった。たとえば『山の人生』で指摘される、平地で生きていけなくなった人々が逃げ込む避難所（アジール）としての山。その発見の根源にも、山とともに暮らしてきた人々の観念に通じるものが、柳田のなかにも生きていたということがあるだろう。[*1] それが、日本列島に暮らす人々にとっての山、そのトポロジックな意味の諸相を考察する先駆的テクストを生み出す原動力になったのではないだろうか。

さて、では宮沢賢治作品における山人（山男）はどうか。

たとえば「山男の四月」での山男は、異民族などというレヴェルとは一線を画するファンタスティックな存在のようでもある。なにしろ、人間に化ける変身能力も発揮しているのだから。そう読者は思いがちであるが、基本的に夢オチのこの作品では、化ける能力を発揮すること自体が夢のなかでの出来事でしかない。山男が本当にそこまで超自然的な力を発揮しうる存在であるか否かは、じつは不明のままである。

『宮沢賢治大事典』（勉誠出版、二〇〇七年）の「山男」の項目（渡部芳紀執筆）は、この「山男の四月」における変身能力と、「紫紺染について」の一節、山男が「帰りには「七つの森の一番はじめの森に片脚をかけ」るくらい大きな男になって去っていく」という部分から、山男を〈霊力〉をもつ存在と規定している。

しかし、「山男の四月」については右記の通りであるし、「紫紺染について」の当該箇所も、テクストそのものに即して読めば、俊足の山男が、街をぬけてはやくも七つ森の山の登り口にさしかかったことを、「丁度七つの森の一番はじめの森に片脚をかけたところだつた」すなわち登り階段に片脚をかけたことに見立てた、比喩表現と読みとるべきではないだろうか。

また、「風の又三郎」では、山男に全身がんじがらめにされたという電気工夫の子どものうわさも語られているが、それもあくまで里人たちが山男にいだいた共同幻想の描写ということである。

たしかに、「山男の四月」「紫紺染について」あるいは「祭の晩」に明らかなように、山男（たち）は、里人から見れば超人的な力や健脚をそなえてはいるだろう。しかし、変身や巨大化などの、個別の生命体の限界を超えた〈霊力〉をもった存在とまでは、設定されていないのではないか。

それよりも、賢治作品の山男については、むしろなまなましいまでに、時代の変化に即した状況が、さりげなく書きこまれていることに、注目すべきではないか。

とくに、山と里との関係性のありようの、近代における変質が山男の生活を圧迫していくということ。

たとえば「紫紺染について」の場合。

酔った山男の、隣の人から酒の瓶を横取りしてしまうなどの振るまいが、文化的コード（紳士としての身振りの規範）から外れていることに立腹した紫紺染研究会会長は、山男にあてつけるようにいう。

「さて現今世界の大勢を見るに実にどうもこんらんして居る。ひとのものを横合からとる様なことが多い。実にふんがいにたへない。まだ世界は野蛮からぬけない。けしからん。くそっ。ちょっ。」

たいして、里人の最新の文化状況への目配りも欠かさない（郵便物が届けられるし、街の本屋にもこっそりやってくる）、まだ若い山男は、あたかも反論するかのようにいう。

「私は子供のとき母が乳がなくて濁り酒で育てて貰ったためにひどいアルコール中毒なのであります。お酒を呑まないと物を忘れるので丁度みなさまの反対であります。そのためについビールも一本失礼いたしました。そしてそのお蔭でやっとおもひだしました。あれは現今西根山にはたくさんございます。私のおやぢなどはしじゅうあれを掘って町へ来て売ってお酒にかへたというはなしであります。おやぢがどうもちかごろ紫紺も買う人はなし困ったと云ってこぼしてゐるのも聞いたことがあります。」

このあと山男は紫紺染めの技術についても語るのだが、山中の資源（西根山の紫紺）と文化資本（紫紺染めの技術）の収奪という、二重の収奪、「ひとのものを横合からとる様なこと」を本当におこなっているのは、いうまでもなく里人のほうである。

ここには、近代における山という場所と、人との関係性の変質を、リアルに捉えていた賢治の眼差しが込められているのではないだろうか。すなわち、山にたいする資源的・文化的な搾取という、里人たちによる山の植民地化ともいうべき状況が進行しており、山男はその犠牲者にほかならないという認識が、賢治の根底にあるのではないか。

山という空間の、里との関係性の変質にともなう意味の変容。

本稿は、それを山中の世界（山中異界）の立場から捉えかえしたテクストとして、山猫が主要登場人物をつとめる賢治作品、「どんぐりと山猫」「注文の多い料理店」（いずれも『注文の多い料理店』一九二四年一二月刊所収）に即して、考察していくこととしたい。

それは、賢治作品においては山猫（たち）こそが、山中異界の存在のなかでもっとも、同時代日本の先端的な文化状況を認識し、応用しようとしていたからである。

たとえば彼らは『注文の多い料理店』刊行の同時代、一九二〇年代日本において本格化していた都市型消費社会を、よく知る存在である。

「注文の多い料理店」における、西洋料理店という意匠。また、扉の文字によって読み手（買い手）の欲望を喚起するという、言葉による／への欲望の喚起の手法。これはうら返せば広告詐欺ということにもなりうるわけだが、一九二〇年代の都市空間に本格化していた「初恋の味」（カルピス、一九二〇年）、「一粒三百メートル」（グリコ、一九二二年）といった、購買意欲・食欲をそそるキャッチ・コピーの手法の、山猫なりの応用にほかならない。[*2]

これによって山猫（たち）は、東京からやってきた、おそらくは成金の青年たち——第一次世界大戦による好景気が本格化させた都市消費社会の、中心をなす階層の人々——を、やすやすと騙しおおせようとしたのである。

近代日本社会の裁判所システムや言語政策（標準語の使用）を模倣し、当時の上流階級の男性紳士の身振り（というハビトゥス）をも執拗に模倣しようとする「どんぐりと山猫」の山猫についても、これはいえるだろう。

むろん、一方では後述のように、東北の土俗的な民俗伝承などの記憶が、両作品に活用されていることもたしかだ。

しかしそもそも、近代化と土俗的な伝承とは、単純な二項対立関係にあるわけではない。伝承そのものが、近代化の過程のなかで変質していくように、山猫たちのすむ山中異界という場所そのものが、伝承の記憶を重層化しつつも、変質していく。

山猫の棲息する山中異界という場所においてこそ、近代化にたいする認識と、民俗的な記憶とがからみあい、統合され、また、葛藤している。

それは、「どんぐりと山猫」において、自然対人間という二項対立が、単純には成り立たなくなっていることにも対応している。そこでは、冒頭近くに登場する栗鼠(りす)と、どんぐりたちと山猫の自然界の食物連鎖――栗鼠は、団栗を食べる鼠であり、鼠は猫に食べられる――が、近代裁判所システムに重ねられるのである。[*3]

ではそこで、山猫たちは、どのような判断を下してゆくのか。そもそも山猫たちとは何者なのか。

一 山猫の両義性

奥山文幸は「アンドロイドは銀河鉄道の夢を見る」(『妊娠するロボット――一九二〇年代の科学と幻想』春風社、二〇〇二年)において、「まず、賢治の山猫像がどこからどのようにして生まれたのか」を問い、一九二〇年代の賢治が知り得た山猫の情報を列挙している。

それらはたんねんな調査の上に成り立っており、本稿においても示唆を受けた。とくに、

大正期における山猫のイメージは、さまざまなヴァリエーションを見せながらも、基本的には帝国主義的発展の過程における異文化受容の軸の延長線上に位置付けられて、一般に流布していたと考えられる。

という指摘からは、動物学上の山猫の棲息する朝鮮半島と、その宗主国としての日本という当時の地政学的な関係を、賢治作品の山猫と人間界との関係から読みとる可能性すら開けていくだろう。

ただし、ここで奥山論が挙げる山猫はいずれも、西洋や、日本の植民地であった樺太や朝鮮からもたらされた山猫（の情報や、実物）、すなわち近代以降の「異文化受容の軸」にそうものに限定されている。しかしじつは、近代以前から日本本土においても〝山猫〟は存在していた。その記憶はすくなくとも一九二〇年代の人々にとっては、まだ過去のものとなっていなかったのではないか。たとえば「みぢかい木ぺん」には、主人公の村童・キッコの、弟へのお話のなかに、

「その山猫はこの栗の木がらひらっとこっちさ遁げだ。鉄砲打ぢはこうぼかげだ。山猫はとうとうつかまって退治された」

という一節も見える。

これは山猫にたいする、近世までの伝承に根ざした感性、すなわち山猫を、猟師に鉄砲で退治される、山中の妖怪じみた存在とする感性が、当時の村童たちにも生きていたことをしめす一節なのではないか。

賢治作品の山猫の根底には、じつはこのように、近世以前からの山という場所をめぐる、伝承上の山猫の記憶があるのではないか。その記憶の上にこそ、近代以降の異文化受容の軸にそった山猫、すなわち近代以降、西洋帝国主義諸国からもたらされた動物学上の山猫の知識も、重層しえたのではないか。

ここであらためて、論の前提として「どんぐりと山猫」「注文の多い料理店」の両作品以外に、山猫の登場が印象的な賢治作品があるか、考えてみよう。

「ポラーノの広場」およびその先駆型に登場する「山猫博士」デステゥパーゴとその馬車別当も思い浮かぶが、彼らはいわば、「どんぐりと山猫」における山猫とその馬車別当の人間への転生（馬車別当は「どんぐりと山猫」よりも年寄りではあるが、足が曲って片目という容姿も引きついでいる）であり、別格としよう。

すると、童話作品の最初期にあたる「蜘蛛となめくぢと狸」およびその改稿作「洞熊学校を卒業した三人」に登場する「山猫大明神」という、あやしげな神がやはり印象深い。改稿過程で一時期賢治は、三匹の先生として山猫そのものを登場させ、いかがわしげな「山猫学校」の卒業生と設定しようとさえ考えていた。

いま「山猫大明神」をあやしげな神と記したが、じつは猫が信仰の対象となること自体は、養蚕のさかんであった戦前期までは、けっして珍しくはなかった。現在ではその多くが失われようとしているが、カイコに害をなすネズミを駆除してくれる益獣として、猫神さまを祀った寺社や祠が日本各地に存在していたのである（八岩まどか『猫神様の散歩道』青弓社、二〇〇五年）。

一方では、招き猫や化け猫（猫又（ねこまた）など）にまつわる伝承も各地で語られている。とくに「山猫」にかんしては、福島県の猫魔ヶ岳、富山県の猫又山、広島県の猫山など、超自然的な力をもつ化け猫がヌシとしてすむという伝承の山もめずらしくはない。類似の伝承があるのか否かは未詳だが、岩手県内にも賢治詩「山火」に登場し、「どんぐりと山猫」の舞台のモデルともいわれる「猫山」が存在している（奥田博『宮沢賢治の山旅——イーハトーヴの山を訪ねて』東京新聞出版局、一九九六年、一六五頁）。

日本の「山猫」は近代以前において、家猫あるいは「さとねこ」にたいして、山中に棲む猫をひろく指す言葉であり[*4]、近代にはいって動物学（分類学）によって狭義に再定義された、種族としてのヤマネコ——日本本土には棲息せず、イリオモテヤマネコの発見されていなかった賢治の同時代においては、樺太オオヤマネコ、対馬ヤマネコ、朝鮮ヤマネコが知られていた——とは異なっていた。この点「山犬」が、基本的には動物学上の属としてのニホンオオカミに重なることとは事情が異なる。

賢治作品に登場する「山猫」も、生物学上の種属として規定されるような野生種の猫のみを指しているわけではないのではないか。この可能性は、管見におよんだ範囲では続橋達雄がはやくに指摘していた。

続橋は『宮沢賢治・童話の世界』（桜楓社、一九六九年〔ただし参照・引用は一九七三年版による〕）で、「どんぐりと山猫」の山猫について以下のように指摘した。

> 〔佐々木喜善著の〕『聴耳草紙』には、猫の伝承も収められ、その中の九話は怪猫である。裁判長

の山猫は、怪猫の残虐な要素をとり払って神秘感の一部が生かされているようにも思える。

（五七頁）

一方、「注文の多い料理店」の山猫たちについては、金子民雄『山と森の旅――宮沢賢治・童話の舞台』（れんが書房新社、一九七八年）が、続橋と同様の指摘をしている。

遠野の佐々木喜善氏の『聴耳草紙』を調べてみると、佐々木氏は祖父から聞いた話しとして、狩人が自分の飼猫に山で襲われる妖猫譚があり、賢治もやはりこんな話を知っていて下地に用いたのかもしれない。賢治はよく「山猫だぞ」、と言って人を驚かしたりしたということだから。しかし、東北には本当の山猫など棲息していないこと勿論である。山里の（飼）猫のことであろう。

（九四頁）

また続橋も、金子と同年、

猫が人を殺すという伝承は、そのまま、山猫軒の猫にひきつがれているかに見える。作者はそれを、西洋料理店の経営者というモダンな姿に変容させているわけである。

（「賢治童話『注文の多い料理店』の一考察」『野州国文学』第二二号、一九七八年）

と指摘している。
日本の伝承において「山猫」は、山中異界の超自然的な能力をおびた、ある種の〝化け猫〟であった。[*5] しかも、それはしばしば家猫の変化(へんげ)した姿でもあった。(これを意識してか、近世の江戸や京都では、私娼を「山猫」と呼んでいた。)

つまり山猫は、山に属しつつも、里の存在でもあるという点が、山犬や山男など、他の山中異界の存在者とはことなっているのである。

その代表的な説話型の一つが、続橋・金子両氏とも言及している佐々木喜善『聴耳草紙』(一九三一年)「九六番　怪猫の話」の「(其の二)」である。

> 或所に狩人があつた。山立に行く朝、鉄砲の弾丸(タマ)をかぞへて居るのを、飼猫の三毛猫が炉傍に居て眠つたふりをしながらそれを見て居た。狩人は何の気なしに其儘山へ行つた。山へ行くと見た事も聞いた事もない恐しい怪物に出会した。それは大きな一目(ヒトツマナコ)の化物であつた。そしていくら撃(ウ)つても撃つても平気であつた。そのうちに持つて来ただけの弾丸が尽きてしまつた。すると其怪物は忽ちに大きな猫になつて其狩人に飛掛つて来た。そこで狩人は秘法の秘丸(カクシダマ)で難なく撃ち止めた。さうして其死んだ猫を検べて見ると、傍らに一個(ヒトツ)の唐銅(カラカネ)の釜の蓋が落ちてをつた。猫は其釜の蓋を口にくわへて居て弾丸を防いだものと訣つた。

然し其猫はどうも自分の家の飼猫によく似てゐたので念のために其釜の蓋を持帰つて見ると、案の定、家の釜の蓋はなくなり、猫も居なくなつてゐた。

（『聴耳草子』三元社、一九三一年、三四四～三四五頁）

この、「猫と釜蓋」「猫と茶釜の蓋」と呼ばれる話型[*6]は日本全国に分布している。この話型をふくめ、家猫が山に入って妖怪化する日本各地の伝承を紹介する小島瓔禮『猫の王──猫はなぜ突然姿を消すのか』（小学館、一九九九年）は、「山で猟をする猟師のあいだには、猫にたいする特別な信仰がある。猫は猟師にとって、魔物であるという」（二八五頁）と指摘している。

さきに引用した「みぢかい木ぺん」の、「鉄砲打ぢ」による山猫の退治譚。また、「どんぐりと山猫」冒頭の、山猫からの招待状に「とびどくもたないでくなさい」とわざわざ書き込んであることも、猟師と山猫をめぐるこれら伝承上の因縁に、正確に対応しているのだ。

「注文の多い料理店」で、二匹の犬とともにかけつけ[*7]二人の青年を救出するのも、冒頭でおそらく山猫の妖術にたぶらかされ「ちよつとまごついて、どこかへ行つてしまつた」、地元の「案内してきた専門の鉄砲撃ち」＝「蓑帽子をかぶつた専門の猟師」であった。

ではなぜ、猟師は山猫に「特別な信仰」をもつのか。

「猫が山に住着くことよりも、むしろ猫が家と山とを往来することが問題になっている。家にいればあたりまえの飼い猫が、山にはいると、主人をねらう魔物になる」（小島、前掲書、二八七～二八八頁）。すなわち、伝承世界の山猫は、山中異界の存在であると同時に、里の家猫としての知識も身につけているという、両義性を帯びている。

猫は山と里と二つの世界に通じているという意味でも、特異な存在であった。それは、あい対立する両極を一つのものの中にあわせもつ、両義性の魔性をそのままみせていた。

（小島、前掲書、二九〇頁）

この両義性が、猟師自身の立場にも重なっていたのである。「猟師も家から異界である山に行き、そこで仕事をする人だった」（小島、前掲書、二八八頁）という、山猫との類似点と敵対点とからなる特異な関係性。猟師たちが山猫を特権視する根本にも、この関係性への認識があった。

賢治世界の山猫も、基本的に山の世界に属しつつ、同時代日本の社会システムや、大都市圏で本格化した消費社会的感性を全面的に模倣する。そのありかたも、山的なものと里的なものとの「あい対立する両極を一つのものの中にあわせもつ、両義性の魔性」を秘める伝承上の山猫の特徴を、正統に継いでいるだろう。ひょっとすると、「どんぐりと山猫」の山猫は、かつては一郎の身近にいた里猫であった可能性すら秘めている。

奥山「アンドロイドは銀河鉄道の夢を見る」は、なぜ、賢治だけが山猫をおもな登場人物とする作品を書きえたのか、と問うている。この問いは、賢治が山中異界という場所の住人として、なぜ山猫を主要な登場人物としたのか、という本稿の問いにとっても重要なものだ。その場合、まず根本に置くべきは、山／里という二種の空間をやすやすと越境していく、伝承上の山猫の特異性・両義性ということではないだろうか。

二　抗争する山猫――一郎

ただし「どんぐりと山猫」において、賢治はこの伝承上の山猫に、近代日本に移入された動物学上の分類による山猫の特徴を混交することによって、その外見そのものを、いわば近代化して見せている。

「どんぐりと山猫」におけるあまりにもさかしい、近代標準語を自在に操る一郎の、やはりさかしすぎる動物学的まなざしからの感想「やつぱり山猫の耳は、立つて尖つてゐるな」がそれにあたる。山猫は、一郎やわたしたち読者のヤマネコ観の近代化に合わせ、外見上は動物学上のヤマネコに、いわば、化けているのだ。

この、山猫の容姿の動物学的な近代化は、一郎と、いわば標準語合戦をしてみせる山猫自身の価値観の、近代人間化と見合っているだろう。それは一郎とはじめて会話をかわす際の山猫の言動に、露骨にしめされている。

「いや、こんにちは、きのふははがきをありがたう。」

山猫はひげをぴんとひつぱつて、腹をつき出して言ひました。

「こんにちは、よくいらつしやいました。〔……〕どうもまい年、この裁判でくるしみます。」山ねこは、ふところから、巻煙草の箱を出して、じぶんが一本くはへ、

「いかゞですか。」と一郎に出しました。一郎はびつくりして、

「いゝえ。」と言ひましたら、山ねこはおほやうにわらつて、

「ふゝん、まだお若いから、」と言ひながら、マッチをしゆつと擦つて、わざと顔をしかめて、青いけむりをふうと吐きました。山ねこの馬車別当は、気を付けの姿勢で、しやんと立つてゐましたが、いかにも、たばこのほしいのをむりにこらへてゐるらしく、なみだをぼろぼろこぼしました。

引用冒頭の一郎の言葉「いや、こんにちは、きのふははがきをありがたう」にたいして吉田文憲は、

これは私にはとてもあの無邪気な子どもの言葉、山猫からのはがきを受け取ってとんだりはねたりしている一郎の言葉とは思えない。あの暗い坂道を通過してからの一郎は急に大人になっ

たかのような別人のような印象を受ける。

（『宮沢賢治――妖しい文字の物語』思潮社、二〇〇五年、一〇九頁）

と指摘している。この一郎の変貌には、（異界との境界〔坂〕をこえる通過儀礼をへた、ということとともに）近代日本社会における「大人」＝権力をもつ存在の身振りの模倣を、一郎と山猫とが互いに張り合っているという側面も無視できない。

その、模倣すべき身振りの一環として、両者の標準語の使用もある。より上手に標準語を操れるものに、模倣の対象である人間社会と同様、より高い地位が保証される。そういった暗黙の了解のもと、子どもと動物という、いずれも人間社会の正統な権力関係の外部に追いやられている者どうしのあいだで、歌合戦ならぬ、標準語合戦がくりひろげられているのである。

もちろん、人間社会を基準とする抗争である以上、人間に属する一郎が、根本的に有利な位置にいることはいうまでもない。一郎の、いわばぞんざいともいえる引用冒頭の言葉は、自分の立場の優越にもとづいたなかば無意識的な余裕ということもあるだろう。*8 たいする山猫の、いかにも「おほやう」な標準語による一郎への挨拶や、「ぴんとひつぱつて、腹をつき出して」「マッチをしゆつと擦つて、わざと顔をしかめて、青いけむりをふうと吐きました」など、当時の日本社会における大人の地位を象徴する身振り（の模倣）は、一郎にたいしてなんとか自分の優位を保ち、誇示してみせたい気持ちのあらわれであるようだ。

ここで山猫は、日本ではようやく一九世紀末に確立した、煙草をめぐる未成年者と成人の法的区別（未成年の喫煙禁止は一九〇〇年三月施行）を山中異界に導入することによって、一郎にたいする自分を、子どもに対する「大人」として位置づけ、優位を誇示しようとしているのだ（ただし山猫の実年齢は未詳だが、化け猫としてすでに二〇年以上生きているということかもしれない）。

もっともそれは、山猫の一郎にたいする優位ではなく、山猫の馬車別当にたいする軽視、「なみだをぼろぼろこぼし」ながらこらえるしかない馬車別当の、露骨な権力関係のなかでの地位の低さをこそ、読者に印象づけることになっているようではある。

この、登場まもない山猫の仕打ちからも、方言しか話さない山猫の馬車別当が、一段低いあつかいを受けていることはあきらかであろう。

馬車別当は、一郎からのまなざしによる初登場時の描写の時点で、身体に負性を負った容姿、方言の使用、そうして、冒頭の「をかしなはがき」の書き手といった条件によって、山猫はもちろん、一郎や読者からも、その〝社会的〟な地位は一段低いものとみなされることとなる。

たいして一郎は、「使用する言語は、標準語である。また「大学校」を引用しているので、エリート養成機関＝中学への進学予定がほのみえる」（米村みゆき『宮沢賢治を創った男たち』青弓社、二〇〇三年、七八頁）ともされる。

ではその、いわば標準語政策にそった価値観を身につけている一郎の内面は、完全に中央政府の意向にそったものとなりきっていたのだろうか。

一郎を、徹底して大正期の都市エリート教育の価値観の枠組みにあてはめ、その範囲から、彼の世界への反応を読み解く米村前掲書は、馬車別当の書いたはがきの「をかし」さを、「字はまるでへたで、墨もがさがさして指につくくらゐ」であり、文法的な過ちをふくむという、負性としてのおかしさという意味に限定する。そうして、悪筆や文法的誤りといった負性の具体的な諸相と、それを負性としてとらえる価値観の持ち主としての一郎および、私たち読者自身の問題をえぐりだしている。

その指摘の重みを受け止めた上で、しかしはたして、一郎の感じる、馬車別当のはがきの「をかし」さは、一方的にさげすまれバカにされる、負性としての意味に限定されてしまうのか、疑問を呈する余地は存在する。

米村は、「字はまるでへたで、墨もがさがさして指につくくらゐ」の直後に述べられる、「けれども一郎はうれしくてうれしくてたまりませんでした」という側面、心躍る気持ちとしての「をかし」さの側面を無視している。

すなわち、

字はまるでへたで、墨もがさがさして指につくくらゐでした。けれども一郎はうれしくてうれしくてたまりませんでした。はがきをそつと学校のかばんにしまつて、うちぢゆうとんだりはねたりしました。

と喜ぶ一郎にとって、この「をかしなはがき」の「をかし」さには――その書き手を自分より下位のものと見做すから、余裕をもって歓迎できた側面はあるにせよ――こころに感動を巻き起こすものの楽しさ、というニュアンスが、ふくまれているのではないか。

ここでの「をかし」さには、古語「をかし」に通じる、知的な情趣・風情という含意もこめられているのではないか。この手紙は、正書法から著しく逸脱する一方では、的確・簡潔に用件を伝えてもいるのだ。

すくなくとも一郎は、馬車別当からの「をかしなはがき」の「をかし」さにふくまれる長所を、素直に感受することができた。それは「うちぢゅうとんだりはねたり」する一郎の中にのこされていた〝子どもらしさ〟であり、「そこからは、まだまだ学校の価値観だけに染まりきっていない一郎の姿がみえてくる」という原口桂子の意見[*9]も肯首しうるだろう。

しかし、近代の人間社会を徹底的に模倣しようとする山猫との対話＝相互影響のなかで、一郎自身の〝さかしさ〟がついに徹底化されてしまう時が、どんぐり裁判の解決直後におとずれることとなる。

山猫は一郎との関係性のなかにいま一度、露骨な権力の上下関係を持ち込もうと試みる。

「承知しました。お礼なんかはいりませんよ。」［という一郎に答えて］

「いゝえ、お礼はどうかとつてください。わたしのじんかくにかゝはりますから。そしてこれからは、葉書にかねた一郎どのと書いて、こちらを裁判所としますが、ようございますか。」

一郎が「えゝ、かまひません。」と申しますと、やまねこはまだなにか言ひたさうに、しばらくひげをひねつて、眼をぱちぱちさせてゐましたが、たうとう決心したらしく言ひ出しました。

「それから、はがきの文句ですが、これからは、用事これありに付き、明日出頭すべしと書いてどうでせう。」

一郎はわらつて言ひました。

「さあ、なんだか変ですね。そいつだけはやめた方がいゝでせう。」

山猫は、どうも言ひやうがまづかつた、いかにも残念だといふふうに、しばらくひげをひねつたまゝ、下を向いてゐましたが、やつとあきらめて言ひました。

「それでは、文句はいままでのとほりにしませう。［……］」

この、裁判終了後の山猫からの申し出「用事これありに付き、明日出頭すべし」は、当時の日本社会における、公権力（裁判所）をまとった言葉の模倣そのものであり、一郎の子どもらしさを解放させた、馬車別当からの「をかしなはがき」とは正反対の性質の言葉であった。

この提案を受け入れてしまっては、やはり原口前掲論文の指摘するように、一郎は山猫を頂点とする山中異界での権力関係に取りこまれてしまうこととなる。断らざるをえなかったことはたしかだろう。

だが、それにしても、この山猫の文案を「なんだか変」と言明し、「そいつだけはやめた方がいゝでせう」と「わらつて」しまうということは、たんなる拒絶という域をこえて、山猫を露骨に見下し、嗤いを発するということにほかならないのではないか。

このさかしさは、山猫と初対面時の優越感にみちた言葉「いや、こんにちは、きのふはがきをありがたう」にあからさまに対応し、近代日本社会における言葉の権力関係を、あまりにも敏感に読み取る一郎の、したたかなエリート小学生（嗤う小学生）ぶりを十全に発揮させてしまったといえる。

一方山猫からすれば、彼はここで初対面時からの言葉の権力をめぐる暗黙の抗争に、自分が全面的に敗北したことを悟らされることとなった。「山猫は、どうも言ひやうがまづかつた、いかにも残念だといふふうに、しばらくひげをひねつたまゝ、下を向いてゐました」という一節には、その山猫の無念さが暗示されている。

そもそも、人間界の知恵を導入するために一郎が召喚されたのだとすれば、彼をそのまま山中世界のとりこにするより、普段は人間世界に暮らし、折に触れてその最新情報をもたらしてもらうほうが都合が良いということはあろう。

実際、生前発表の短編「氷河鼠の毛皮」（一九二三年）には、毛皮を乱獲する人間にゲリラ戦をいどむ熊たちの「間諜」をつとめる人物も登場しているのだ。

しかし、ここまで到ってしまっては、山猫がもう二度と一郎を呼び寄せようとしなかったことも当然であろう。一郎は自分の配下に取りこむには、いささかさかしすぎた。想定を越えた一郎の知恵が、自分の支配体系すら揺るがすことを、山猫は恐れざるをえなかったのではないか。

「それからあと、山ねこ拝といふはがきは、もうきませんでした。やつぱり、出頭すべしと書いてもいゝと言へばよかつたと、一郎はときどき思ふのです」という末尾には、一郎の、みずからのさかしさと山猫にたいする勝利への、にがい自覚が暗示されている。それは、やはり物語のラストで「にが笑ひ」を覚えてしまつた「鹿踊りのはじまり」――「どんぐりと山猫」が『注文の多い料理店』巻頭にあることに対応するように、巻末におかれている――の少年嘉十にも、通じる認識であるかもしれない。

一郎は、山猫との言葉の権力争いに勝ち、のみならず、嗤うことをも知ってしまった。今後中学へと進学して、都市エリート型の教養を全面的に内面化していくなかで、「をかしなはがき」に魅力を感じることのできた感性を、うしなっていくことになるかもしれない。

しかし、あるいは山猫を嗤ったことへの自責の念を内面化して、成長していくのかもしれない。すくなくともテクストから読みとれる一郎には、そのいずれの可能性も残されている。

三　神・詩人・職業病

それにしても――一郎を山中世界のとりこにするより、普段は人間世界に暮らしていてもらうほうが山猫にとっても都合が良いのではないか、という推測をさきに記したが――「どんぐりと山猫」は、たそがれどきにおとずれた異界からの通信に誘われ、山に迷い込んでそのまま戻らなくなってしまう少年の神隠し譚に、なりそこねた話のように思えてならない。たとえば一郎の、神隠しに遭いやすい気質としての、常の子どもとはことなるさかしさや、異界からの誘いのおとずれる時間（夕がた）の境界性など、柳田国男が『山の人生』で指摘した神隠しの条件に、ぴたりと当てはまっているのだ。

では一方で、神隠しをおこなう山中異界の〝神〟の資格を有する存在は、作中に現れているのだろうか。

このとき、異界への誘いのはがきを真に執筆した人（?）物である、山猫の馬車別当の存在感が、ここまでの論述とはことなる様相を帯びて、浮上してくるのである。

この馬車別当からの「をかし」なはがきの文面こそ、読み手の心をとらえ、その言葉で満たしてしまうという点で、おそらくは「注文の多い料理店」における山猫軒の扉の言葉に（その機能はことなりつつ）匹敵する、強力な言葉であった。それは、年齢に比してあまりにさかしすぎる一郎を、無邪気な子どもに還元させてしまうほどの、強力な誘惑力をおびた言葉だったのである。

この誘惑に成功しなければ、以後の物語は展開しえなかった。馬車別当の言葉（文字）は、物語を始動させる原動力となるほどの力をそなえていたのだ。じつは馬車別当は、理想の詩人、といえるほどの言葉の使い手・書き手なのである。

このことは、賢治の好んだダブルミーニングの技法という観点からも明らかだろう。すなわち、はがきの文末「とびどぐもたないでくなさい」（傍点筆者）。「くなさい」は、「ください」というお願いの意味（のたんなる誤記）なのだろうか？　じつは、「来なさい」という、命令文をも潜在させているのではないか。山猫からの命令文「すべし」の手紙の提案を一笑に付した一郎も、この、たんなる懇願の誤記と見せつつ、じつは命令文を潜在させたはがきには、よろこんで従ってしまうのである。

ではそのような、理想の詩人――であると同時に「注文の多い料理店」における山猫たちのように、巧みにダブルミーニングを駆使する誘惑者にして詐欺師でもありうる――といえるほどの言葉の書き手である馬車別当はなぜ、身体に負性をおびた存在として設定されなければならなかったのだろうか。

たとえば、傷痍軍人（〝廃兵〟）の場合。空襲や地雷その他各種戦災の場合。あるいは、公害、医療災害、遺伝その他の原因による胎児の段階からの身体の異常。あるいは、各種労働災害の場合、鉄道事故や、自動車事故の場合。また、各種の病気の結果など、身体にイレギュラーのしるしをきざまれる原因には、時代状況ごと、社会状況ごとのさまざまな要因がからんでいるはずだ。それらを無視し、たんに読者に強い負の印象をもたらせばよしとして、馬車別当の異形――片眼で「ひどくまがつて山羊(やぎ)のやう」な足――は設定されていたのだろうか。もしそうであるならば、賢治の差別意識は厳しく問い直されなければならない性質のものであるだろう。しかし私たちは、いたずらに糾弾を急ぐのではなく、馬車別当の異形の原因そのものについて考察をめぐらすことを、まず心がけなければならない。

管見におよんだ範囲で、馬車別当の容姿の原因について、的確に指摘していると思われるのは谷川雁である。それは、里の定住民とは異なる文化を有する山中の民であった、金属加工氏族（鍛冶氏族）のあがめる神の、原イメージそのものである。

東洋でも西洋でも、片目の神様が出てきたら鍛冶だと思えばいい。日本では天目一箇神（あめのまひとつのかみ）。風の神も片目だが、その風を炉に吹きこんで火をおこし鉄をとかすだろう。そして昔は山の砂鉄をとって山中で粗鉄を作ったから、それに従事する人たちは山男のなかまに数えられた。馬車別当はなかなかの技術者でもあるのだ。

（谷川雁『賢治初期童話考』潮出版社、一九八五年、三八頁）

これは「一つ目小僧」の原イメージでもある。現在では谷川健一（雁の兄）や内藤正敏等の研究*10

にあきらかなように、やがては信仰を失い、山中を漂泊する妖怪として恐れられるようになる「一つ目小僧」の原型は、金属加工氏族（鍛冶氏族）のあがめる神だった。

その神の容姿の祖型は、鍛冶氏族自身の職業病を負った姿そのもの。すなわち野だたらの炎の温度変化を監視しつづけることによって傷つけられていく片目と、野だたらに風をおくるふいごを踏みつづけることによって痛めていく片足であった。

関連していえば、さきに紹介した佐々木喜善『聴耳草紙』九六番のエピソード、山猫の化けた化物が「大きな一目の化物」とされているのも気になるところだ。

佐々木の採取した伝承に、しばしば独眼、あるいは一脚の化物が登場することに内藤正敏は注目している（『遠野物語の原風景』三四〇〜三四一頁）。これらの背景にも、岩手県遠野周辺での金属にまつわる民俗の影を内藤は推測する。たとえば、佐々木の収集した伝承をもとに柳田国男・鈴木脩一（棠三）が執筆した『遠野物語拾遺』（一九三五年）第九六話。

> 貞任山には昔一つ目に一本足の怪物が居た。旗屋の縫といふ狩人が行つて之を退治した。其頃は此山の付近が一面の深い林であつたが、後に鉱山が盛んになつて其木は大方伐られてしまつた。
> （『遠野物語　増補版』郷土研究社、一九三五年、一九五頁）

内藤はこの、鉱山に出没する一目一本足の怪物も「金属・鉱山神なのであろう」（前掲書、三四一頁）と推測している。

幼少年期から鉱物に人一倍関心を持ち、盛岡高等農林学校では地質学を専門に学び、さらに研究生として一九一八年四月から九月、稗貫（ひえぬき）郡土性調査にも従事した賢治が、学界での主張が彼の死後はるか後のことであるからといって、これらの歴史的コンテクストに無感覚のままであっただろうか。

賢治自身の作品でも、直接に鉱夫が登場あるいは主役をつとめる「泉ある家」「十六日」（いずれも土性調査時の体験がモデルとなっている）、あるいはモリブデン鉱山を試掘する「金山堀りのわろ」を主人公とする「風の又三郎」などがあり、ここからも岩手県一帯が、各種鉱山の採掘がさかんな地帯であったことは容易に読みとれる。

賢治は、各種伝承のなかでいったんは完全に怪物化させられてしまった金属加工神を、その原型の人間の姿に還してみせたのではないか。[*11]

近代の中学進学というエリートコースにのる予定であろう一郎からみれば、はじめは「びつくりして立ちどまつてしま」う「気味が悪」い風体であるにしても、馬車別当は、もはや妖怪あつかいされることはなく、神様に祭り上げられることもない。お人好しで「きのどく」に思えることもある、身体に異形を負った一人の男にしか見えない。そういった人間の容姿のレヴェルにまで還元することに、成功したのだといえるだろう。

ひょっとすると、「なめとこ山の熊」の淵沢小十郎にたいする描写を、一郎的な価値観の持ち主にそっておこなえば、それもあるいは、馬車別当にたいする描写から、それほど遠くないものとなっていたかもしれない。淵沢小十郎も「すがめ」という、真の鉄砲撃ちとして生涯をおくるものの職業病を負った存在であるのだから。

「なめとこ山の熊」には、一郎的価値観を内面化した作中人物と、そのまなざしに寄りそった語りが登場しないから、彼を異様な風体と見なす指標が挿入されなかったということなのだ。

いかなる語り・語り手が導入されているかというテクストそのものの問題と、身体的なイレギュラーという（読者に、その背景や原因が読みとり難くなった）時代的・歴史的なコンテクストの問題と。その両者を慎重に再検討することの難しさと必要性とを、馬車別当の容姿とその描写は、訴えつづけているといえるだろう。

四　植民地としての山中異界

むろん、外見上は（身体に異形をおびた）一人の男にしか見えないにせよ、馬車別当は一郎の誘惑に成功し、物語を始動させるほどの力をもった言葉（文字）を発するのであり、この、詩人の理想をも託された馬車別当に、ひそかに山中異界の神としての実力が生きていることは、まちがいないであろう。

ストーリー上派手な印象は残さないが、物語の根本を支える存在。根源的なことばの書き手として、馬車別当は設定されているともいえる。

しかも、彼が金属加工のプロフェッショナルである以上、裁判解決のお礼として一郎に渡される、メッキも混じった金のどんぐりの作者も、馬車別当であるかもしれない……いや、それは、山を出てしまえばただのどんぐりと化してしまうのだし、そもそも、用意された金のどんぐり自体、本文中で明確に、裁判の結果「それはそれはしいんとして、堅まつてしま」ったどんぐりたちの死体（？）をますに入れたものであると記されていたのだった。

あるいは馬車別当が、正統的な山中の民の神として信仰されていた時代であれば、その金属加工神としての実力によって本当の金のどんぐりを用意できたかもしれない。しかしいまや彼は、里のものと山のものともつかないいかがわしさを漂わせる、新たな山中異界の権力者としての山猫に、すきなように酷使されるだけの存在と零落している。

どんぐりに金メッキを施した技術者は、馬車別当の可能性が高いだろう。しかしそれにしても、にせの金のどんぐりのいかがわしさはやはり、山猫の妖術にこそふさわしいと考えるべきであろう。「ポラーノの広場」およびその先駆型に登場する「山猫博士」デステゥパーゴや、「蜘蛛となめくぢと狸」およびその改稿作「洞熊学校を卒業した三人」に登場する「山猫大明神」もふくめ、賢治作品に登場する「山猫」イメージの共通点は、「いかがわしさ」ということなのだ。

それではなぜ、本来、正統的な山中の神の資格を有する馬車別当ではなく、里／山の両義性をもつ、山中異界の存在としてはいささか出自のあやしい山猫に、山の世界は支配されているのだろうか。

じつはむしろ、山猫が、里の世界にも通じる存在であるからこそ、近代日本の山中異界の支配者の立場に立つことができたのではないか。

根底にあるのは、近代における山中異界の、人間の収奪の場への転落ということだ。「はじめに」でも触れたように、山中異界が、里＝人間社会の資源的・文化的植民地状況へ転落した、ということである。ここで、ふたたび、一節で言及した奥山文幸「アンドロイドは銀河鉄道の夢を見る」の重視する動物学上のヤマネコイメージが、その帝国主義的拡大によってもたらされたものである、という指摘と、本稿の重視する、民間伝承における山猫イメージとの重層構造がかかわることとなる。

西成彦『森のゲリラ　宮沢賢治』（岩波書店、一九九七年）は以下のように指摘している。

「どんぐりと山猫」は、小さな紛争の解決のために、君主である山猫が知識人（一郎少年）の知恵を借りようと思わず血迷った行動を起こしてしまう話しだ。いくら「めんどなさいばん」になりそうだからといって、裁判に外部の権威を召喚することは、国家の威信にかかわることである。

（一四八頁）

「どんぐりと山猫」の山猫が、一郎少年の知恵を借りることなしには「めんどなさいばん」に決着の一つもつけられない主権放棄者であったように、山猫軒の山猫も、肉食獣の知恵ではなく、人間のグルメ志向を借用しないでは楽しめなくなった自文化喪失者であった。（一七八頁）

これら山猫（たち）の、「主権放棄者」「自文化喪失者」状態は、すでに植民地状態に陥っている山中異界を立て直すためには、あらゆる側面で宗主国の政治的・文化的・経済的システムを導入あるいは模倣する以外には方法がないという決断の上でもたらされたものであろう。

こうなっては、独立国としての「国家の威信」など、もはや問題外とならざるをえない。実際、「注文の多い料理店」の山猫たちは、宗主国の〝進んだ〟文化を取り入れることによって、その都市消費社会の感性に骨の髄までひたりきった二人の若者への策略を、いま一歩で完遂するところにまでこぎつけたのだった。

宗主国＝人間社会の言語政策や消費社会・司法システムなどの導入にあたっては、正統的な山中異界の文化の後継者であるよりも、もとは宗主国（＝人間界）のなかで生きていたのかもしれない山猫こそが、その主導者として適任であったのだろう。

さきに馬車別当を、〝根源的なことばの書き手〟と述べた。しかしこの根源的な力は、物語世界内の誰にも（読者にも？）認められることなく、あくまでひそやかに発揮されるしかない。そもそも馬車別当が、他者（山猫）の権力に従って書かされる存在に堕していることはまちがいないのだし、近代日本正書法のヒエラルキーがすでにもたらされてしまっている山中異界においては、一郎は、自らを誘惑した力の根源であったはずの馬車別当のエクリチュールを、最下層にランク付けし、あわれむしかなくなるのである。

しかし、その根源的な力が、現に読者をも誘惑しつづけ、山中異界のいかがわしく、あるいは不気味でもある登場人物たちが、世紀を超えた魅力を、読者に放ちつづけている。私たちは時代を超えて、賢治テクストにあらわれる山中異界という場所に、くりかえし立ち返る必要があるだろう。

＊1 赤坂憲雄は、柳田によるアジールとしての山の発見の根底に「柳田の魂(こころ)の底に山にはいる人々への独特の思いいれが深々と横たわっていた」(『山の精神史——柳田国男の発生』小学館、一九九一年、一七三頁)ことを指摘している。

＊2 秋枝美保「〈テクスト評釈〉注文の多い料理店」(『国文学』一九八六年五月臨時増刊号)、築田英隆「「注文の多い料理店」考——消費、読者そして食べること」(『『注文の多い料理店』考——イーハトヴからの風信』五柳書院、一九九五年)参照。

＊3 ただし、そのマイナスの側面も見逃してはなるまい。安藤恭子「〈宮沢賢治〉の表現をめぐって——「烏の北斗七星」における擬人法」(『日本語学』一九九七年九月号)は「烏の北斗七星」について、人間世界の戦争が、不可避の自然現象(烏の縄張り争い)と重ねられてしまう問題点を指摘している。すなわち、(近代戦争をふくめた)さまざまな社会的システムが、食物連鎖といった不可避の自然現象のように認識されてしまい、結果として、人間社会固有の問題を隠蔽する機能を果たしてしまうのである。こ

こには、自然界を人間界にからめとってしまう植民地主義的擬人法の力学が作用することとなる。この危険性には、充分な注意が必要であるだろう。

ただし、拙論「「鳥の北斗七星」考――修羅としての鳥たち」（前掲『『注文の多い料理店』考』所収）は、鳥の身体が、人間の近代軍隊における身振りと、戦艦への比喩にがんじがらめにされている点に着目。自然の存在としての側面を剝奪するこの比喩の非情さこそが、近代軍隊システムの非情さを描ききることになっているとし、むしろその比喩の機能（安藤が問題視する植民地主義的擬人法に限定されない、いくつかのレヴェルの技法――枠（フレーム）としての文脈による、焦点（フォーカス）としての比喩への批判や、メタモルフォーゼなど――をふくむ）を積極的に評価している。安藤の指摘する問題点を認めつつ、補足しておきたい。

＊4　『注文の多い料理店』所収「かしはばやしの夜」に登場する歌「やまねこ、にゃあご、ごろごろ／さとねこ、たっこ、ごろごろ。」にも、生物学上としての正確な限定より、語彙論的に「やまねこ」と「さとねこ」とを対義語・対概念としてとらえることを優先する賢治の意識がしめされているといえる（なお「たっこ」について金子民雄『山と森の旅』は「たっこというのが、岩手方言で猫のことを指していた」（九四頁）と指摘している）。

＊5　村上健司編『妖怪事典』（毎日新聞社、二〇〇〇年）も、「ヤマネコ」を項目として立てている。なお、曲亭馬琴『椿説弓張月』「十七回　勇婦刀を振て山猫忽ち死す、猛将計を定めて夫婦全集（まつたくあつまる）」や為永春水『貞操婦女八賢誌』「第四十七回　玉兎洩雲大六尽酔（ぎよくとくもをもれてだいろくゑひをつくす）　山猫出草一夫転谷（やまねこくさをいでていつぷたににまろぶ）」（以上は国会図書館「近代デジタルライブラリー」でのキイワード「山猫」検索結果による）など、近世読本でも、「山猫」は人間を襲う巨大な怪猫として登場する。

＊6　関敬吾『日本昔話大成』（角川書店、一九七九年）、稲田浩二ほか編『日本昔話事典』（弘文堂、一九七七年）参照。

＊7　この犬たちは作品冒頭で、おそらくは超自然的能力を発揮する山猫の詐術によって仮死状態に陥ったものであろう（北野昭彦「宮沢賢治『注文の多い料理店』の〈山猫〉像——猫の民俗誌と諷刺文学論の視点から読み直す」『龍谷大学論集』第四五七号、二〇〇一年参照）。それを「専門の鉄砲撃ち」が助けたのかもしれない。またこの猟師は、その生命すら金銭的価値でしか計れない飼い主の二人より、猟犬としての資質をはるかに生かしてくれる人間として、犬たちの親愛の情を勝ち取ってしまったのかもしれない。

＊8　平澤信一『宮沢賢治《遷移》の詩学』（蒼丘書林、二〇〇八年）は、「雪渡り」において、動物たちが人間にたいして敬語を使うことを当然として受け止める人間の子どもたちについて「子供でさえ身につけてしまっている差別の身振り」（八八頁）を指摘。「どんぐりと山猫」の一郎にも同様の問題を読みとっている。

＊9　原口桂子「「どんぐりと山猫」考——おかしなはがきから」（前掲『『注文の多い料理店』考』所収）五二頁。

＊10　代表的なものとして谷川健一『青銅の神の足跡』（集英社、一九七九年）、内藤正敏『遠野物語の原風景』（筑摩書房、一九九四年）などが挙げられる。

＊11　ただしその「山羊（やぎ）のやう」とされる足の描写には、金属加工集団の職業病という範囲をこえた要素も込められているであろう。谷川雁はここに、ギリシア神話の牧羊神、パンの神としての資質をも、馬車別当が備えていることを読み取っている（前掲書、三八頁）。

小岩井農場から見た岩手山（岡村民夫撮影）
山麓の跋渉も含めると、賢治は30回以上も岩手山に登ったという
賢治にとっては、イーハトーブの山の王であった

コラム⑤

花巻・盛岡の郊外

森本智子

近代郊外の発展は鉄道の敷設と深い関わりをもっている。一九一〇年から二〇年代にかけて、郊外には私鉄の沿線開発事業と結びついた住宅地や娯楽施設が次々に造られた。その代表格は「宝塚新温泉」であろう。箕面有馬電気軌道（阪急電鉄の前身）の専務であった小林一三の発案によって一九一一年に開園した「宝塚新温泉」は、「宝塚少女歌劇」（一九一四年創設）を中心に一大娯楽施設として発展していく。小林が提示した〝鉄道を利用して郊外から都市に通勤し、余暇には家族とレジャー施設に足を運ぶ〟というライフスタイルは、全国の沿線開発のモデルケースとなった。

その一例が、「東北の宝塚」を目指して一九二三年に開業した「花巻温泉」である。同温泉は、岩手県の金融界・経済界を牽引していた金田一国士によって企画されたものであり、花巻市の郊外に、旅館、貸別荘に公会堂や動物園、プール、ナイタースキー場などを完備したレジャーランドを建設しよう、という一大プロジェクトであった（なお、賢治とこのプロジェクトの関わりについては、岡村民夫「コラム⑦ 花巻の温泉」を参照）。

宝塚の例にもれず、温泉と市内を繋ぐのは鉄道である。花巻温泉電気鉄道により、花巻温泉線という花巻温泉を終点とする路線が敷設された。その所要時間は二二分であり、市民が気軽に出かけられる娯楽施設としての条件をサポートしていた。ところで、「宝塚新温泉」には、沿線の住宅の商品価値を高めるオプション的施設の側面があったが、その点は「花巻温泉」には踏襲されていない。同温泉地の主目的はあくまで温泉を含むレジャー施設そのものであって、住宅地の要素は皆無である。花巻においては、余暇を楽しむ施設を市外に置く、という要素のみが重視されたわけだが、それはごく自然な帰結だろう。

当時の電鉄会社が手がけた住宅地案内パンフレットには、郊外住宅の条件として、交通の利便、教育施設の充実に先がけ、衛生環境の整備が挙げられている。考えてみれば、そもそも「郊外住宅地」には「紅塵、煤煙、喧争、悪臭、不安、等々近代都市のもつ灰色の悩みより逃れ」て「清純な大地」に住みたい（西田富三郎『新時代の住宅と庭園』太陽社書店、一九二四年）、という希求を汲み取って開発されてきた経緯がある。これは裏を返せば、「紅塵、煤煙、喧争……」等が存在しない地方においては、郊外住宅地は用を成さないということでもあろう。それは、花巻のみならず、東北のターミナルとして発展していた盛岡市においても同様であったはずである。たとえば盛岡の黄金（こがね）競馬場は、次頁の図に明らかなように、まさに郊外に設置された娯楽施設であった。ちなみにこの競馬場は、「ポラーノの広場」（一九二七年頃）の語り手キュースト（ー）が仮住まいする、「モリーオ市」郊外の「競馬場」のモデルとなった場所である。賢治が、〝娯楽施設〟と〝住宅地〟がオーバーラップする場所を描いたことは、こうした時代背景と重ねて考えると興味が尽きない。

関東大震災以降、「郊外」はもっぱら〝住宅地〟の意味を強めていくが、地方においてその意識が浸透するのには戦後を待たねばならない。ただ、メディアを通し、新たな意味合いを把握していた者の目には、当時においても「郊外」が従来の「町外れ」とは異なる空間として映ったことは想像に難くない。自ら関わった花巻温泉に批判的なまなざしを向け、「郊外」を舞台とする作品を手がけた宮沢賢治がその一人であることは、言うまでもないだろう。

「ポラーノの広場」の競馬場のモデルとなった黄金競馬場は、
盛岡の郊外、盛岡高等農林学校のそばに位置していた
（『盛岡名勝名物案内』部分、1928年、盛岡市役所、岡村民夫蔵）

賢治の〈郊外〉

まなざしのせめぎ合う場所

森本智子

6

はじめに

一九二七年二月一七日の『岩手日報』に宮沢賢治への言及がある。「岩手文壇の情勢……現在作家動静録……」（白雲居士）という記事で、小田島孤舟や金田一京助等と並べて、かつて詩集『春と修羅』で『東京読売新聞』に取り上げられたこともある作家が、今は花巻の「郊外の別荘に引き込もり黙々として何かお仕事を続けられてゐる」というのである。たしかにこの頃の賢治は、農学校を退職後、花巻川口町下根子桜（現・花巻市桜町）の宮沢家の別宅で独居自炊しながら「羅須地人協会」という農村青年に向けた私塾を開いていた。ここで注目したいのは、賢治の住まいが記事で「郊外の別荘」と表現された点である。ここでの「郊外」には「町外れ」という場所を指すに留まらず、同時代におけるどこかしらモダンな意味合いが漂っている。

この記事から数年後、滞京中の一九三一年九月、賢治は「雨ニモマケズ」を書き付けた手帳の二頁目に、「大都郊外ノ煙ニマギレントネガヒ／マタ北上峡野ノ松林ニ朽チ／埋レンコトヲオモヒシモ／父母二(ママ)共ニ許サズ／廃軀(ママ)ニ薬ヲ仰ギ／熱悩ニアヘギテ／唯是父母ノ意／僅ニ充タンヲ(ママ)翼フ」という遺言を思わせるような一文を書き記している。故郷の山野に身を埋めたい、という想いよりも先に、東京の「郊外」で一生を終えたい、という願いが書かれているのに目が留まる。「昭和六年九月廿日／再ビ／東京ニテ／発熱」という大きく濃く記された言葉の周囲に薄く小さく書き込まれたこれらの文言から、花巻の「郊外の別荘」体験と、未経験の東京「郊外」生活への憧憬、そのせめぎ合いが感じられるのである。

一方、そうした現実の「郊外」とは別に、賢治の作中にも「郊外」と思われる場所がたびたび登場する。続橋達雄は、「〈町はづれの川ばたにあるこはれた水車小屋〉にひとり住むゴーシュ、〈ある裏町の小さな家に住む〉ジョバンニの一家、町ではなくて〈大きな森のなかに生れ〉育ったブドリたち」と言うように、童話の舞台が、少なからず郊外的な空間に設定されていることに気づいていた(『宮沢賢治少年小説』洋々社、一九八五年)。本稿はその視点を引き継ぎつつ、作品における「郊外」に同時代的な「郊外」の様相を重ね、賢治の〈郊外〉を読み解く試みである。

一 「郊外」の変遷

「郊外」とはそもそも、どのような場所なのだろう。賢治と「郊外」の関係性を考えるために、まずは語の意味の変遷と同時代的意味をおさえておきたい。

もともと「町外れの野」「市外」といった意味で、平安時代から使用されていたこの語は、「都会民が隠居したり、逍遥したり、遊山したりする町外れの野」の意味を担っていた。都市を囲繞する周縁地帯が「郊外」であったのだ。[*1]

そして、「郊外」の向こうには農村が点在し、更にその先に自然の山野が広がっている。だから、都市部が拡がれば、必然的に「郊外」はより外縁へと押しやられ、その先にある野原や森林も侵食されていくこととなる。まずは「郊外」とは、語の意味がぬりかえられつつ、常に一方向へと変動を続けることを運命づけられた空間と捉えてよいだろう。

ところで現在の「郊外」と言えば、国道沿いの大型店舗やニュータウンが立ち並ぶ均質的な風景が思い浮かぶ。従来の都市周辺の緑地帯から、そうした現代的郊外へと「郊外」の持つ意味が大きく転換する、その過渡期にあたるのが、賢治が生きた時代である。ここではまず、「郊外」という場所をクローズ・アップした国木田独歩の「武蔵野」(『国民之友』一八九八年、掲載時は「今の武蔵野」)を取り上げたい。

武蔵野を散策しながら、目に映る自然の風景を次々に描写してきた独歩は、終章でそれらを振り返り、「郊外の隣地田圃に突入する処の、市街ともつかず宿駅ともつかず、一種の生活と一種の自然とを配合して一種の光景を呈し居る場処を描写することが、頗る自分の詩興を呼び起すのも妙ではないか」と自問する。そして、「町外れの光景」に惹かれる理由を、「何となく人をして社会といふものゝ縮図でも見るやうな思をなさしむる」点、換言すれば「田舎の人にも都会の人にも感興を起こさしむるような物語、小さな物語、しかも哀れの深い物語、或は抱腹するやうな物語が二つ三つ其処らの軒先に隠れていさうに思はれる」ところに求めている。「都会」と「田舎」の混じり合う場所には人知れぬ「物語」がひそんでいる。そういう魅力を秘めた場所として「町外れ」を描き出したのである。

この〈発見〉が、郊外趣味のブームを呼び、都市における騒音・煙害等から逃れ、「自然の懐ろに起居して、悠々たる人生の幸福を享受」したいと願う人々によって[*2]、「町外れ」であった武蔵野が宅地化されていく端緒が開かれたのは周知のとおりである。更に、関東大震災（一九二三年）で、都市にひしめく多くの木造家屋が倒壊したことが、「郊外」に住居を求める動きに拍車をかけた。こうして、江戸以来の風景が加速度的に失われてゆき、その過程で、「武蔵野」において同一視されていた「町外れ」と「郊外」の二語が、別個の空間を示す言葉として分裂していったと考えられる。

このあたりの経緯を別の切り口から確認しておきたい。地理学者・小田内通敏は、名著の誉れ高い『帝都と近郊　都市及村落の研究』（大倉研究所、一九一八年）において「武蔵野台地」を中心とした緻密な「行脚的踏査」（フィールドワーク）を行い、都市に野菜を供給する近郊農家が現存する一方で、緑地帯が開発され、宅地化されつつある状態を詳細にレポートしている。そして、「郊外の意義に更に都市的居住地なる新味を加」えざるをえないと結論づけた。小田内によれば、一九一〇年代から二〇年代にかけて、東京の「郊外」は、

①都市と農村の近接地・遊覧地（『武蔵野』における「町外れ」。以下、「近郊」とする）
②都市民が憧れる「都市的居住地」（以下、「住宅地」とする）

といった異なる二つの意味を包含する場として存在していたということになる。やがて、徐々に

ていくこととなる。[*3]

「近郊」は後景に追いやられ、「住宅地」がその意味内容を発展させながら、現代の郊外像に接続し

しかし、社会状況の変化と、人々の抱く「郊外」のイメージとは別の話である。用語の意味内容の変化が、そのまま同時代人たちにすんなりと受け入れられたわけではない。たとえば永井荷風の『小説随筆集 おもかげ』（岩波書店、一九三五年）に収録された「郊外」という小品では、「東京府下の六群が市に合併せられたのは、昭和七年の秋であつた。市外の郡村がむかしから呼び慣らされた其名称を失へば、郊外といふ言葉も亦おのづから意義をなさぬことになる。郊外といひ、近郊といつたやうな言葉は今は死語となつた」とし、「ふらふらと散策に出かけたくなる」ような、「常に言ひがたい詩趣をおぼえさせ」られた「郊外」（「近郊」）の消滅を嘆いている。「住宅地」は、荷風をはじめとする多くの人びとにとって、慣れ親しんできた「郊外」とは全く異なる空間として認識されていたのである。「郊外」の語の捉え方に世代間格差が見られるのが、この時期の「郊外」の特徴である。

「町外れ」と「郊外」、その両方を作品に用いていた賢治は、そうした同時代の空気をどこまで把握していたのだろうか。ともあれ本論では、「近郊」（「町外れ」）から「住宅地」へと意味が変容していく途上で、いまだ使い分けが明確になされず両者が混在した状態を、便宜的に〈郊外〉と呼ぶことにする。

二　「町はづれ」と鉄道

賢治作品においては、「郊外」よりも「町はづれ」の語の使用例が多い。「町はづれ」は最初の文学的営為というべき短歌にすでに登場している。また童話でも、「馬の頭巾」（一九二二年頃）などにその使用が見られる。中でも、「銀河鉄道の夜〔第四次稿〕」（一九三一年頃）では、「町はづれ」が重要な役割を担っている。この稿では、ジョバンニが級友たちから逃れるように足を運んだ「町のはづれ」の野原が「銀河ステーション」に変貌し、ジョバンニが銀河に旅立つ出発点となるのである。この「町はづれ」は、町と野原の隣接点であると同時に、日常空間と異空間の境界として設定されている。ジョバンニの旅は、空の野原を通過して、「銀河のはづれ」から再び「町はづれ」へと還る。二つの「はづれ」を繋ぐのが、「鉄道」であるところに注目したい。

そもそも鉄道の敷設と〈郊外〉の発展には密接な関連性がある。当初は、休日に鉄道で都市から「近郊」に出掛けていた人々が、都市近郊に移り住み、今度はそこから鉄道で都市へと出勤するようになってゆく。実際に「住宅地」から通勤していた田山花袋は、『東京の近郊』（実業之日本社、一九一六年）において、自らを「都会に向かふ心と、野に向かふ心」を抱く、「都会と野の接触点に住んでいる人間」と位置づけた。景観学を手がける樋口忠彦は、この記述を取り上げて、この「野に向かう心が、郊外住宅を生みだし、その郊外住宅が、西郊あるいは東郊の趣ある近郊を呑み込み、消滅させていくことになる」と捉える（『郊外の風景――江戸から東京へ』教育出版、二〇〇八年）。都会と野の接触点でありつつ、常に都会が野を侵食していく場所――それが、賢治の時代の〈郊外〉の実態であった。

ここで、都市のスプロール化を賢治がどのように捉えていたのかを探ってみたい。まずは、童話「虔十公園林」（一九二三年頃）を取り上げよう。「虔十公園林」は、主人公・虔十が、家の後ろにある「丁度大きな運動場ぐらゐの野原がまだ畑にならないで残ってゐ」た土地（「杉植ゑでも成長らない処」）に杉の苗を植える物語である。案の定、植えた杉の苗はろくに成長せず、小さな杉林にしかならなかった。しかしそこは思いがけず、子どもたちの絶好の遊び場となる。やがて虔十は病死し、二〇年の時が経つ。その間の変化を賢治は簡潔に記している。

次の年その村に鉄道が通り虔十の家から三町ばかり東の方に停車場ができました。あちこちに大きな瀬戸物の工場や製糸場ができました。そこらの畑や田はずんずん潰れて家がたちました。いつかすっかり町になってしまったのです。その中に虔十の林だけはどう云ふわけかそのまゝ残って居りました。

まず、鉄道が敷設され、田園が切り開かれる。そこに工場が立ち並び、従業員たちが住むための家が建ち、やがて町ができてゆく。このわずか数行の記述に、都市化の過程が凝縮されている。通常ならばこのような都市開発の結果、工場や鉄道、自動車等から排出される煤煙が町を汚し、苦しめられる都市住民の目は、自然の残る場所、つまり〈郊外〉へと向けられる……と展開しそうだが、この作品では、無学な虔十が植林した土地をアメリカ帰りの学者の提案で「公園」化するという結末を迎える。元は「野原」であった場所が、「公園」という近代的な都市機能に変換されたわけである。当時の「公園」は、「日常生活の非自然的なものから逃れて、休養慰安を享けよう」[*4]という目的から増設されるべきものとして推奨されており、造園学的に見れば、「公園」も〈郊外〉も、その果たすべき役割は同じであった。[*5]こうした「公園」と〈郊外〉を同義空間として捉える、いわば〈造園学的視点〉は、やがて賢治を花巻市〈郊外〉の遊園地「花巻温泉」の設計（一九二九年）に携わらせてゆくこととともなる。[*6]

ところでこの頃、岩手の地方都市としてのめざましい発展が、メディアから頻繁に発信されていた。たとえば、『岩手日報』（一九三〇年七月五日）に、「昔街端れでも今は市街の中心」と題された記事がある。内容は、「水沢町馬検場」が設置当初は「衛生上其他を考へ街端れの積りで現在の個所に設けられた」のに、次第に町が拡大したため、現在では「市街の中心地」になっており、「衛生上にも又市街美の上から考へても現在の場所は不適当であるとて移転説が盛んにとなへられる」というものである。「街端れ」が「市街の中心」へと変貌を遂げたという事実が、都市化の勢いを端的に示している。

発展の途上にある都市においては、場所も、またその呼び名も、固定されたものではない。童話

「二人の役人」（一九二三年頃）では、かつて「ほんたうに立派」であった「野原」が、鉄道が敷かれた「今は練兵場や粟の畑や苗圃などにな」り、「野原の中でいちばん奇麗な所」（中心）さえも、「練兵場の北のはじ」（周縁）へと意味を変更されたと語られる。もっとも、賢治はこの開発後の風景を「なかなか奇麗」と評し、環境破壊といった観点では捉えていない。田野が無秩序に開発されていく状況に対して賢治がさほど否定的でないのは〈造園学的視点〉を有していたためでもあるが、ここではとりあえず「町はづれ」が「はづれ」の意味を変更されていく現場に賢治が立ち会っていた、ということに留意しておきたい。

三　大都市の〈郊外〉／地方都市の〈郊外〉

賢治作品における「郊外」の数少ない使用例の一つに、その名も「郊外」（一九三三年）と題される詩がある。しかし、「野原は寒くあかるくて／水路もゆらぎ／穂のない粟の塔も消される」といった詩の内容からは、〈郊外〉と「野原」の同一性は認められても、そこに、近代的な「住宅地」の意味は見あたらない。はたして〈郊外〉を住環境として捉える同時代的視点を、賢治は有していたのだろうか。その分析にとりかかる前に、先に通過しておかねばならない問題がある。それは、地方における〈郊外〉のあり方についてである。

第一節で取り上げた『帝都と近郊』は言うまでもないが、当時の郊外文献を渉猟していると、基本的に「郊外」とは、東京・大阪といった大都会周辺の土地を指していることに気付く。たとえば、造園家・西田富三郎の、都市の人々が「煤煙と紅塵と雑沓と喧争と不安とよりなるジヤズの巷より逃れて、自然と文明、田園と都市との長所を結合せる郊外、水清く丘陵地の緑目映き郊外へと進出」することにより、「昨日の田園は今日の清新な郊外住宅地」へと変貌を遂げつつあるのだという指摘は示唆的である（『新時代の住宅と庭園』太陽社書店、一九二四年）。逆に言えば、都市が「煤煙と紅塵と雑沓と喧争と不安とよりなるジヤズの巷」と化して初めて、「住宅地」としての「郊外」の必要性が浮上してくるわけである。では、「田園」と都市が渾然一体となっている地方都市においては、わざわざ「町はづれ」に「住宅地」を設ける必然性はないはずなのだが、『武蔵野』が導いた結果を思えば、ことはそう単純に片付けられない。

人々の〈郊外〉へのまなざしは、関東大震災の少し前から熱を帯びていた。造園・建築関係の雑誌をはじめ、総合雑誌においても、〝郊外特集〟が組まれているのは、そうした風潮をメディアが敏感に察知したことを示している。[*7] そうした〈郊外〉ブームを知るものにとって、「町はづれ」は、「住宅地」の要素を持った場所として映るのである。ことに地方においては、情報を入手した者にとってのみ、「町はづれ」や「田園」が、価値ある場所として、すなわち「住宅地」の意味を帯びて把握されていた。このように、メディアを通して世界を捉え直す視線は、極めて〝ブッキッシュ〟なものだといえよう。[*8] ここで、ブッキッシュなまなざしを所有する一人である賢治と、〈郊外〉文学との関わりについて触れておかねばならない。

賢治が「郊外」の語を記した最初の例を、一九一二年一一月の父宛の書簡（書簡三）にみることができる。そこには、「小田島孤舟著（三八年に大沢の講習会に来たりし佐々木孤舟といふ浄法寺の男）『郊外の丘』二十五銭」の記述があり、購買書リストの一冊であるとわかる。著者の小田島孤舟は、『岩手歌壇の父』と呼ばれた盛岡の歌人であると同時に、教育界や書道界にも名を馳せた人であり、賢治の父とも面識があった人物である。その第一歌集がこの『郊外の丘』（曠原社、一九一二年）である。孤舟は東京での体験を交えながら、地方郊外の風景を次のように詠んでいる。

何となくうれしき思ひに耽りつつコンクリートに靴ぬぐひゐぬ
草色のテーブルかけに午後の陽の光は匍へり鶯のなく
帰り来てホワイトシヤツを脱ぐときに悲しきことをおもひいでつる
こころよく卓を囲みてペンをとる郊野をわたる風明き朝
郊外の風明き野に野葡萄の実などを吸ひて別れけるかな
汽笛などかすかに聞ゆる郊外の春の樹により目を閉ぢてゐぬ

爽やかな野の風景に混ざって、「コンクリート」「テーブルかけ」「ホワイトシヤツ」といったモダンな小道具が詠み込まれているのが印象に残る。若き日の賢治が手にした〈郊外〉文学が、地方都市・盛岡をモダンな空気で描き出していたことと、それが同県人の手によるものであったことは留意すべきだろう。そして、同県人の文学者というのならば石川啄木の存在を看過するわけにはいかない。啄木の詩「家」(一九一一年)には、憧れの住居が次のように描かれている。

場所は、鉄道に遠からぬ、
心おきなき故郷の村のはづれに選びてむ。
西洋風の木造のさっぱりとしたひと構へ、
高からずとも、さてはまた何の飾りのなくとても、
広き階段とバルコンと明るき書斎……
げにさなり、すわり心地のよき椅子も。

芳賀徹はこの詩を「西洋趣味的ハイカルチャーへの夢の物語」と読み、啄木が「洋書や洋雑誌のなかの挿絵」や、実際に目にした札幌の洋館等から「家」のイメージを膨らませたのではないか、と推測している(「ハイカルチャーへの夢と西洋趣味——石川啄木の西洋幻想」川本三郎他編『近代日本文化論3 ハイカルチャー』岩波書店、二〇〇〇年)。また松山巖は、この詩を「まるで郊外の建売住宅の宣伝コピーだ」と断じ、「この描かれた家には生計がまったく捨象されている」と指摘する(『群衆——機械のなかの難民』読売新聞社、一九九六年)。「村のはづれ」を、「家」を建てるべき場所に「選びてむ」とする啄木の夢想の背景に「郊外生活」の流行があったことは想像に難くない。[*9] ここで注目す

べきは、在京の身でありながら、あえて東京ではなく、「故郷の村のはづれ」にモダンな住居を構えることを想像している点である。この「家」は、その到達不可能性からして、まさしく「夢想の家」であった。

しかしながら、孤舟や啄木が提示した、地方におけるモダンな「住宅地」のイメージは、そのブッキッシュな夢想とともに、地方都市の知識人たちに吸収されていったのではないだろうか。賢治の後期長編童話「ポラーノの広場」（一九二七年頃）はその継承の一つの形であると考えられる。

四 〈郊外〉小説として読む「ポラーノの広場」

「ポラーノの広場」は、大都市に住まう青年キュー ストが、地方都市での日々を回想する〈枠物語〉形式の長編童話である。導入部でキューストは「暗い巨きな石の建物」に身を置いて、「あのイーハトーヴォのすきとほった風、夏でもそこに冷たさをもつ青いそら、うつくしい森で飾られたモリーオ市、郊外のぎらぎらひかる草の波」……と、郷愁を込めて書きはじめる。思い出の中核をなすのは、モリーオ市と野原の中間地点に位置する「郊外」の生活である。ここでの「郊外」の語の使用を手がかりに、同時代の文脈を重ねて読んでみたい。なお、舞台は「イーハトーヴォ」という賢治特有のファンタジー空間であるが、ここでは主人公が青年であり、大都市は「トキーオ」（東京を想起させる）、地方都市は「モリーオ」（盛岡を想起させる）というように現実とリンクした設定であるところを重視する。まずは、少し長いが、回想の冒頭部を見ておこう。

> そのころわたくしは、モリーオ市の博物局に勤めて居りました。
> 十八等官でしたから役所のなかでも、ずうっと下の方でしたし俸給もほんのわづかでしたが、受持ちが標本の採集や整理で生れ付き、好きなことでしたから、わたくしは毎日ずゐぶん愉快にはたらきました。殊にそのころ、モリーオ市では競馬場を植物園に拵へ直すといふので、その景色のいゝまはりにアカシヤを植ゑ込んだ広い地面が、切符売場や信号所の建物のついたまゝ、わたくしどもの役所の方へまはって来たものですから、わたくしはすぐ宿直という名前で月賦で買った小さな蓄音器と二十枚ばかりのレコードをもってその番小屋にひとり住むことになりました。わたくしはそこの馬を置く場所に板で小さなしきゐをつけて一疋の山羊を飼ひました。毎朝その乳をしぼってつめたいパンをひたしてたべ、それから黒い革のかばんへすこしの書類や雑誌を入れ、靴もきれいにみがき、並木のポプラの影法師を大股にわたって市の役所へ出て行くのでした。

好きな仕事を「毎日ずゐぶん愉快に」こなしていたキューストだが、「殊にそのころ」、その「愉快さ」は増していた。理由は、「宿直」になったからである。「わたくしはすぐ宿直といふ名前で［……］番小屋にひとり住むことになりました」というように、その経緯はさらりと書かれているが、

「宿直」が上から命じられたものではないことは、「すぐ」の語や、その後、いそいそと準備してそこでの生活を楽しむ様子から推測できる。おそらくキュースト は「宿直」になることを自ら申し出たのだ。そして、キューストが回想するように、「番小屋」は、「郊外のぎらぎら光る草の波」の中にあった。この立地こそが、重要である。

キューストの職業は市の役人、すなわち「官吏」である。「官吏」は当時、「中産階級」と呼ばれるモダンな生活を志向する人々を指す、「サラリーマン」にカテゴライズされる職種であった。キューストもその例にもれず「雑誌」を携帯し、ファッションに気を配り、レコードを聴く趣味を持ち合わせるモダンな青年として設定されている。[*10] そして、「サラリーマン」たちが憧憬の対象としていたのが、〈郊外〉の生活である。「郊外住宅地に於ける開発と分譲は、その多くが中産階級に向かって展開され」ており、その志向に合わせて洋風の生活が想定されていたのである。[*11]

文化学院の創設者である西村伊作は『現代人の新住家』（文化生活研究会、一九一九年）で、「平凡な土地に見へても、住み慣れるに従つて、面白い絵になる風景が発見され、詩になる生活を味ひ得ることの出来るやうになる、そんな土地を授か」ることがあれば、文化生活（モダンライフ）が実践できるので「幸福であ」ると述べる。「俸給もほんのわづかな」下級官吏であるキューストには、自力で「新住家」を購入することは困難であろうが、彼はまさに「宿直」という形で、期間限定の「土地を授かつた」（仮住まいではあるが）のである。そして、その土地は「場所は、鉄道に遠からぬ、／心おきなき故郷の村のはづれに選びてむ」と歌った啄木の「家」を彷彿とさせる。鉄道にも近く、

「市はづれの教会の塔」(第一章)が見える場所だ。

もちろん、「番小屋」は「競馬場」の施設であって「郊外住宅」とは異なるわけだが、問題はその形状にある。立地場所が〈郊外〉であり、「まはりにアカシヤを植え込ん」であるため、周囲の野原とは一線を画している。「アカシヤ」の境界線は、「郊外住宅の外柵は須く自然の材料であり叢木の如く植込んだもの」であるのが理想とされていたことを彷彿とさせるし、さらに「そこらの畑では燕麦もライ麦ももう芽を出してゐました」(第一章)とある「麦畑」は、「田園都市」に欠かせないオプションであった。[*12] つまり、実際は廃された競馬場に過ぎない場所であっても、〈郊外〉の知識を持つ者の目から見れば、いわばそこは庭付き一戸建て「郊外住宅」に見立てられるということである。この見方には、語り手キューストが〈ブッキッシュなまなざし〉を有する人物であることが不可欠である。

キューストには農場で働く年少の友人たちがいる。キューストは彼らに同調しつつも、悪役として配された山猫博士・デストゥパーゴにより同情的な様子を見せる。おそらくそれは、山猫博士が、キューストと同じ、ブッキッシュな人物であるためだ。たとえば、資本家でもあるデストゥパーゴの別宅は、玄関の「右側」に自室、「左側」に「応接室」という構造を持つ。これは典型的な「文化住宅」の間取りである。この設定から、賢治が、キューストとデステゥパーゴの双方に、〈如何なる土地を選ぶべきか/如何なる家屋に住むべきか〉[*13]といった、中産階級の抱く憧憬を共有させようとしていたことがうかがわれる。

ところで、「ポラーノの広場」にこのような住宅情報が盛り込まれた背景には、盛岡市の実情があったと考えられる。建築史家の中川理は『重税都市――もうひとつの郊外住宅史』（住まいの図書館出版局、一九九〇年）で、日露戦争後、増税の負担に耐えかねて、都市の人々が〈郊外〉へと流出した歴史を扱っている。ここでいう〈郊外〉は、具体的には、東京・大阪・京都という大都市に付属する空間を指す。しかし、こうした現実は大都市に留まるものではなく、人口増加、住宅難、税負担から、人々が都市の外へと拡散してゆく傾向は地方都市でも同じであった。[*14] 盛岡市においても、〈郊外〉が「市中からやむなく押し出された人々のまとまりのない、無秩序な住宅地」と化していく現実があったのである。

一九二一年六月一七日の『岩手日報』には「市将来の発展は郊外に向かつて」という表題で、盛岡市長・北田親のインタビュー記事が掲載されている。そこでは大工場の建設等を視野に入れつつ、「当市今後の発展は漸次郊外に向ふことを予想し」ていることと共に、問題となっている住宅難の打開案として、東京市ですでに実施されていた「市営住宅」を盛岡市でも建設する計画が語られた。やがて、翌一九二二年三月、「市営住宅案」が可決、市の唯一の社会事業として計画が進められ、これを嚆矢として、北田は、在任中、四ヶ所一一四戸の市営住宅建設を実施する。これらの「市営住宅」の建設地には、すべて〈郊外〉が選定された。[*15]

ここで「郊外」を強調する北田の念頭には、この頃メディアで盛んに喧伝され、また、東京や大阪に次々建設されていた「郊外住宅」像が置かれていたことは間違いない。現に北田は、建設された「市営住宅」を「文化住宅」と呼び、その建設地にことごとく「文化小路」の名を与えている。まさにブッキッシュな思想の具現化である。もっとも、「郊外」と言えば、東京など大都市を囲繞するモダンな〈郊外住宅地〉と捉えるような、北田の抱くイメージが、はたして『岩手日報』の読者のみならず、記者にすらどれほど共有されていたかは疑問である。同時期の『岩手日報』にたびたび登場する「郊外」の語のほとんどが、昔ながらの「市外」「近郊」の意味を出ていないからである。

しかし、北田の意図を正確に摑み、自身の生きる場所が〈郊外〉へと変容してゆく高揚感を覚えていた人々が確実にいたのである。[*16] 建築学者の内田青蔵が指摘する通り、「郊外の生活を満喫するという生活スタイル」が確立されてゆくのはこの頃のことである。そしてそれは、「ある一定の収入を有し、かつ、郊外に特有の価値や意義を見出していた知的な都市中間層以上の人々に特有のものであった」のだ（「同潤会の郊外住宅地開発」鈴木博之他編『シリーズ都市・建築・歴史7　近代とは何か』東京大学出版会、二〇〇五年）。実際、「市営住宅」の住民たちの階層を見ると、県庁職員、検事、郵便局員、騎兵隊員、専売局員、教師、銀行員、記者等々、官公吏も含む俸給生活者層、つまり、新中産階級者（『岩手日報』ではこれを「サラリーマンのあらゆる職業を網羅している」としている）たちであった。キューストが、「官吏」として設定されたのには、この辺りの実情が投影されていると見ていいだろう。

ところで、住宅難打開策として構想された「市営住宅」であったが、東京の「田園都市」（田園調布）と同様、その対象者が前記のような「中産階級」であったため、実際に重税にあえぎ住宅難に苦しむ人々が、この恩恵を被ることはなかった。ブッキッシュな人々は、そのまなざしを共有しない人々を排除する側面を持つのである。また、彼らの多くは自らの浮薄な面を顧みず、メディアの動向に左右され、最先端の流行に無自覚に身を投じるような問題点を抱えている。ただし、その中において多くの知識人がそうであろうとしたように、賢治はおそらく自らのブッキッシュな面に自覚的であったし、また危機意識も強くもっていたと考えられる。[*17] エピローグにおいて、無自覚なブッキッシュ青年・キュースト は「愉快」だった〈郊外〉生活を唐突に打ち切り、流転を重ねてゆくが、本文でその理由が語られることはない。賢治は、自らの分身とも言うべきキュースト に、ブッキッシュであることの限界と可能性、その双方を背負わせようとしていたのではないだろうか。

五 反転する〈郊外〉——ブッキッシュを超えて

〈郊外〉生活を経た後、キュースト はモリーオを離れるが、賢治はその後のキュースト の身の置き場に惑ったらしい。その模索の跡を改稿過程から辿ることができる。賢治はまず、エピローグに先立ち、思わせぶりに小出しにしていたファゼーロの姉である「うつくしい」ロザーロとキュースト の間に発動されるロマンスの可能性をバッサリ削除する（結婚に触れる発言箇所を含んだ原稿四枚を廃棄）。その上で、産業組合の立ち上げから三年後、一旦はキュースト を、デステゥパーゴの「文化住宅」があったセンダード市（仙台を想起させる）に置こうとして止め、次に「トキーオの市の町はづれで半日は働いて半日は本を読んだり書いたりしながら」といった、あたかもヘンリー・ソローの『森の生活』（一八五四年）を彷彿とさせる、都市「近郊」の生活を書こうとしている。この半農生活は、横光利一の「春園」（一九三八年）における、「東京へ着くと彼は急に武蔵野の中の人のまだ手を入れぬ雑木林が欲しくなつて毎日ぶらぶら郊外を歩いてみた。林の中を少し開いてそこへ小さな家を建て、野菜を自分の手で造り、静かに自分の勉強をしてみたくなつたのである」といった記述とも響き合う。

しかし賢治はこの「近郊」生活も削除し、最終的にはキューストを「友だちのいないにぎやかながら荒さんだトキーオ」（東京のイメージ）のただ中に置くことに落ち着いた。関東大震災を経て、かつての「近郊」は姿を消しつつあった。代わってそこにあるのは、無制限に増殖し続ける「住宅地」である。しかも、その理想の住人として想定されていたのは、映画『マダムと女房』（一九三一年公開）や先の「春園」の主人公たちのように中産階級の「家族」であった。ファゼーロからもロザーロからも遠く離れ、〈独身〉としての設定を強化されたキューストの居場所はそこにない。賢治は単身者という設定にふさわしい場所として、同潤会のアパートメントハウスを思わせる「暗い巨きな石の建物」にキューストの居を定めたのである。

このように書くと、キューストはブッキッシュであったがゆえに孤独な流転を課されたかのようである。「もはや書くことしか残されていない、最晩年の病床の賢治自身の転移」というような作者と重ねた読み方（磯貝英夫「ポラーノの広場」萬田務・伊藤眞一郎編『作品論　宮沢賢治』双文社出版、一九八四年）もあり得るだろう。しかし、キュースト と対照をなす人物として、識字能力を持たない年少の友人・ファゼーロが配置されているところからは、別の読みの可能性が垣間見える。

ファゼーロは仲間とともに産業組合を立ち上げていく行動的な人物として描かれている。キューストの持たざる面を照射し、逆にファゼーロの足りない部分をキューストが補う、といったように立場の異なる双方の協力で時代の打開策を提示するような構想だったのかもしれない。ただ残念ながら、より賢治に近い設定のキューストの側にウェイトが掛かりすぎてしまい、この構想は破綻している。ファゼーロの造形が、キューストのそれに比べるとリアリティに欠けているのも否めない。それでも、物語の結末における楽譜の描写に、その構想の片鱗を見ることができる。

物語のエピローグで、「友だちのないにぎやかながら荒さんだトキーオ」にいるキューストのもとに、「一つの厚い紙へ刷ってみんなで手に持って歌へるやうにした楽譜」が届く（ちなみにキューストは、トキーオで文筆業に就いている）。この楽譜は、「はえある世界を／ともにつくらん」という力強い呼びかけで締められていた。ブッキッシュの限界を超えるのは、立場の違いを問わず「共有」できる「歌」である、という可能性が示唆されているかのようだ。[*18] もっとも、その要請に応じたキューストがしたことは、ともに歌うことではなく、「ポラーノの広場」という回想録を書くことであった。これは、彼に課せられた設定の意味を示す、象徴的な展開といえよう。[*19] それは、情報を享受する側から、〈郊外〉文学を発信する側への転身でもある。

ここで、「ポラーノの広場」における、もう一つの〈郊外〉に目を移してみたい。忘れてならないのは、題名にあるように、この作品の重要な場所は「広場」であるということである。物語の前半には、「ひるには何もない野原のまんなかに不思議に楽しいポラーノの広場ができる」というユートピア伝説が探索され、後半には、発見できなかった「広場」のかわりに、新たな「広場」を同じ場所（「森のはづれ」）に創設するという展開となる。これは、「町はづれ」（あるいは「森のはづれ」）の「野原」が、「広場」という「中心」となるべき場所へと、その機能を変更していく物語なのだ。「はづれ」から、人々の集う「広場」への転換。「広場」こそは、昔ながらの「近郊」でも、キュースト が夢想したような「住宅地」でもない、新しい〈郊外〉の形であることが示される。この作品には、いわば可能性を秘めた空間として〈郊外〉が描かれていたといえよう。ここで、賢治の文学における〈郊外〉を形成する重要なファクターを、改めて考えてみたい。

賢治文学では、不可思議な出来事が継起する場所として、「際」「へり」「はじ」「ふち」などさまざまな境界領域が頻出するが[*20]、先の「銀河鉄道の夜」の例のように、〈郊外〉もそうした機能を担った空間である。ただし、〈郊外〉を境界として捉える視点そのものは賢治独自のものではない。

先述の「武蔵野」ですでに独歩は、「海を描くに波打ち際を描くも同じ事」だとして、〈郊外〉を境界領域と捉えて、「波打ち際」になぞらえていた。潮の干満に合わせてそのラインを移動する「波打ち際」は、〈郊外〉にふさわしいメタファーである。ここで、「海」＝武蔵野、「波打ち際」＝「町はづれ」、「陸」＝「東京（都市）」とする独歩の比喩から浮かび上がってくるのは、あくまでも生活領域は町（都市）であり、そこから「はづれ」た非日常的な空間が〈郊外〉である、というゆるぎない視線である。この見方は独歩特有のものではなく、一般に共有されるものであろう。ところが、賢治が描く〈郊外〉を辿っていくと、その確定が揺らぎはじめるのだ。賢治作品における〈郊外〉は、そのまなざしのベクトルを転換させる装置としての機能を併せ持つからである。

独歩が描いた〈郊外〉の地形図は、世界各国の地図が自国を中心に置くように、あくまで都市を中心に描かれたものだった。しかし、同じ空間を別の文脈から表現するとき、それは全く違う様相を呈する。中心を都市において観測する時には「町外れ」と見えた場所は、そこを定点に置き換える時、中心へと反転する。その時、「はづれ」と表現されるのは、「都市」（町）の方である。第二節では、実際の風景として、かつて「はづれ」であった場所が、都市の発展とともに、「中心」へと移動していたことに触れたが、ここに見られるのは、そうした都市中心の思考を解体する、いわばまなざしの反転である。

坪井秀人は、童話集『注文の多い料理店』収録の「山男の四月」（一九二二年）で、山男が里人に殴り殺されないために木こりに変身する場面を取りあげ、「山男にとって里人の方こそがまさに恐るべき異人であるわけで、こうした山から里を見る視点をとったところに宮沢賢治の新しさがある」と指摘する（「山とシネマと――〈故郷を失った文学〉とスクリーンの中の異界」『感覚の近代』名古屋大学出版会、二〇〇六年）。「山から里を見る視点」に、賢治の独自性を見るこの指摘は、賢治の〈郊外〉を考える際、大いに有効である。

そもそも〈郊外〉という呼び名は、都市→郊外→農村→山林といったように、ヒエラルキーを生み出す概念である。そこでは都市を最上位に、人の住まわぬ山野を最下位に置き、あたかも山野は都市の拡大とともに侵食自在な空間であるかのように扱われる。賢治文学の面白さの一因は、その上位空間の位置を反転させ、まなざしの双方を相対化してしまうところにあるのではないだろうか。「町はづれ」にはじまる都市の隣接空間は、「森」や「野原」を視座とする時、「森はづれ」「山はづれ」として捉え直される。つまり、「はづれ」の位置が入れ替え可能なものとして提示されているのだ。

例えば、野原を舞台とする賢治の初期童話「貝の火」（一九二二年頃）では、うさぎのホモイのもとに「向ふの向ふの青い野原のはづれから、狐が一生けん命走つて来て」、人家から盗んだ角パンを届ける場面がある。パンは「野原のはづれ」にある人家から調達されたものだった。「向ふ」は、賢治作品においては、その先に異界があることを示す際に頻出する表現である。「野原」を世界の中心とするホモイたちにとっては、人里こそが「はづれ」の先に広がる異界に外ならない。

「山男の四月」の場合、山を下りた山男は、「野原を渡って、次の七つ森の麓まで」行き、町の入口で「大急ぎで形をすっかりなみの人に変へ」る。山男は、山→野原→町の順に移動する。こうした移動は他の作品でも見ることができる。「オツベルと象」（一九二六年）では、仲間の象を助けに林（山）から飛び出した象たちは、「嵐のやうに林の中をなきぬけて」、「野原の方へとんで行」き、やがて「青くかすんだ野原のはて」にある「オツベルの邸の黄いろな屋根」を見つける。山（林）↓野原↓人里という行程である。また「グスコーブドリの伝記」（一九三二年）の主人公ブドリは、生まれた森を出て野原に向かい、そこでの生活を経て、汽車で都市へと移動する。森→野原→都市というルートを取るわけである。

注目したいのは、森や山林と人里の間を媒介するのは、どの場合も「野原」であるということだ。「野原」で働く人々もいれば、ホモイたちのようにそこに息づく動物や植物も存在する。生活空間でもある「野原」は、「町」や「村」とその周縁空間とをつなぐ境界領域である。こうした意味において、「野原」は、〈郊外〉とほぼ同義であるといえよう。つまり、都市の住民の〈郊外〉に相当する空間が、森や山の民にとっては「野原」に該当するのである。

町はずれの場所、流行の郊外住宅地、動植物の住まう野原。賢治は、時代の知識を享受しながらも多様な可能性を秘めた場として〈郊外〉を捉えている。作品に繰り返し描かれたのは、二つの空間の境界領域であり、不可思議な出来事が継起する場としての〈郊外〉であった。変動する空間として〈郊外〉を捉える姿勢は、「住宅地」の要素を含んだ「ポラーノの広場」においても、「野原」に開かれた「広場」の変容を通して貫かれていたのである。

おわりに

「雨ニモマケズ」が書かれた手帳を、いま一度、開いてみよう。最初の見開き頁には「はじめに」で引用した通り、「大都郊外ノ煙ニマギレントネガヒ／マタ北上峡野ノ松林ニ朽チ／埋レンコトヲオモヒシモ」という、祈りのような言葉が小さな字で書き込まれている。「大都郊外」は東京の「郊外」を、「北上峡野ノ松林」は故郷の「山野」をそれぞれ指している。そのいずれかを終焉の地としたい、という賢治の切なる願いが、文字の狭間から立ち上ってくるかのようだ。

ここでの賢治は、異なる意味を担う場所を「マタ」という接続詞で並立させているわけで、願いの方向性が一貫性を欠くように捉えられるかもしれない。しかしながら、「北上峡野」という「野原」もまた賢治の〈郊外〉である、という観点に立つとその認識は一変する。「郊外」と「狭野」はともに都市の隣接空間であるが、その違いはまなざしの向かう先にある。一方は都市周辺に拡大を続ける「住宅地」として〈郊外〉を捉える視座であり、もう一方は迫り来る都市を自らの生活環境の「はづれ」とする、自然の側からの捉え直しである。ここには、賢治の〈郊外〉ならではの、まなざしのせめぎ合いが凝縮されている。[*21]

賢治が提示する〈郊外〉像。それは、〈郊外〉とは、都市の側から一方的に侵蝕され、拡大してゆく空間である、というわたしたちの既成概念に一石を投じ、この場所への想像力を開く鍵となるにちがいない。

＊1　園田英弘『「みやこ」という宇宙——都会・郊外・田舎』(NHKブックス、一九九四年)を参照。

＊2　中柄正一編『郊外住宅と新別荘地』(至誠堂、一九一六年)の「序」に拠る。この書は、一九一六年一月から二月にかけて『国民新聞』紙上で行われた「理想的郊外生活地」募集の投票結果をまとめ、解説を加え

たものである。ちなみに一位には、武蔵野の一隅「府中町」が選出されている。

＊3 現在では、社会学者の若林幹夫が、①を「地理的空間としての郊外」、②を「都市に従属する郊外」と整理している（『「郊外」と現代社会』青弓社ライブラリー、二〇〇〇年）。

＊4 田村剛『造園概論』（成美堂、一九一八年）に拠る。なお、賢治と『造園概論』の関わりについては、拙論「宮沢賢治と〈装景〉」（『宮沢賢治研究Annual』第八号、宮沢賢治学会イーハトーブセンター、一九九八年）、および「宮沢賢治と〈造園学〉」（『武庫川国文』第五三号、一九九八年）を参照されたい。

＊5 「造園学的」としたが、考えてみれば、「武蔵野」でも「余は東京府民に大なる公園を供せん」として郊外を「公園」に喩えていること、また、この後、国立公園や森林公園が大流行してゆくことを思えば、「公園」と〈郊外〉を同一視する傾向は、時代が共有していたものだと考えられる。

＊6 花巻温泉と賢治の関わりについては、岡村民夫『イーハトーブ温泉学』（みすず書房、二〇〇八年）に詳しい。

＊7 「庭園と郊外住宅」特集（『住宅』一九一九年九月）、「都市と田園」特集（『中央公論』夏季特別号、一九二一年七月）、『郊外』創刊号（郊外社、一九二三年一二月）、「東京郊外の研究」（『日本及日本人』一九二六年一月）、「郊外住宅」特集（『住宅』一九二三年一〇月）などがある。

＊8 「ブッキッシュ」（bookish）とは、もともとは〝本好き・書物に凝った〟と同時に、〝机上の、非実際的〟といった意味内容を持つ言葉である。これを受けて本論では、実態よりも書物を通して世界をまなざし、把握する姿勢を「ブッキッシュ」と呼ぶ。

＊9 たとえば、幸徳秋水は「郊外生活」（『経済新聞』一九〇八年一一月三日）において、「「郊外より電車若くは汽車にて、市内のオツフヰースに通勤するに非ずんば、以て文明のビジネスマンにあらず」とは、今のハイカラ青年の気焔なり、今や郊外生活は、東京に在りては、文明の趨勢と言はんよりも流行と名けんこ

と適切なるやもしれず」と、この頃の郊外ブームに言及している。

*10 キューストの人物設定に関しては、拙論「ポラーノの広場論——或るモダン青年の手記」（『阪神近代文学研究』第六号、二〇〇五年）の記述とやや重複している。詳しくは、そちらを参照ねがいたい。

*11 庄司達也「郊外住宅と鉄道」（和田博文監修・庄司達也編『コレクション・モダン都市文化 三六巻 郊外住宅と鉄道』ゆまに書房、二〇〇八年）を参照。

*12 井上清「郊外生活の外柵」（『庭園』一九二〇年九月）に、「自然に憧れて郊外に出て尚自己を石や板で閉鎖せんとする人々は紅塵の都へ帰るべきである。郊外住宅の外柵は須く自然の材料であり叢林の如く植込んだものまであつて其何を善しとするかは邸宅の建築庭園の計画に依つて選択すべきもので、其設計者の意見に依つて定むべきであると思ふ」とある。また、「麦畑」と〈郊外〉の関連性は、川本三郎『郊外の文学誌』（新潮社、二〇〇三年）での「のんちゃん雲に乗る」解説部分に詳しい。

*13 日本で初めて、鉄道沿線の住宅地開発を行った、箕面有馬電気軌道株式会社（現・阪急電鉄株式会社）の小林一三が、分譲地売出しのために作成したパンフレット『住宅地御案内』（一九〇二年）の謳い文句による。このスローガンは、渋沢栄一の「田園都市株式会社」による「田園調布」開発（一九一八年）へと引き継がれる。

*14 『岩手日報』（一九二四年四月一九日）によれば、盛岡市は「人口五万とすれば二万八千人以上の市民は税金を期限内に納むることができない」という状態に置かれていたという。なお、以下盛岡の住宅事情については、吉田義昭・及川和哉編『図説 盛岡四百年』下巻I（郷土文化研究会、一九九一年）を参照した。

*15 「市営住宅」に関しては、岡村民夫「イーハトーブ地理学」（『ユリイカ』二〇一一年七月号）にすでに指摘がある。筆者は、以前の論（注10）で、キューストの郊外生活を疑似的なものに過ぎないと捉えていたのだが、ここで「市営住宅」の実在を知り、キューストのブッキッシュな見立ての背景に、賢治が直面して

いた盛岡市の実情があることを摑むことができた。

＊16 「ポラーノの広場」の冒頭で「美しい森で飾られたモリーオ市」と表現する宮沢賢治は、その中の一人であった。ここに重ねられているのは、明らかに「田園都市」のイメージである。また、キューストが住んでいた競馬場のモデルとなった「黄金競馬場」は、『岩手日報』で、「移住者が激増した／盛岡市の郊外／上田小路つゞきの方面／黄金馬場附近には住宅が多い」（一九二四年五月二二日）と報じられる「新開地気分が漲」る場所だった。なお、この記事から一年後、実際にそこにはモダンな「文化住宅」（第三期市営住宅）が建てられた。

＊17 「盛岡市郊外」を舞台とする戯曲「植物医師」（一九二四年）では、インチキな療法を行う元県庁勤めのエセ医者の姿が風刺的に描かれ、ハイネの詩集を持ち歩き、「ロンドンタイムス」を購読していると嘯く狐は、そのスノッブさが禍して土神に撲殺される悲惨な末路を遂げる（「土神と狐」一九二四年頃）。また晩年の詩「〔雪と飛白岩の峯の脚〕」（一九三三年）では脚本家でもある令嬢に対して、技師がその高慢さを激しく糾弾するくだりがある。しかし相手の様子を見て態度を翻し、「ぼくのいまがた云ったのは／ひるま雑誌で読んだんです」と、雑誌記事の受け売りであることを暴露してしまう。雑誌や新聞などメディアに敏感なものほど、そこから得た知識が判断の根拠となりやすい。技師の狼狽ぶりにはその危うさが託されている。こうしたブッキッシュへの戒めともいうべき展開は、賢治作品の随所に確認できる。

＊18 安藤恭子が指摘するように、「すぐれた芸術と労働の共有による共同体──「広場」は、「友だちのないにぎやかながら荒んだトキーオ」で執筆活動をしている「わたくし」に、共有という新たな距離の可能性を示」すものであるだろう（「ポラーノの広場」『國文學臨時増刊号　宮沢賢治の全童話を読む』二〇〇三年二月）。「歌」は、その「共有」の最も有効な手段として提示されているのだ。

＊19 拙論「〈作家〉の誕生──「ポラーノの広場」にみる〈書斎〉の役割」（宮沢賢治学会編『宮沢賢治──驚

異の想像力』朝文社、二〇〇八年）を参照されたい。

＊20 宮沢賢治と境界に関しては、すでにすぐれた先行研究が多数あるのでここでは深く立ち入らない。高橋世織「水際の身体」（『現代詩手帖』一九九六年一〇月）等を参照されたい。

＊21 そして、この書き付けの数頁先に書かれた「雨ニモマケズ」には、「野原ノ松ノ林ノ蔭ノ／小サナ茅葺キノ小屋ニヰ」たいという「わたし」の願いが書き記される。賢治の〈郊外〉は、晩年に向けて、「北上峡野ノ松林」という地方の〈郊外〉へと、その重心を移していったことがうかがわれる。

＊——賢治テキストの引用は『新校本　宮澤賢治全集』（筑摩書房）に拠った。

コラム⑥

下根子桜の家

安 智史

「羅須地人協会」に賢治が抱いた理想については、これまでさまざまなことが語られてきた。ここでは視点を変えて、それらの理念や実践が一九二六～一九二八年にかけて、地方都市花巻の市街地からやや離れた、郊外の一戸建てに独居する青年によって担われたのだ、ということ自体に着目してみよう。

当時の郊外の一戸建てといえば、一九二二（大正一一）年平和記念東京博覧会の「文化村」モデルハウス群を語源とする「文化住宅」が連想される。実際、一九二四（大正一三）年の初版『注文の多い料理店』挿絵（当時小学校教師の菊池武雄による）は、東京からきた成金青年が不審に思うほど立派な山猫軒を、四角い窓にカーテンのかかる、コテージ風の二階建て文化住宅のように描いた。本文にも「玄関は白い瀬戸の煉瓦で組んで、実に立派」とある。これは文化住宅によって普及した、白いタイルの模造（飾り）煉瓦であろう。のち、東北砕石工場技師となった賢治が、最後の上京の際にセールス見本として持参したのも洋風建築用の飾り石「タイルのようなもの」（『新校本 宮澤賢治全集』第一六巻下の年譜による）だった。賢治の、山猫軒で用いた洋風建築資材への興味関心は最後まで持続していた。

もちろん羅須地人協会に使用された下根子（しもねこ）桜の家そのものは、文化住宅に先んじて建築されている（一九一二年に祖父の隠居所として建設）。けれど一九二〇年代半ば、郊外の一戸建てで生活するスタイルそのものが、文化住宅の需要層と重なるのも、また事実なのだ。『注文の多い料理店』初版広告文の、賢治自作ではない部分には「団楽（ママ）の家庭をよりよく飾る」とある。広告担当者がこの本の主要購買層として想定した「団欒の家庭」を欲する人々も、郊外文化住宅の主要な需要・購買層にほかならなかった。

賢治に好意を抱いた女性が、家庭の味として普及し始めた「洋食」だったライスカレーの準備など、世話を焼こうとするのに、賢治が悩まされたエピソードは知られている。けれど、一階を一〇畳（板敷きの教室として使用）と八畳の居間、プラス二階のガラス張りの書斎からなる下根子桜の家は、まさに文化住宅に類する作りであり、都市郊外型核家族の形成に適するものだった。都市型青年知識人層に属する賢治がそのような生活を望んでいるると、同様の階級に属する彼女（小学校教員）が誤解しても、それは当時の常識ではやむを得なかったのではないか。

その家が、「ポラーノの広場」のキュースト（彼がロザーロとの結婚を拒む、最終稿で抹消された第六章の描写は印象深い）やセロ弾きのゴーシュなどの独居する程度、「〔雨ニモマケズ〕」でいう「小サナ萓ブキノ小屋」程度のものだったら、彼女にも誤解の余地はなかったろう。実際、「〔雨ニモマケズ〕」詩碑を揮毫し、のち花巻に疎開する智恵子亡き後の高村光太郎は、戦後、山小屋での独居生活を、健康に留意する食生活とともに実践しえたのである（萓谷規矩雄「Ⅱ思想の方法」『宮沢賢治序説』大和書房、一九八〇年）。

一方賢治は、協会員の青年を幾度か共同自炊生活に誘ったけれど、あまりの粗食のため長続きしなかった。本格的な文化住宅であれば、コンパクトで効率よい台所――システムキッチンの先駆として画期的だった――が整備されていただろうけれど、下根子桜の家はそれを欠いていた（台所は掘立小屋に、煉瓦で炉を切ったもの）。当時ようやく始まろうとしていた主婦のための台所改革も、賢治は意識すべきだったのではないか。あまりの粗食に賢治は倒れ、協会活動は破綻したともいえるのだから。

羅須地人協会の建物（岡村民夫撮影）
下根子桜にあったが、賢治没後に移築され、現在は花巻農業高校の用地内にある

イーハトーブの装景

プロセスとしての賢治庭園

岡村民夫

7

一　風景の建築家

こんにち庭園は、閉じた区画から解放され、建築・都市計画・風景論・美術・文学・農業・エコロジー等もろもろの分野と実践が交錯する開かれた場所として関心を集めている。こうした重心の移動には、表象の歴史的研究や環境問題の前景化といった近年の知の動向とともに、造園・アート・建築等の実践における近況が関与していよう。造園界では、庭園を周辺環境と積極的に関連づけて設計するランドスケープ・デザインの興隆がみられる。現代アートにおいては、ジャンルを横断して展示スペース全体をアレンジするインスタレーション、特定の〈場所（サイト）〉の景観や歴史を組み込んだサイトスペシフィックな創作が一般化し、美術館やギャラリーを脱出して自然や都市の構成要素の制作や、風景の変容を目的とするランド・アートないしパブリック・アートが盛んだ。建築界においても同様の傾向は著しく、建築を環境に溶け込ませる作例や、環境全体の総合的なデザインが目立つ。要するに、いまや庭園／アート／建築の境界は根元からゆらいでいる。

宮沢賢治の文学には、庭園やそれに類するモチーフが頻出する。しかも彼は庭園を書いただけではなく、大正末から昭和初期、実際に泥にまみれて庭園をつくった。近代日本文学史上、彼が庭園にもっとも深く積極的にかかわった作家であることはまちがいない。文学に収まりきらない賢治文学の特異性を解明するうえで、庭園は不可欠の主題であり、現在だからこそ再評価しうる領域である。そこには、どのように自己と他者との関係や、自己と自然との関係を結びなおすかという、こんにち的な問いに対するヒントさえ潜んでいるのではないだろうか。というのも、賢治は庭園を開かれた場所としてデザインし、その庭園は現実に周囲の諸力とダイナミックな交渉を演じていたと思われるからである。

賢治にとって造園は余技どころではない。賢治が庭園を文学・絵画・音楽等に劣らぬ芸術ジャンルとして認知していたことは、「農民芸術概論綱要」（一九二六年）の「農民芸術の分野」という章に「光象生産準志に合し　園芸営林土地設計を産む」とあることから明らかだ。「花壇工作」（一九二六年）の語り手・富沢先生は、「おれはそこへ花でBeethovenのFantasyを描くこともできる」と豪語する。詩「装景手記」（推定一九二七〜一九二九年）には、「この国土の装景家たちは／この野の福祉のために／まさしく身をばかけねばならぬ」という決意が銘記されている。

「装景」（風景装飾）とは、造園学者・田村剛（たむらつよし）が日本初の体系的造園学書『造園概論』（一九一八年）においてLandscape architectureないしLandschaft Verschonerungの訳として考案した造語である。*1 賢治は『造園概論』の続篇『造園学概論』（一九二六年）を熟読しており、ほかにも造園学書を読んでいたことがわかっている。*2 田村剛が「装景」という造語を考案したのは、すでに当時の造園界に、自然景の美化や、有用施設の美的デザインを手がける新傾向が見られたからである。

賢治は「装景」の意味内容を理解したうえで、そこに彼らしい仏教哲学的な負荷を加えている。「装景手記」によれば、地殻の剛性を決定しているのは「如来の神力」と「衆生の業」であり、装景家たる者は風景を「諸仏と衆生の徳の配列」として見る。それは「感情移入によって生じた情緒と外界との／最奇怪な混合であるなどとして／皮相に説明されるやうな／さういふ種類のものではない」。つまり風景の本質的意義は、私たちが風景に感情を投影することにあるのではなく、風景自体が精神的・霊的な力によって形成されていることにあるというのである。賢治の信仰を共有するのでなければ、こうした風景観を全面的に受け入れることは難しい。けれども、風景の霊的な力をかくも信じた人物にとって、庭園設計が「諸仏と衆生の徳の配列」の組み替えを意味し、ひいては人々に真理の啓示や徳の向上を促す真剣な営為を意味していたことは推量できる。

「装景手記」の冒頭、歩みにしたがって寒天かゼラチンのようになる地面の創造が、古代西域の聖者の夢想にして、「近代の勝れた園林設計学の／ごく杳遠なめあてである」とうたわれていることにも注目したい。[*3] 実現不可能な理想として語られているにせよ、裏をかえせば、賢治による造園の目当てが、敷地内の美化にとどまらず、風景全体の再設計にあることを意味するからである。「装景」という造園用語の採用や、「野の福祉」という言葉にもそうした彼の志向が読みとれる。

造園を「野の福祉」につながる営みとして最初に語った賢治テクストは、一九二五（大正一四）年五月に花巻農学校の北海道修学旅行を引率した彼が、帰花後、学校へ提出した報告書「修学旅行復命書」だろう。そこで彼は、「郷土古き陸奥の景象」を構成する諸要素の「配合余りに暗くして錯綜」した状態を改善するには、各戸ごとに白樺・正形のドイツ唐檜・ヤマナラシ・赤い鬼ゲシを植栽すればよいと提案した。

ところでこの報告書で同じく興味深いのは、賢治が岩手県の物産館のなかに「理想的農民住居の模型」を展示せよとか、「早く我等が郷土新進の農村建築家を迎へ、従来の不経済にして陰鬱、採光通風一も佳なるなき住居をその破朽と共に葬らしめよ」と述べていることである。住居と庭が隣接しているからばかりではない。賢治はどちらの改良も、「田園」を美しくすることが農業への意欲を高めるという理由から説いているのだ。実際、一九二六（大正一五）年に岩手県国民高等学校嘱託となった彼の連続講義「農民芸術」を聞いた人物による受講ノートから、第五回講義が「宅地設計」という主題だったことがわかっている（佐藤成『証言 宮澤賢治先生』農山漁村文化協会、一九九二年、三三九頁、関登久也『新装版 宮沢賢治物語』学習研究社、一九九五年、一三四頁）。

一九二六年一月以降、下根子（しもねこ）桜の宮沢家別邸を羅須地人協会として整備するため、賢治は庭にギンドロやカラマツを植え、三角形の花壇を設けるとともに、大工を使ったり自分でノコを挽いたりして老朽化した室内を大幅に改造した。廊下を柴で囲ったトンネル状にし、一階の畳敷きの一室を土足で入れる集会所に変え、青い布と縄で装飾した。これは「新進の農村建築家」を迎えることができないので、みずから「理想的農民住居」のモデルを提示しようとした、というふうに解釈すべきだろう。この建物自体を建てかえようと意図し、賢治が何枚も設計図を描いたという証言もある（関、前掲書、一九三頁）。「農民芸術概論綱要」における建築の定義（「光象生活準志によりて 建築及衣服をなす」）が、造園の定義と近似するのは示唆的である。

造園が農業と積極的に結びつけられている点も、賢治的と形容できる特色だ。「装景手記」は、北上山地の萱原における火入れを装景として挙げ、さらにはSF的な未来の稲作を描く——「平野が巨きな海のやうであるので／台地のはじには／あちこち白い巨きな燈台もたち／それはおのおのに／二千アールの稲沼の夜を照して／これをして強健な成長をなさしめる」。農業やその改良そのものが、同時に広大な造園になるというヴィジョンである。

風景を敏感に感受するばかりでなくその構成要素を分析し、さらに一歩すすめて風景を再設計し、生活環境そのものを芸術へ転換するための造園。宮沢賢治は、語の十全な意味で〈風景の建築家（ランドスケープ・アーキテクト）〉たらんとしたのだ。

こうした未来性は、アートディレクターの北川フラムや現代アーティストの荒川修作が賢治の仕事に強い関心を示してきたという事実によって、すでに実証されているとさえいえる。ところが、いまだ宮沢賢治研究においては、賢治庭園がはらむ未来性はクローズアップされていない。それはなぜか。庭園が従来の文学研究の手にあまる多様体であるからだろう。これまで研究者は、賢治庭園をその〈場所〉から切り離し、二次元の図面や、区画内の園芸へと還元したり、文学的メタファーへ還元しがちだった。賢治自身がみずからの庭園を指すのにしばしば用いた「花壇」という語彙も、彼の庭園の矮小化を助長してしまったかもしれない。

いまこそ、賢治庭園の潜在力を外へ解き放つべきときである。

二　三つの背景――仏教信仰、大工の家系、田園都市

宮沢賢治の〈風景の建築〉を促した背景はなにか。決定的な答えを与えがたい種類の問いではあるが、ここでは三つ挙げておく。

第一は、彼の仏教信仰。その関与は、すでにみた「装景手記」から明らかだ。宮沢家代々の信仰であった浄土真宗や、賢治が青年期以降、熱烈に信仰した日蓮宗が、浄土を華麗な園林として視覚的にイメージする傾きが強い宗派であることは重要である。「ひかりの素足」には、『法華経』の「見宝塔品第十一」や「如来寿命品第十六」に基づく、宝樹・宝塔・瑠璃の大地に荘厳（しょうごん）された浄土が現れる。「雨ニモマケズ」手帳には、「見宝塔品第十一」の浄土描写の抜き書きが記されている。

第二は、宮沢一族が大工の家系だったという前史。江戸時代初期から宮沢本家の家長は、「大工小頭（こがしら）」として花巻南部藩に仕えた。すなわち稗貫（ひえぬき）・和賀（わが）両郡の大工たちを統括し、藩の施設や神社仏閣の建設・修復を担う役職に就いた。本家以外の宮沢家も小頭を補助する大工を輩出した。廃藩置県の結果、宮沢本家が「大工小頭」の称号を失ったあとも、第九代・宮沢猪太郎は、西洋式の建築術・測量術・鉱山技術や英語を独学し、一九二二（大正一〇）年頃まで技師として活躍した。東北本線・初代花巻駅を設計したのは猪太郎にほかならない（宮沢助五郎『小頭と匠――宮澤家の歴史』私家本、一九九七年）。

郷土の風景を荘厳した先祖のメンタリティーを賢治が継いでいたとすれば、彼の造園や建築への関心は、隔世遺伝ないし、子孫としての自覚という側面をもつことになる。自己パロディー性の強い童話「革トランク」を読むと、そう思わざるをえない。郷土の工学校を卒業した斉藤平太は、村長を務める実家の門前に建築事務所を構える。初仕事として消防署と分教所を設計し、大工たちを監督するが、どちらもとんでもない欠陥建築となり、平太はエレベーターとエスカレーターの勉強に行くと書き置きを残して東京へ逃げてしまう。そして数年後、苦労して平太は平沢組（宮沢組のいいかえ）の監督となり、建築設計図をつめこんだ革トランクを提げて帰郷する。[*4]

第一の背景は超時代的で、第二の背景は伝統にかかわるものだが、第三の背景は同時代的である。すなわち大正から昭和初期にかけての都市計画の新潮流である。

しかし、その説明に入る前に、宮沢賢治が実際に行った造園の内容と工作年をざっと確認しておくべきだろう。工作年が不明なものや重なるものがいくつかあるが、できるだけ年代順に列挙してみよう。

①一九二三（大正一二）年四月以降――花巻農学校における造園。まず賢治は校庭各所にコブシ・ミズキ・ニシキギ・桜・プラタナス・ギンドロ・ニオイヒバなどを植える。また西公園付近から校門までの道路をプラタナスの並木道にする。そして校門から本校舎へのアプローチの両側を花壇とする。この花壇のことは詩「氷質の冗談」（『銅鑼』発表形）で触れられている。プラタナス並木は、畑に影を落とすということからすぐに農民によって伐られてしまったが、校庭のギンドロ・コブシ・

プラタナスの一部はぎんどろ公園（花巻市青葉町）に健在である（佐藤成、前掲書、一八五〜一八六頁）。

②一九二三年四月、とある日曜日——花巻温泉の桜並木づくり。賢治は花巻農学校生徒を指揮し、校庭用の桜の苗木のあまりを花巻温泉内の道路の両側に植樹する。かくして花巻温泉は昭和初期以降、桜の名所となった。桜とともにイチョウを植樹したとか、プラタナスの並木づくりがあったという生徒の回想が残っているが（関、前掲書、一九三頁）、確かなことはわからない。

③推定一九二六（大正一五）年四月から五月頃——花巻温泉における「対称花壇」と「日時計花壇」の作庭。貸別荘間の空き地に賢治は「対称花壇」をつくり、つづいて「日時計花壇」をつくる。農学校生徒の菊井清人や、農学校の教え子で花巻温泉園芸主任となった冨手一などが手伝う。冨手によれば、「修学旅行復命書」で賢治が推奨している鬼ゲシが植栽されたという。賢治が冨手に与えた直筆の設計図二枚（図①②）が残っている。

④一九二六年四月以降——下根子桜の別宅の庭における花壇づくりと植樹。花巻農学校依願退職後、賢治は宮沢家別宅に独居し、ここを「羅須地人協会」とするために庭の木を伐り、お気に入りのギンドロを植え、ヒナゲシで三角形の花壇をつくる。

⑤一九二六年四月から一九二七（昭和二）年春——花巻共立病院における通称「幻想曲花壇」ほか、三種ほどの花壇工作。「花壇工作」「病院の花壇」等、この作業を題材とした詩がある。

⑥一九二七年四月から六月——花巻温泉における「南斜花壇」の作庭。冨手一を助手に、賢治は花巻温泉北側の斜面（現・花巻温泉バラ園）に蔓草の形状をモチーフにした庭園を設計する。一九二

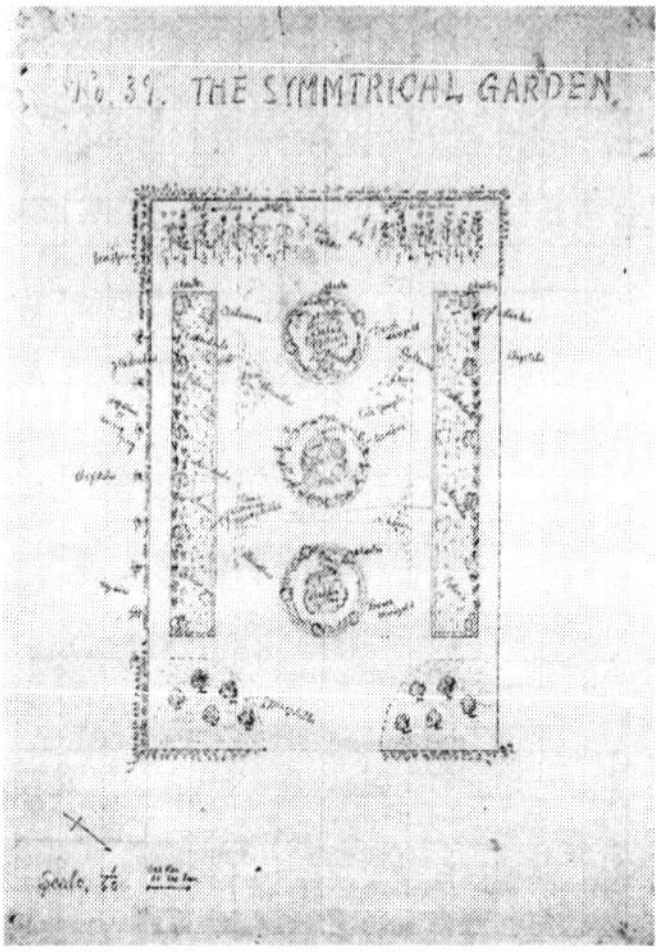

図①　「対称花壇」設計図（個人蔵、宮沢賢治記念館提供）

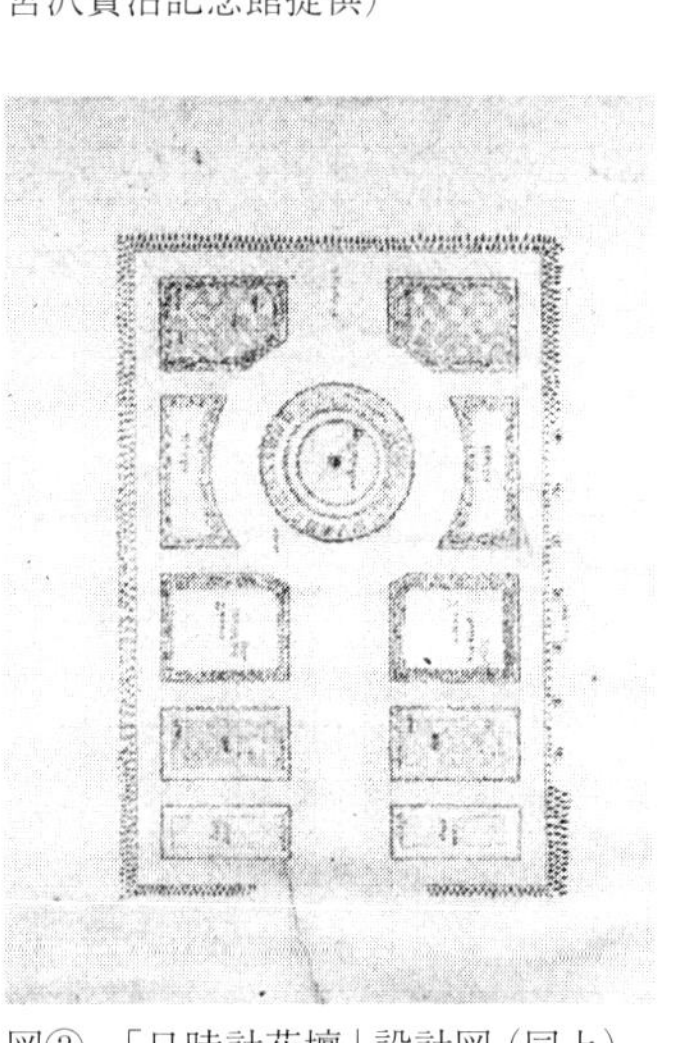

図②　「日時計花壇」設計図（同上）

七年四月九日付冨手一宛書簡（書簡二三八）――「南斜花壇設計」と題されている――に詳しくそのコンセプトや植栽計画が詳述されている。関連する詩に「冗語」「悪意」等がある。

⑦一九二八（昭和三）年六月一二日――伊豆大島・元村の伊藤七雄邸周辺の農場の「装景」を行う。詩「三原三部」の二日目に作業や計画が語られている。

⑧一九三〇（昭和五）年ないし一九三一（昭和六）年――大迫の庭師に指示を出して、親戚・橋本家の花城町別邸の南斜面の庭に花壇を設計する。[*5] 二〇一六年からこの橋本家別邸と花壇は一般公開されている。

賢治は冨手一に花壇設計図のほか、「既植部処理」「土地改良法」「立地と適樹其他」の三項目からなる封書（書簡二二九）を送り、花巻温泉の園林整備を指導している。適樹には、「修学旅行復命書」が推奨したシラカバ・カシワ・ドイツ唐檜が含まれる。しかし、この書簡は日付がわからず、『新校本 宮澤賢治全集』第一五巻は一九二七年四月九日付冨手宛書簡に後続するものとしているが、伊藤光弥は冨手の回想に基づき一九二五年四月のものとしている（伊藤光弥『イーハトーヴの植物学』洋々社、二〇〇一年、一六〇頁）。どの程度賢治の指導が実現されたのかも定かでない。ほかに花巻役場の前の道路のふちにマツバボタンをずらりと植えたという証言（関、前掲書、三一九頁）や、町営住宅地にアカシヤやギンドロを植樹したという証言（森荘已池『宮澤賢治の肖像』津軽書房、一九七四年、二三四頁）もあるが、これらも年と実態が詳らかでない。

宮沢賢治が造園を実践した期間は、一九二三年四月から一九三〇年頃までの約七年間ということになる。花巻農学校教諭就職が造園をはじめるきっかけとなり、健康状態の悪化や、東北砕石工場の仕事の多忙が造園の断念を強いたと推量できる。

造園が実践された場所に注目してみると、郷土の生活文化の向上を目的とする最新の公共施設であるという共通点が浮かび上がる。

一九二三年に郡立稗貫農学校が県立に昇格し、新築・移転したものが花巻農学校である。つまり賢治が造園したとき、花巻農学校は、郷土の農業の振興と近代化を支えるべき最新施設だった。賢治は、明るく颯爽とした新しさを強調するつもりで造園したはずだ。賢治が継続して複数の造園を行い、作品にもそれを表現した花巻共立病院と花巻温泉の場合、とくにモダンさが際立っている。

花巻共立病院は一九二三年一一月、稗貫農学校跡地に竣工した花巻初の総合病院である。岩手財界の雄・金田一国士（岩手銀行頭取、盛岡電気工業社長）の指揮により一九二三年八月にオープンした花巻温泉は、湯治場とまったく異質な先端的温泉、東北初の温泉リゾート、宝塚を範とする遊園地型温泉だった。

羅須地人協会の建物は、明治期に賢治の祖父がみずからの保養を目的として建てた別邸で、法的には宮沢家の私的所有物にほかならないが、すでに述べたように賢治の意思によってモダンな改造をほどこされ、農村改革のために農村青年を広く受け入れる公的な福祉施設となっていた。賢治が大島の伊藤七雄の農園の改造を手伝ったのも、伊藤の私生活の美化としてではなく、伊藤が準備していた大島農芸学校の一助としてであったはずである。要するに賢治の庭づくりは、隠棲する家の私庭に数寄を凝らす茶人・文人趣味の真逆に位置し、モダンな〈公園〉ないし〈広場〉を志向しているのだ。このことは「虔十公園林」や「ポラーノの広場」といった童話からも明らかだろう。

賢治が精力的に造園活動をした時期は、花巻が近代化の階段をかけのぼった時期と重なる。企画や資本を担ったのは、賢治と縁故のある花巻・盛岡の有力者たちであり、賢治自身がその末端にいたことによって、彼の公共空間における造園は成立したと考えられる。花巻農学校の設立と移転に尽力したのは叔父・宮沢恒治、花巻共立病院設立の発起人の一人は父・宮沢政次郎、資本援助は金田一国士、花巻温泉の経営には宮沢恒治と政次郎が参加していた。

さらにこれを巨視的に見れば、その背景に、東京を中心とする大都市やその郊外における新たな近代的都市計画の潮流が浮かびあがる。国主体で官庁施設や目抜き通りの整備をもっぱらとした明治が過ぎ、大正後期から昭和初期には、大正デモクラシーとも相まって「市民生活の向上に重きをおいた都市計画」が進められた。そこでは機能性・実用性だけでなく、美や清浄さ・快適さが求められた（陣内秀信『東京の空間人類学』ちくま学芸文庫、一九九二年、二五〇〜二五一頁）。とくに関東大震災以降、都市部では公園・広場・並木道が求められ、[*6]また都市と田園が融合した一種の理想郷として、都市周辺域に郊外住宅地・田園都市（garden city）・学園都市・保養地・遊園地等が開発された。

花巻温泉の宣伝広告には「田園」「田園都市」というキャッチフレーズが頻出する。実際、貸別荘に力点を置いた花巻温泉は、文化住宅や田園都市をモデルに設計されたとみられ、宿泊客以外の市民に開かれていた。賢治の花壇もまた田園都市性を強調するアイテムとして、花巻温泉の宣伝広告のなかにしばしば登場した。

そもそも、大正後期から昭和初期にかけての、日本人による造園学書の相次ぐ刊行や、「装景」という造語の普及自体が、田園都市への潮流に支えられていたと考えられる。『造園概論』（一九一八年）も『造園学概論』（一九二六年）も、田園都市や保養地の「装景」に一章を割いている。「田園」は非常にプラス価値を帯びた賢治語彙の一つにほかならない。[*7]「農民芸術概論綱要」は「髪を長くしてコーヒーを呑み空虚に待てる顔つき」を批判するが、講義用のメモと推定される「農民芸術の興隆」では「都人よ来つてわれらに交れ」と呼びかける。賢治による〈風景の建築〉の歴史的・社会的背景には、同時代の全国的な都市の公園化や郊外開発の潮流があったのはまちがいない。ただし、たいていの人が都市の側から「田園」を見、「田園」を都市民の慰安の場としか捉えていなかったのに対し、賢治は地元の側に立ち、「田園」を地方や農村の向上に役立つ概念として捉えなおす戦略をとったといえよう。

三　歩むまなざし――花巻共立病院と花巻温泉

宮沢賢治の造園は時代の追い風を受けて成立した。しかし微視的に見れば、順風満帆ではない。彼の庭園文学はルーペのような役割をはたし、造園に潜んでいた抵抗や妥協や挫折のドラマを私たちに見せてくれる。ここでは、文学テクストと歴史的関連資料の双方が比較的整っている二ケース、花巻共立病院の造園と花巻温泉の造園に目を凝らし、賢治庭園のテクニックを具体的に浮き上がらせたい。

「花壇工作」の語り手の「おれ」＝「富沢先生」は、二つの病棟に挟まれた正方形の中庭に立つと、〈場所〉を観察しながら、その場で花壇設計をはじめる。

そこでおれは美しい正方形のつめくさの絨毯（じゅうたん）の上で夕方までいろいろ踊るといふのはどう

だ、あんな単調で暑苦しい蔬菜畑の仕事にくらべていくらか楽しいかしれないと考へた。それにこゝには観る人がゐた。北の二階建の方では見知りの町の人たちや富沢先生だ富沢先生だとか云って囁き合ってゐる村の人たち、南の診察室や手術室のある棟には十三歳の聖女テレジアといった風の見習ひの看護婦たちが行ったり来たりしてゐたし、それにおれはおれの創造力に充分な自信があった。けだし音楽を図形に直すことは自由であるし、おれはそこへ花で**Beethoven** の **Fantasy** を描くこともできる。さう考へた。

　そこでおれはすっかり舞台に居るやうなすっきりした気持ちで四月の初めに南の建物の影が落ちて呉れる限界を見上げて考へたり朝日や夕日で窓から花が逆光線に見えるかどうか目測したりやってから例の白いはうたいのはじで庭に二本の対角線を引かせてその方庭の中心を求めそこに一本杭を立てた。

「花壇工作」は、賢治の造園が単なる自己表現でも理念の実現でもなく、庭園の彼方の様々なファクター、とくに〈光線〉と〈視線〉に触発された創作であったことを如実に示す作品である。「おれ」は、建物との位置関係に応じて光と影が未来の庭にどのように射すのか、また窓から庭を見る人々に花壇がどのように映るのかを気にして構想を練る。この配慮は同時に、南北の建物から自分に注がれる患者や病院スタッフの好奇な視線に対する意識につながり、「おれ」の創作意欲を刺激する。建物が観客席となり、中庭が舞台となり、作庭作業自体が芸術的パフォーマンスと化してくる。

ところが院長が舞台にしゃしゃり出てきて「おれ」の作庭に介入しはじめる。「正方形にやりますか」という院長の質問に対して「おれ」が「えゝもう、どうせまはりがかういふぐあひですから対称形より仕方がありますまい」と返答するや、院長は「おれ」の助手をつとめていた人物に勝手に指示を出し、「おれ」の高揚した気分を損ねてしまう。

あゝだめだ正方形のなかの退屈な円かとおれは思った。

（向ふの建物から丁度三間距離を置いて正方形をつくりたまへ。）

だめだだめだ。これではどこにも音楽がない。おれの考へてゐるのは対称はとりながらごく不規則にモザイクにしてその境を一尺のみちに煉瓦をジグザグに埋めてそこへまっ白な石灰をつめこむ。日がまはるたびに煉瓦のジグザグな影も青く移る。あとは石炭からと鋸屑で花がなくてもひとつの模様をこさへこむ。

この「おれ」の嘆きを通して、庭園が表現すべき「音楽」とはなにかが逆説的に表現されている。不規則・不均衡を内包した対称性。しかも日光のうつろいによって変容する動的な対称性。賢治にとって庭園設計は、変化する光と影を彫刻する行為である。

現実に宮沢賢治は、花巻共立病院の二階建て本館と二階建て総檜造りのあいだの中庭に、「花壇工作」の描写と対応する通称「幻想風花壇」をなしており、佐藤隆房院長の回想（佐藤隆房『宮沢賢

図③　花巻共立病院「幻想曲風花壇」（1926年撮影、佐藤進『賢治の花園——花巻共立病院をめぐる光太郎・隆房』地方公論社、1993年）

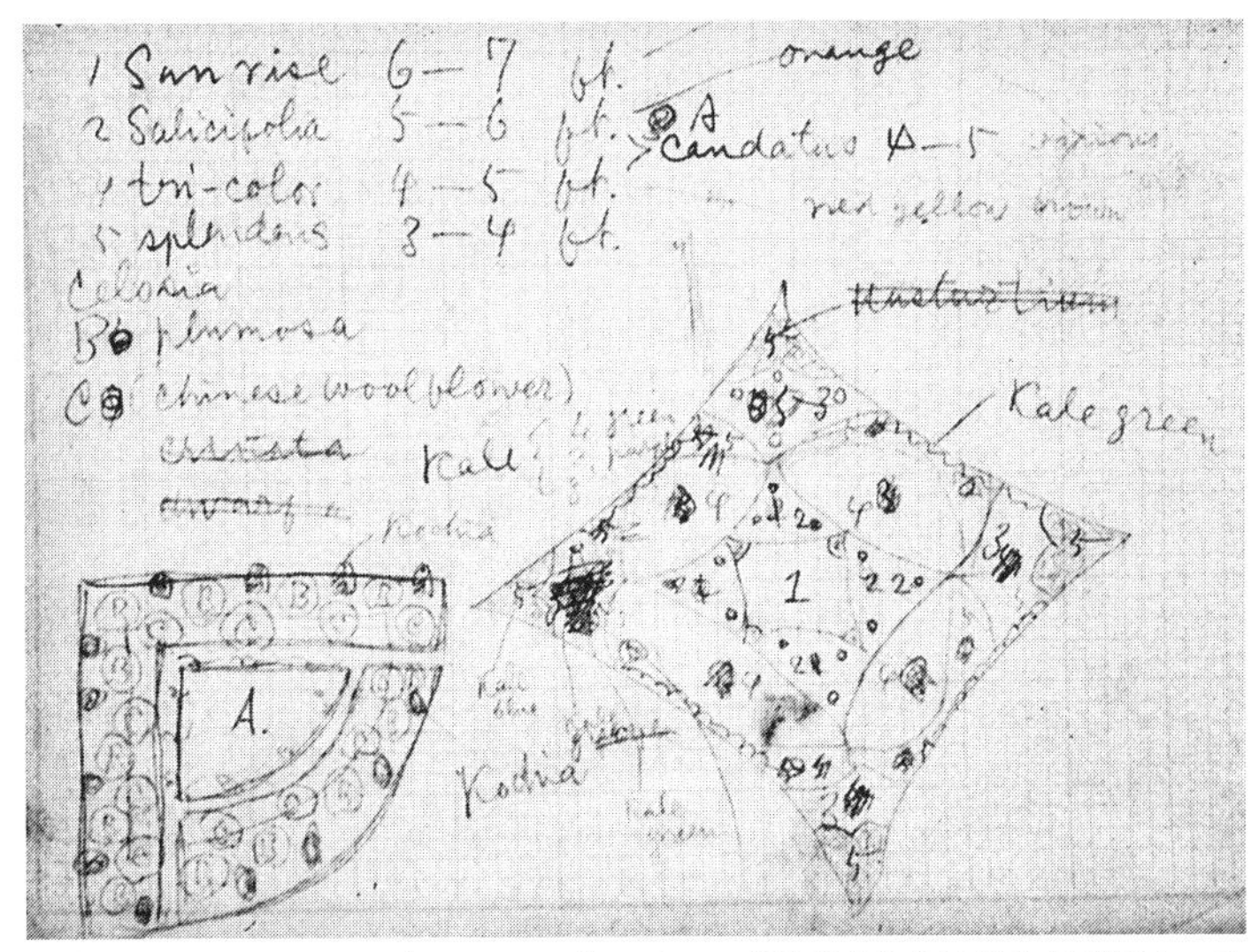

図④　「MEMO FLORA」ノートの「エプロン型花壇」と「幻想曲風花壇」の設計図（宮沢賢治記念館蔵）

治』増補改訂版、冨山房、一九七〇年、一一四〜一一五頁）や、当時の花壇の写真（図③）が残っている。それは賢治の園芸ノート「MEMO FLOLA」と「布装手帳」に描かれている花壇設計図（図④）ともほぼ符合する。

ただし「MEMO FLORA」ノートに描かれている二類種の設計図はいずれも十字形であり、「布装手帳」の「共立行」と記された左頁（八八頁）の見開き向かい（八九頁）に描かれている設計図だけが、写真中の「幻想曲風花壇」と同じX字型である。「花壇工作」で、富沢は方庭の中心点を求めるために、人を使って包帯で中庭に対角線を引いている。もしかすると、こうした対角線からインスパイアされ、賢治は十字型の予定をX字型に変更したのかもしれない。

宮沢賢治が、立地条件に注意しながら〈光線〉と〈視線〉を計算に入れた造園をしていたことは、花巻温泉の造園に関するテクストや証言からみてもまちがいない。

冨手一宛日付不明封書（書簡二二九）において賢治は、「かしはは殊に高燥地に群落せしむるに佳なり。月下の散策は碧玉楼中に在るの想あり、冬の景観亦捨つべからず。／赤楊は水路に沿ひて密生すれば最美観を呈す。／アメリカやまならしの巨葉のもの、家屋東南方に栽うれば晨光時漣波の如くに燦く」と書いた。「家屋」というのは貸別荘を指すと思われる。つまり温泉の貸別荘の宿泊客の視線を想い、建物と朝日との相関関係においてアメリカヤマナラシの植栽を設計し、また日中ばかりでなく宿泊客の夜の散歩まで想い、カシワの植栽を設計しているわけだ。

円形花壇の中央に木の杭を立てた「日時計花壇」が、日がまわるにつれて移る影の効果をねらった庭園であるのはいうまでもない。賢治は庭園の〈光線〉に関して、実現にこそいたらなかったものの、より人工的で奇抜な構想を抱いていた。冨手によれば、賢治は彼に「檜葉だの松だの面白く植え込み、それに大きなプリズムで青い光を降らせて、ギンガギンガと光らせてみんなを驚嘆させてやらう」と提案した。また一九二七年四月九日付冨手宛書簡（書簡二二八）のなかで、蔓のうねった形を遊歩道によって描き、散在する円形花壇によってその果実を象った「南斜花壇」をつくり、その全体を複数の電燈によってライトアップすることを提案している。

> 頂部中央ニアケビ、草藤葛（くさふじくず）等デ囲ンダ一ツノ巨キナ奇怪ナ形状ノ龕（がん）ヲ作リ中ニ強力ナ電燈ヲ点ジテ夜ノ花壇ヲ主宰サセタイト思ヒマス。且ツハ他ノ六箇ノ電燈ハ交互ニ赤及青ノ球ヲ用ヒテソノ交照部デハ夜ノ花群ヲ一種此ノ世ノモノナラヌ色彩ニ照明シテ見タイト存ジマス。

「南斜花壇」の敷地は、温泉街を望む小山の裾の小型スキー場である。「六箇ノ電燈」とは、スキー場の夜間照明燈にちがいない（このスキー場は日本初の照明燈付きスキー場だった）。青と赤のライトが交差すれば、紫のグラデーションが生まれる。「龕」とは本来、仏像や宝玉を納める厨子を意味するが、ここでは特殊な形状のパーゴラ（蔓棚）を意味するのだろう。電燈を納めた「龕」が蔓植物で覆われていれば、回遊路と円形花壇が描き出す巨大蔓草の上に、現実の蔓草の影が投影され、複雑で幻想的なアラベスクが織りなされることになる。当時これだけ積極的に電気照明を活用した庭園が、はたしてどれほどあっただろうか。
「南斜花壇」の独創的なライトアップ案は経営側によって却下され、「龕」のかわりに普通の展望亭が建った。この未実現のプロジェクトの延長上に、「装景手記」が語る水田の「燈台」が着想されたのかもしれない。
〈光線〉と〈視線〉の設計は、土地や施設の形状や、鑑賞者の位置と移動への配慮を必要とする。冨手宛日付不明封書（書簡二二八）で温泉客の散策を計算している賢治は、南斜花壇の設計に際し、さらに複雑で規模の大きい視線の運動を、具体的に想い描いている。

設計ハゴ意向ニ従ヒ冬季スキー場タルコトヲ害スルコトナク且ツソノ南方ヘノ緩傾斜ヲ利用シテ芝生ト廻道ト花壇トヲ兼ネテ造リ自由ニ休息シタリ多少ハ摘草モシタリ花ヲ観テ廻ッタリ頂部デ碧イ地平線ヲ展望シタリマタ下方ノ停車場前ノ道路ヤ諸花壇カラハ纏ッタ一ツノ古イ更紗（さらさ）模様ニ見エルヤウ三人デ相談イタシマシタ。

「停車場」とは東北本線花巻駅と花巻温泉を連絡する軽便鉄道・花巻温泉線の花巻温泉駅である。賢治は、花の鑑賞者を、歩行・摘み草・休息・展望等の諸行為を通し、身体的に庭園と交渉する動的存在としてとらえている。南斜面からの展望だけでなく、花巻温泉駅を降りて温泉街へ入ってくる人々や、下方の「諸花壇」（「対称花壇」や「日時計花壇」だろう）を訪ねた人々が「南斜花壇」を

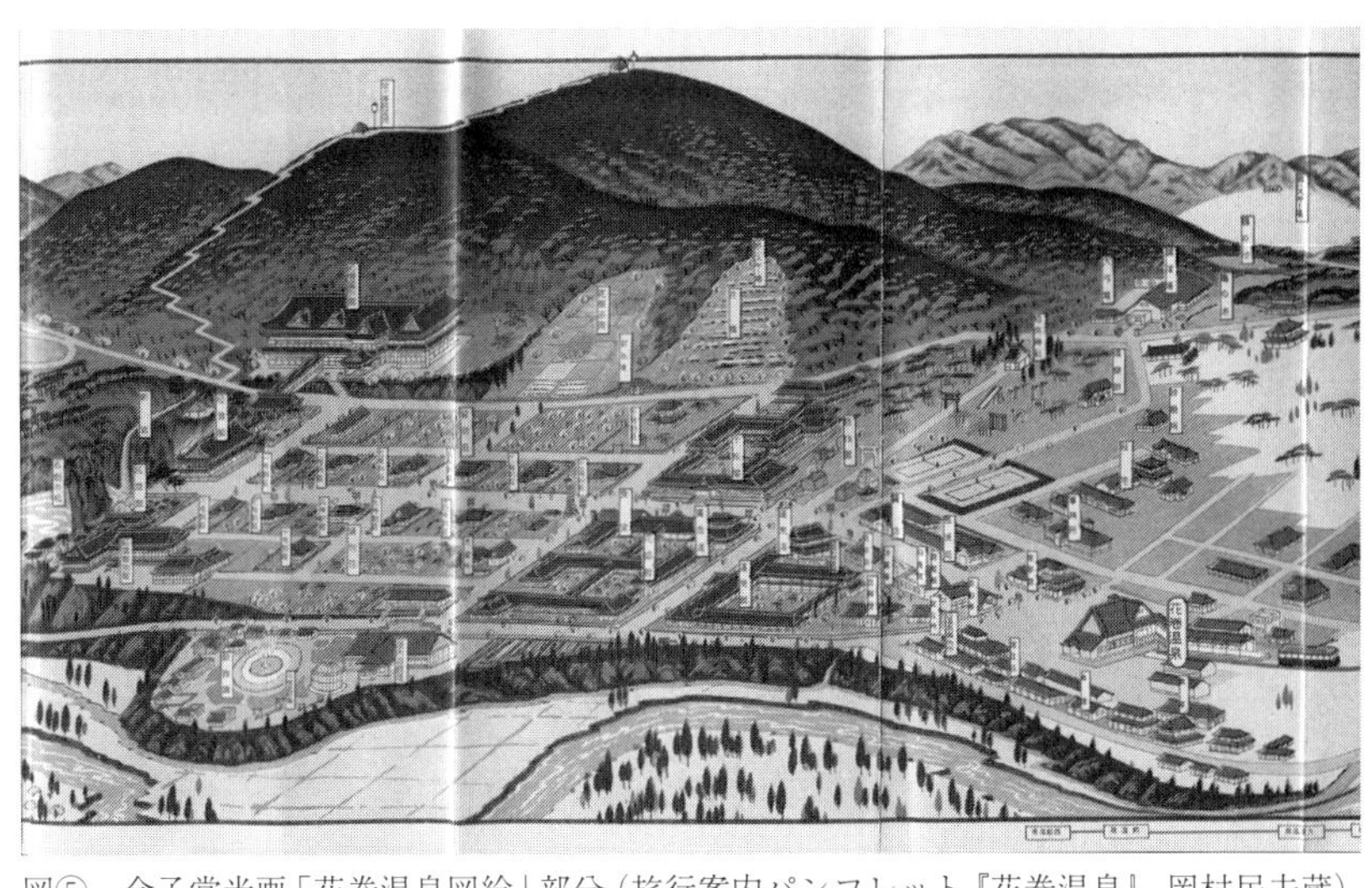

図⑤　金子常光画「花巻温泉図絵」部分（旅行案内パンフレット『花巻温泉』、岡村民夫蔵）

見上げるまなざしまで考慮している。離れた位置から見ないと、回遊路が蔓草の形状に見えないということは、いいかえれば、「南斜花壇」が、見上げるまなざしと、頂部から見下ろすまなざしを予め組み込んでデザインされた庭園であるということを意味する。「南斜花壇」は、視線の交錯を組織する庭、見られ／見る庭だ。

ところで下方の「諸花壇」とは、賢治自身が貸別荘地区につくった「対称花壇」や「日時計花壇」であるはずだ。そして「停車場前の道路」こそ、一九二三年四月に賢治が桜の苗を植えたと伝えられている道路だ。つまり賢治は見下ろす場所に先立って、見下ろされ、見上げる場所を整備していたことになる。温泉客は下方の温泉街にとどまっているかぎり、二つの花壇を同時に視野におさめることはできない。貸別荘に遮られ、どちらか一方をその近くから見ることしかできない。「南斜花壇」に入園することによって、初めて両花壇の関係を一望することになる。また、「南斜花壇設計」（一九二七年四月九日付冨手宛書簡）が述べるとおり、花壇頂部からは北上平野やその彼方の「碧イ地平線」まで一望することができる。この視線を花巻温泉の外から切り返す視線まで、賢治はフォローしている――「この巨なまこ山のはてに／紅い一つの擦り傷がある／それがわたくしも花壇をつくってゐる／花巻温泉の遊園地なのだ」（詩「〔こぶしの咲き〕」）。賢治が花巻温泉の花壇設計を通し、〈風景（ランドスケープ）の建築（アーキテクチャー）〉をなしとげたことはもはや明らかである。

鑑賞者、それも見るだけではなく歩いたり触ったりする鑑賞者が、賢治庭園の不可欠な構成要素なのである。賢治庭園が鑑賞者の能動的参加をもってはじめて「音楽」となるとすれば、「花壇工作」の作庭家が設計図を用意せずに病院の中庭へ登場するのは、予め脳裏に完成図があったからではなく、野次馬の存在も含めた〈場所〉を感受しつつ設計する必要があったからだと考えられる。「音楽」のある庭を設計するには、作庭家自身が舞台に立ったダンサーか俳優のように振る舞わねばならない。

宮沢賢治がこうした流儀で造園をしていた以上、私たちは彼が残した設計図や関連テクストをできるだけ具体的に肉付けし読むべきである。また、当時のその場所の人文地理的状況・実現した庭園を見た人物の証言・映像記録・失われた庭園の再現・賢治の図面に基づいて没後に作成された庭園等を支えに、想像力を逞しくするべきである。自筆設計図が草稿に匹敵するとすれば、実現した庭園やその写真は最終形ないし、出版テクストに匹敵する。

花巻温泉の基礎設計をしたのは、都市公園設計の草分け・長岡安平（一八四二〜一九二五）である。彼は花巻温泉を、直線道路が格子状に引かれ、貸別荘と旅館が整然と並ぶ平坦地と、雑木林のなかを遊歩道が蛇行する傾斜地の二つのゾーンから構成される場所として設計した。賢治は長岡によるゾーニングを読みとって自分の庭を設計したと思われる。貸別荘に挟まれた「対称花壇」「日時計花壇」は、共に幾何学的・抽象的・左右対称であり、お互い規模の等しい同一の矩形（八間〔一四・四メートル〕×一二間〔二一・六メートル〕）をなす。しかも温泉街を俯瞰した古写真や一九二九（昭和四）年に制作されたPR映画（花巻温泉所蔵）を見ると、東西南北に温泉街を貫くメインストリートの十字軸に対して、両花壇が左右対称的な位置に配置されていたことがわかる。これに対して、自然の起伏の上に広がる「南斜花壇」は、有機的・具象的・非対称である。それでいながら三つの庭園は、円形のモチーフや、通路による軸線を共有することで、対立をはらみつつ調和する。造成年がずれるにもかかわらず、三つの庭園のあいだに体系性・総合性が認められることに驚かざるをえない。

残念ながら、三庭園はいずれも当時の姿では現存しない。「南斜花壇」は一九六〇（昭和三五）年頃、花巻温泉バラ園に変貌した。「日時計花壇」と「対称花壇」があった場所は一九七六（昭和五一）年に駐車場となり、前者のみがバラ園の片隅に移設された。一九八二（昭和五七）年、宮沢賢治記念館の開設にともなって、三庭園は記念館南側斜面に再現された。この再現は貴重なものだが、それらがかつて花巻温泉という〈場所〉で担っていた価値の大半は失われた。しかも、冨手一が所

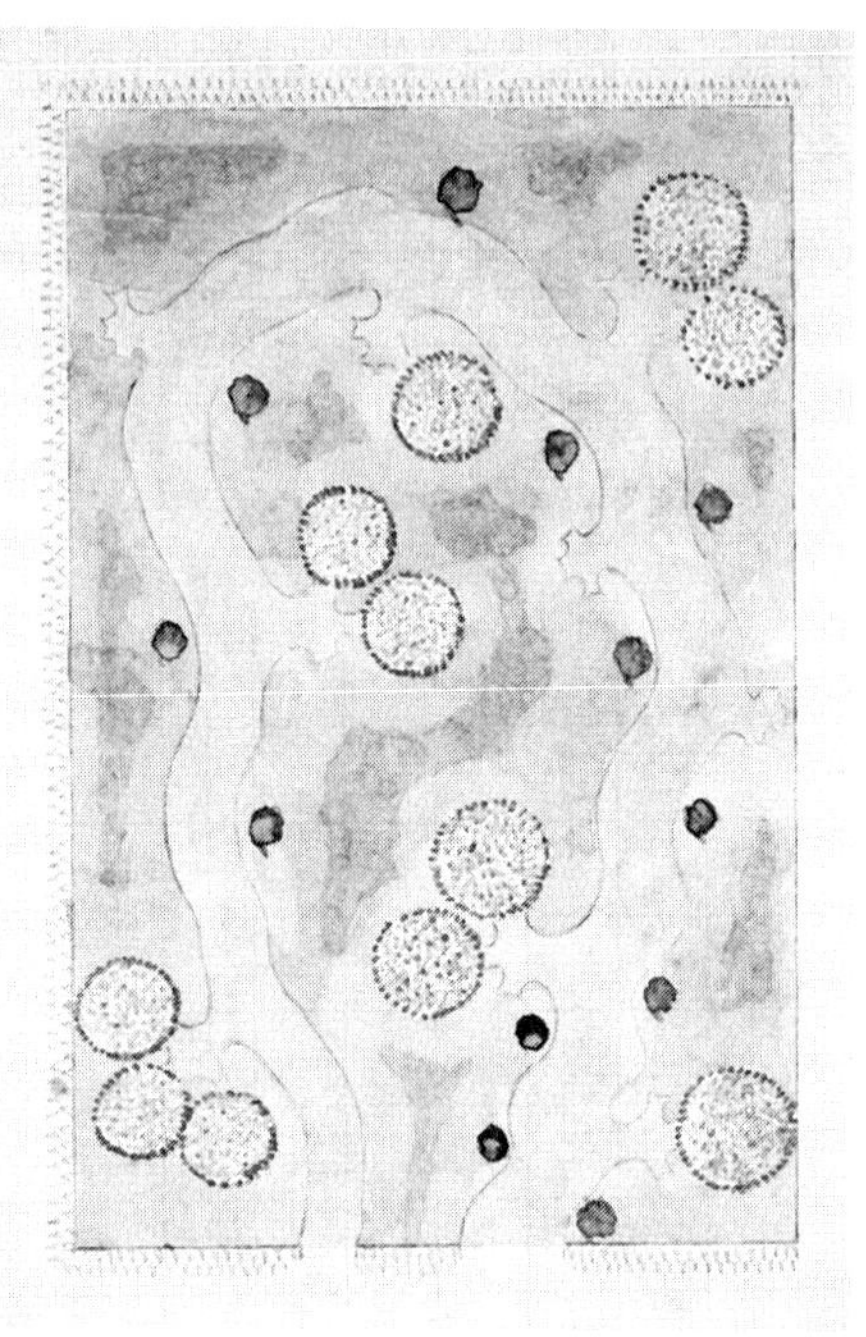

図⑥　花壇設計図（〔花壇設計　一〕『新校本 宮澤賢治全集』第14巻）

蔵していた賢治直筆設計図（図⑥）に基づいて再現されたことで、かえってこの「南斜花壇」は、賢治が造成した「南斜花壇」と大幅に異なってしまった。花巻温泉に「南斜花壇　ツル草花壇　36年度　宮澤賢治設計」と題された青写真がある。一九三六年か昭和三六年に花巻温泉側で南斜花壇を記録したものだ。これによれば、蔓草の果実を表現する円形花壇が一一基あったはずなのに、再現では一一基になっている。蔓の形状も大きく異なっており、そもそも南斜花壇があった場所の広さや冨手の証言からすると、実際の南斜花壇は再現の数倍の規模、幅一二〇メートル×奥行き九〇メートルほどだったはずである。

「対称花壇」「日時計花壇」の設計図と賢治生前の花巻温泉の写真を比較しても、重要な相違に気づく。設計図の段階では、花壇の通路は行き止まりになっていたのに、写真では両方向に開かれている。つまり花巻温泉大通りとそれに平行する南側の通りのどちらからも入れ、二本の道路を結ぶ路地のようなものになったのだ。温泉客の便利を考え、賢治が現場で加えた改変ではないだろうか。

花巻共立病院の「幻想曲風花壇」は、一九五四（昭和二九）年頃、病院の改築にともなって消滅したらしいという（佐藤進、前掲書、二六頁）。それから約三〇年後、一九九〇年に賢治の設計図と古写真（図③はそのうちの一枚である）を参照に失われた花壇が再現され、賢治の実弟・宮沢静六によって「Fantasia of Beethoven」と命名された。けれどもこの「再現」もまた、賢治の設計図と同一でなければ、かつてそこにあった花壇とも同一ではない。

古写真中の「幻想曲風花壇」との最大のちがいは、十字の星形をした「幻想曲風花壇」の四隅の余白に、「エプロン型花壇」と通称される花壇を四基、大きさを違えて配置した点だ。一九九〇年に造成された「幻想曲風花壇」と「エプロン型花壇」個々の形状は「MEMO FLORA」ノートに基づいているが（図④参照）、二種類の花壇を合成する設計は新たなアイディアに属する。古写真によれば、当該の中庭につくられた花壇は「幻想曲風花壇」のみであり、しかもそれは正方形の中庭の四隅に大きな余白が生じないよう、十字状ではなく、対角線を軸としたX字状に配置されていた。

「MEMO FLORA」ノートの三四頁の設計図と、一九七〇年代末に高村毅一が行った現地調査（宮城一男・高村毅一『宮沢賢治の植物の世界』築地書館、一九八九年、二二三〜二七頁）を総合すると、「エプロン型花壇」は花巻共立病院内の別の中庭、L字型の第三病棟（設計図では「hous(e)」と表記されている）の角地と芝生をカーブする通路とに挟まれた区画につくられ、この区画の形から必然的にエプロン型（扇型）となったようである。

賢治は別の一角、すなわち三区病棟・五区病棟・中央廊下に囲まれた一角に通称「ドイツ唐檜花壇」（八・二一メートル×二・二五メートル）をつくっており、その遺構を測量し撮影した高村毅一によれば、「MEMO FLORA」ノート二三頁に記されている矩形花壇群に重なるものだったという（宮城・高村、前掲書、一六〜二二頁）。

私はさらにもう一つの賢治花壇が存在したのではないかと推理している。「装景手記」のなかに「その水際園に／なぜ私は枝垂れの雪柳を植ゑるのか／十三歳の聖女テレジアが／水いろの上着を着羊歯の花をたくさんもって／小さい丸い唇でうたひながら／そこからこっちへでてくるために私はそこに雪柳を植ゑる」という連があるからである。造園が幼い見習い看護婦を「こっちへ」歩ませる舞台装置となり、彼女の上着の「水いろ」が水面と調和する。「エプロン型花壇」「MEMO FLORA」ノート二六頁の池泉と連結された花壇設計図と関連するかもしれない。「エプロン型花壇」があった中庭には小さな池があったというので（宮城・高村、前掲書、二二三頁）、この「水際園」はその傍らに設けられたのではないだろうか。

花巻共立病院では、花巻温泉の場合と異なり、複数の庭園を、展望によってではなく、導線を通したシークエンスによって統合することを試みた可能性がある。ただし、鑑賞者の移動を組み込んだ庭園設計という点は両者に共通する。

「花壇工作」に「その境を一尺のみちに煉瓦をジグザグに埋めて／そこへまっ白な石灰をつめこむ」という記述があるが、「幻想曲風花壇」の古写真（図③参照）を見ると、ちゃんとそうした一尺ほどの幅の白い道が、花壇を縁取る煉瓦の外側に伸びており、佐藤隆房院長がその上にしゃがんでいる。

庭園のなかには龍安寺石庭のように、特定の一点から動かず一定の距離を置いて眺めるべく設計された庭園が少なくないが、賢治庭園とは、〈通路＝歩行〉をダイナミックに組み込んだ庭園であり、動き、踏み、触れる庭園である。いかにも山野を跋渉しながら「心象スケッチ」を書いた人物にふさわしい。実際、一九二四年六月の岩手山登山を題材とした詩「林学生」には、高原の景観から庭園を着想するさまが記されている――「おゝ高雅なるこれらの花藪と火山塊との配列よ／ぼくはふたたびここを訪ひ／見取りをつくっておかうといふ／［……］／いゝやぼくのは画ぢゃないよ／あとでどこかの大公園に、／そっくり使ふ平面図だよ」。

四　庭園文学の彼方

それにしても、本当の賢治庭園を私たちは本当に知ることができるのだろうか、という厄介な問いが残る。賢治が構想した庭園が本当の賢治庭園なのか、実現された庭園がそうなのか。たとえ一旦実現されたとしても、庭園は季節によって、また年をふるごとに変化したはずだ。仮にそれを忠実に再現したとしても、存在する〈場所〉が異なれば、庭園がはらむ価値が異なってしまう。どうやら私たちは、庭園に特有のアポリアを前にしている。賢治はこのアポリアをどのように受け止めていたのか。

宮沢賢治の庭園とは何かを、改めて庭園の実作とテクスト表現の関係を通して考えてみたい。

荒川修作はある対談で宮沢賢治が現実に庭園をつくっていたことを知るや、自邸に革新的な庭園をつくった一八世紀イギリスの詩人アレキサンダー・ポープの名を挙げ、言語を実証しようとしたのだろう、新しい実験心理学の実践だろうとコメントしている（荒川修作「建築する身体」〔聞き手：栗原彬・佐藤学〕、『越境する知1　身体：よみがえる』東京大学出版会、二〇〇〇年）。田村剛の『造園概論』は、この詩人の庭園論と造園が風景式庭園の先駆になったことや、ジャン＝ジャック・ルソーが小説で描いた庭園が、当時一般的だった整形式庭園に対する批判を含み、風景式庭園の形成に影響したことを紹介していた。

西洋に庭園文学の伝統が存在することを、賢治は知っていたかもしれない。しかし賢治の庭園文学を西洋の代表的な庭園文学のかたわらに置いてみると、異質な面が目立つ。ジョン・ミルトンの「失楽園」（一六六七年）の楽園にせよ、ポープの「ホラティウスの模倣」（一七三三〜一七三八年）にせよ、ルソーの「新エロイーズ」（一七六一年）の庭にせよ、エドガー・アラン・ポーの「アルンハイムの地所」（一八四七年）や「ランダーの別荘」（一八五〇年）にせよ、ホルヘ・ルイス・ボルヘスの「王宮の寓話」（一九六〇年）にせよ、互いに様々な違いはあるものの、〈理想の庭園〉、完璧な庭園を読者の脳裏に喚起させようとしている点では一致する。ところが、賢治の場合、熱烈なユートピストであったにもかかわらず、〈理想の庭園〉を表象しようと欲しているようには見えない。表象されているのは、もっぱら作庭のプロセスだ。しかも、造園家が最初に意図したとおりに作庭作業は進まないということが繰り返し描かれているのだ。「花壇工作」では、すでにみたように院長の邪魔が入る。同じく花巻共立病院の造園に材をとった詩「病院の花壇」では、濃い水色のヒアシンスの花でまっ白な石灰岩の方形のなかに折れ線を引こうと企図したのに、球根をよこした東京農産商会のミスのせいで、病院にふさわしからぬ「まっ黒な春の弔旗」となってしまう。「南斜花壇」作庭に関する詩「悪意」の語り手は、「結局魔窟を拵へあげる」と花巻温泉を批判し、「口のひらいた魚のかたちのアンテリナムか／いやしいハーデイフロックス」を花壇に植栽しようと思う。

　同時代の日本にも、西洋の庭園文学を踏まえたユートピックな庭園文学は存在した。ポーの庭園文学を参照に、谷崎潤一郎が『金色の死』（一九一四年）を書き、ポーと谷崎を参照に江戸川乱歩は『パノラマ島奇談』（一九二七年）を書いている。後者の執筆時期は、まさに賢治が「南斜花壇」を作庭していた時期と重なる。彼らの庭園文学の傍らに賢治の庭園文学を置いてみると、なにが見えるか。

　『金色の死』の審美主義者・岡村は、親の莫大な遺産を〈理想の庭園〉の造成に注ぎ込む。芦ノ湖畔に竣工した理想郷へ親友を招待し、岡村は黄金に輝く如来に扮してダンスする。自分の身体をも庭園を構成する作品としたのだ。けれども、全身に金箔を塗抹したせいで皮膚呼吸できず、岡村は絶命する。『パノラマ島奇談』の人見広介は、岡村のように裕福な家に生まれなかったため、小説『RAの話』を書いて〈理想の庭園〉を表現するが、それは一般読者の興味を引かない。人見自身、文学空間だけでは満足できず、自分と瓜二つの富豪・菰田源三郎が病死すると、彼は源三郎になりかわることによって、無人島に念願の理想郷「パノラマ国」を建設する。しかし想定外の失敗を犯す。人見は源三郎の妻・千代子を本当に愛してしまい、千代子に偽者であることを感づかれてしまう。人見は千代子を「パノラマ国」へ案内し、殺害する。源三郎の妹から捜査依頼を受けた探偵・北見小五郎が「パノラマ国」に潜り込み、その犯罪を暴くと、人見は巨大な打ち上げ花火とともに爆死する。[*8]

『金色の死』と『パノラマ島奇談』は、主人公が〈理想の庭園〉の実現にいたるまでの過程がドラマの大部分を構成すること、〈理想の庭園〉が脆弱さを抱え、完成されるや否や設計者の死とともに崩壊することを共通の特徴としている。西洋の古典的な庭園文学に対し、「ポスト庭園文学」と呼びうるかもしれない。庭園をつくるプロセスがドラマとして描かれるという点は、賢治の庭園文学との接点である。しかし、谷崎や乱歩においては、たとえ儚いものとしてではあれ、主人公が意図した庭園は意図したとおりに実現し、その絢爛たる光景が詳細に表象される。

賢治の庭園文学の固有性は、他者や外的な力が庭園の形状の形成そのものに影響を及ぼすということに存する。谷崎・乱歩の場合、他者の意思は主人公の作庭には影響しない。また介入する他者は、鑑賞者・報告者にとどまったり、身の破滅をもたらしたりというように、消極的ないしネガティヴな存在にとどまる。また自然環境が庭園設計者の心を動かすという場面がない。「パノラマ国」の造形は、その土台となる島自体からは何の影響も受けず、人見が若い頃書いた『RAの話』のなかの庭園とそっくりになされており、それゆえ、『RAの話』を読んでいた探偵が造園家の正体を見破ることができるのだ。

賢治の作庭における他者の介入は、作品を丁寧に読んでみれば、ネガティヴな影響だけではないことがわかる。「花壇工作」では、たまたま病院にいた人々が富沢の創作意欲を高め、また敷地に対する彼らの位置関係が創作に関与する。確かに院長の介入は、富沢の作業を妨げはする。また富沢は、院長と富沢の「どっちが頭がうごくだらうといった風」の関心で自分たちのやりとりに注目している患者たちに怒りを覚える。けれども、彼はそれで作庭を放棄してしまうわけではなく、「もう今日はだめだ。設計図を拵へて来て院長室で二人きりで相談しなければだめだ」と前向きに考えている。佐藤隆房院長とのトラブル後、実際に賢治は設計図をたずさえ共立病院を再来した（佐藤隆房、前掲書、一四四頁）。完成後の写真からは、縁取りの煉瓦は、当初賢治が望んだ「ジグザグな影」が地面に落ちるような立体的配列ではなく平敷きになったが、縁取りが描く図形は、佐藤院長がつくりかけた円をおさめた正方形ではなく賢治の設計図にほぼ対応する形態になったことがわかる。設計図を見せて説明した結果、佐藤院長とのコラボレーションとなったと考えられる。

「悪意」についていえば、花巻温泉の紅燈化に対する造園家の否定的見解は堅いものだろうが、その反発をすぐに新たな花卉の植栽へ展開するところは非常に前向きだ。「冗語」では、造園家のかたわらに、より肯定的な他者として「きみ」がいる。「羆熊(ひぐま)の堆肥」を考案したのは、どうやらこの「きみ」の方らしい。

賢治の文学における庭園は、完成したあかつきに不特定の他者たちへ開かれるだけではなく、制作プロセスにおいても他者に開かれているという点で、一人の作者の理想の実現としての庭園とは根本的に異なる。庭園が単独者のユートピアを意味する庭園文学では、庭園自体が海や森や塀などで周囲から隔てられ、閉鎖性が視覚的・物質的に表現されるが、賢治の庭園文学にそうした排他的境界はまったく見られない。

他人の土地に公共的な庭園をつくろうとするかぎり、クライアントと交渉しながら庭園設計をすることは運命づけられている。〈公園〉を志向し、風景を建築すべく現実に作庭した賢治は、他者との交渉なしにみずからの庭園が成り立たないことを理解し、根本的にはそれを受け入れていたにちがいない。

そして彼が認める交渉相手には、人間のほかに、庭園に先立つ〈場所〉の力や、庭園とともに持続する〈場所〉の力があったはずである。

「花壇工作」は、富沢が花壇工作をはじめる以前に、すでに敷地が「美しい正方形のつめくさの絨毯」であることを示しており、富沢もまたそのうえで「夕方まで踊るといふのはどうだ」と思う。こ

図⑦　花巻共立病院花壇のツメクサ。「賢治さんの設計工作した花巻共立病院の花壇」というキャプションが付されている（佐藤隆房『宮沢賢治』）

の踊りのイメージと『金色の死』の岡村の踊りとは似てまったく非なるものだ。プレ庭園としてのツメクサ（クローバー）の原の美しい描写は「ポラーノの広場」で十全に表現されている。ツメクサに限らず、踊りを誘うプレ庭園は、「鹿踊（ししをど）りのはじまり」の萱原としても描かれている。プレ庭園は、庭園づくりの触発となるとともに、できあがった庭園に対する批評基準ともなろう。場合によっては、庭園なぞつくる前の場所の方が庭園らしかったという結果にもなりかねまい。「幻想曲風花壇」工作一年後の春の作業を描いたと思われる「病院の花壇」には「こゝには白いキャンディタフトを播きつけよう／つめくさの芽もいちめんそろってのびだしたし／廊下の向ふで七面鳥は／もいちどゴブルゴブルといふ」とあり、賢治がツメクサを完全には除去せず、造園に活用したことがわかる。その一端は、花巻共立病院の花壇写真（図⑦）を通し、目で確認することができる。

賢治文学のなかで「虔十公園林」は、庭園が外の諸力とともに時空のなかで生成するということをもっともトータルに表現した作品である。そこには造園前、造園途中、造園以後が表象されている。

農家に生まれた「少し足りない」とされる少年・虔十は、「いつも縄の帯をしめてわらって杜の中や畑の間をゆっくりあるいて」いる。彼は森の枝葉が風に「チラチラ光る」のを見あげたりするのが大好きなのだ。こうした山野の跋渉経験が、彼が家の後ろの野原に「杉苗七百本」を植えたいといいだす動機になっているところは、賢治自身のケースを想わせる。虔十は父の同意や兄の手助けを受け、望んだとおりの本数の杉苗を、等間隔に平行に植樹する。しかし、その後トラブルが相次ぐ。土地が固い粘土質であったため、杉は五年目に九尺（約二・七メートル）まで伸びると、それ以上高くならず、「頭が円く変って」しまう。それでも北側の隣接地に畑をもつ平二は、自分の畑が影になると文句をいい、伐採を迫る（花巻農学校前のプラタナスの並木が農民によって伐採された逸話を連想させる）。ある朝、通りかかった農民から「冗談に」枝打ちが必要だといわれ、枝打ちの実際を知らない虔十は、過剰に下枝を伐ってしまう。

かくして杉林はまるで幾筋もの並木道のようになり、子供たちの恰好の遊び場と化す。虔十はその変化を喜ぶ。〈通路＝歩行〉を中心とした公園的庭園の開園だ。けれども、これは複数の外からの力の介入があってなった結果であって、虔十が計画したことではない。そして虔十は、その年のうちにチフスであっけなく死んでしまう。

ところがそんなことには一向構はず林にはやはり毎日毎日子供らが集まりました。

お話はずんずん急ぎます。

次の年その村に鉄道が通り虔十の家から三町ばかり東の方に停車場ができました。あちこちに大きな瀬戸物の工場や製糸場ができました。そこらの畑や田はずんずん潰れて家がたちました。いつかすっかり町になってしまったのです。その中に虔十の林だけはどう云ふわけかそのまゝ残って居りました。その杉もやっと一丈ぐらゐ、子供らは毎日毎日集まりました。学校がすぐ近くに建ってゐましたから子供らはその林と林の南の芝原とをいよいよ自分らの運動場の続きと思っていました。

岡村や人見のアイロニカルな自死と好対照な、受動的で他律的な死。庭園の作者・虔十の死にもかかわらず、庭園はその後も生成しつづけるのだ。やがてこの村出身でアメリカの大学教授（盛岡中学校で賢治の在学時に講演を行った新渡戸稲造がモデルだろう）が一五年ぶりに帰郷し、小学校で講演した後、かつて彼も遊んだ杉林が健在なことに気がつき、感動して言う──「あゝ全くたれがかしこくたれが賢くないかはわかりません。たゞどこまでも十力の作用は不思議です。こゝはもういつまでも子供たちの美しい公園地です。どうでせう。こゝに虔十公園林と名をつけていつまでもこの通り保存するやうにしては」。

生前誰からもほめられなかった人物、「足りない」ところがあった人物が、死後、アメリカ帰りの大学教授からほめられ、「虔十公園林」と彫られた橄欖岩（かんらんがん）の碑が建つというところだけをとると、メロドラマチックな設定がすぎ、研究者が「デクノボー」論議に流れるのが見えている。しかし、賢治の庭園文学の一つとして読みなおすと、意外にリアルな側面が浮かびあがる。虔十は林の美を全身で感受し、自分がつくった杉林へ侵入した子供たちを排除せず、杉林を伐採しようとした平二にはかたくなに抵抗したが、公園林になることを意図して植林したわけではまったくなかった。博士が感動するほど公園林としての価値が特に高まったのも、虔十があずかり知らぬ、死後に進行した周囲の開発との布置においてだ（ちなみに小学校と運動公園とのカップリングは、震災復興小公園を連想させる）[*9]。その面から見ると、博士を発起人とした虔十の顕揚も、公園林が他者の力によって形成される流れの一段階と捉えなおすことができる。そもそも、杉林に子供たちが入ってきたとき、彼らによって勝手に杉林のいろいろな箇所が「東京街道」とか「ロシア街道」と名付けられていたではないか。

虔十公園林は宮沢賢治の〈理想の庭園〉だろうか。確かにそういえなくもない。けれども、それは大地の力や周囲の諸力の作用を拒否する伝統的な庭園文学・ユートピア文学における〈理想の庭園〉とは真逆な位置にある。虔十公園林の形状が機械的で極めて単純なのは、虔十の性格を表現するためだけでなく、庭園を貫きながら庭園を形成していく諸力＝「十力」を可視化するためだろう。

「虔十公園林」はあくまで造園をめぐる事態の一面を強調した寓話であって、造園家の手本にはなるまい。造園家は、敷地の地質とそれが植物の生育に与える影響を知っていなければならず、庭園の形状が来園者に及ぼす作用を予測しなければならない。しかし、それでも必ず不測の外の力は介入してこよう。それが負の方向にはたらく可能性は十分にある。造園家は予想につとめ、負の結果が予想されるならば、そうならないよう対策を考案しなければならない。しかし、それでもいずれ遅かれ早かれ彼の庭園は、彼の手が及ばない時空へ遠ざかっていく。彼にできるのは、その時空のなかで庭園が未知の人々の幸いになるのを祈ることである。「虔十公園林」は庭園が不測の諸力に貫かれてしか存在しえないという現実を、正の側面で拡大して見せた異例の庭園文学である。

庭園は多様な力線が複雑に潜在する多様体である。宮沢賢治の慎ましい庭園文学は、意識されにくい諸力の重ね書きを可視化するはたらきをもつ。庭園文学を備えた賢治庭園の存在意義が、ここにある。その庭園文学は実践的思考のワン・ステップを構成し、私たちを庭園的実践へ導く。賢治文学が固定した「作品」として庭園を表象しなかったからこそ、賢治庭園は庭園の未来へ開かれているのだ。

＊1 「即ち最近の傾向は建築は勿論山水明媚なる名所や風景更に進んでは農業も林業も、亦土木をも包括して、所謂国土の風景を造る所の各要素を造ろうとするのである。かかる新傾向を眼前に控えて見ると、在来の庭園とか園囿とかいふ語は如何にも其意味が狭少であるから、余は茲に「風景装飾」あるいは「装景」と

いふ新熟語を作ったのである。装景は即ち広義の風景建築（Landscape Architecture）又は風景美化或いは風景装飾（Labdshaft verschonerung）等に相当するものである」（田村剛『造園概論』五二～五三頁）。ほかに森本智子「宮沢賢治と装景――「虔十公園林」を中心に」（『かほよとり』第四号、一九九六年）、鈴木誠「宮澤賢治のとらえた「造園家」と「装景」」（『ランドスケープ研究』第六〇号、一九九七年）、『造園学用語辞典』（彰国社、二〇〇五年）の「装景」の項（鈴木忠義）を参照。

*2 菊池正が元羅須地人協会員・伊藤与蔵に行った聞き書きによれば、賢治は伊藤に『造園学概論』を貸したのち、「あれは私は読んでしまいましたから、あなたに上げましょう」といって与えた（大内秀明『賢治とモリスの環境芸術』時潮社、二〇〇七年、四五頁）。一九二八年九月、「コメ一ピヨウタノム」と電報してきた草野心平に、造園学関係の本を贈ったという逸話もある（伊藤信吉「〈賢治教育〉をされて」『新校本 宮澤賢治全集』第一三巻下、月報16）。

*3 一九二四年七月五日の日付をもつ詩「亜細亜学者の散策」（『春と修羅 第二集』）に大地の弾性に関する同様の詩句がみられる。

*4 文語詩未定稿「〔棕梠の葉やゝに痙攣し〕」に「放蕩息子の大工／このときスコットランドの／貴族風して戻り来れり」という詩句がある。「農民芸術の興隆」には「当地方大工の例」というテーマが記されている。

*5 橋本家に伝わる経緯や煉瓦を使用した花壇のデザインから宮沢賢治の設計と推定できる。詳しくは、泉沢善雄「花壇の煉瓦と「からたち」坂」（『ワルトラワラ』第三〇号、二〇〇九年一一月）、岡村民夫「花壇設計――環境との対話」（『別冊太陽 宮沢賢治 おれはひとりの修羅なのだ』平凡社、二〇一四年、六一頁）、鈴木健司「宮沢賢治に関する「聞き書き」新資料の紹介 橋下利平氏の証言・三題――花壇・温泉・巌窟王」（『賢治研究』第一三六号、二〇一八年一一月）を参照されたい。

*6 「「広場」という概念は大正年間にドイツ等の事例を通じて紹介され、震災復興期に定着した」（陣内、前掲

書、二六〇頁）。

＊7　例えば、「これは田園の新鮮な産物である。われらは田園の風と光との中からつやゝかな果実や、青い蔬菜を一緒にこれらの心象スケッチを世間に提供するものである」（『注文の多い料理店』広告文）、「望むらくは本県物産館の中に理想的農民住居の模型数箇を備へ将来の農民に楽しく明るき田園を形成せしむるの目標を与へられんことを」（「修学旅行復命書」）、「われらのすべての田園とわれらのすべての生活を一つの巨きな第四次元の芸術に創りあげようではないか」（「農民芸術概論綱要」）。

＊8　岡村民夫「昭和二年、光の花園」（『詩学』二〇〇一年三・四月号、『宮沢賢治論　心象の大地へ』七月社、二〇二〇年）は、賢治と乱歩の庭園の共通性に比重を置いた論考である。ほかに岡村民夫「「パノラマ島奇談」論あるいはRAMPOの話」（藤井淑禎編『江戸川乱歩と大衆の二十世紀』至文堂、二〇〇四年）を参照。

＊9　関東大震災後、都内五二ヶ所にアメリカの例をモデルに小公園が新設された。それらは自由広場を主体とし、しばしば小学校に隣接して校庭の機能を兼ねていた（陣内、前掲書、二八四〜二九三頁）。

コラム⑦

花巻の温泉

岡村民夫

宮沢賢治の温泉体験の著しい特徴は、旅情を求めて遠出することなく地元の温泉を利用していたこと、ただしその仕方が非常に多様で深かったことだろう。賢治の生前に存在していた花巻の温泉は、豊沢川沿いの西鉛（にしなまり）（現存せず）、鉛（なまり）、大沢、志戸平（しどたいら）と、台川（瀬川上流）沿いの台（だい）および花巻の計六温泉。彼はこれらすべてを利用しており、社会的活動と文学にそのユニークな刻印が認められる。ここでは賢治の温泉体験を、①慣習的・民俗的な相、②地学的な相、③モダンな相、④交歓の相にとりあえず大別して記述しておこう。

①宮沢家には避暑や病の療養として温泉に長期逗留する「湯治」の慣いがあり、賢治の最初の温泉体験も「湯治」だったはずである。童話「鹿踊り（ししをど）のはじまり」で、嘉十は傷めた膝を治しに「西の山の中の湯の湧くとこ」へ行く途上、鹿たちの宴に邂逅する。「なめとこ山の熊」冒頭の「鉛の湯の入口になめとこ山の熊の胆（い）ありという昔からの看板もかかってゐる」という描写は、マタギが湯治客向けに熊の胆を卸していたという鉛温泉で実際に見られた光景なのだろう。

②盛岡高等農林学校で地学を本格的に学んだことも、賢治の温泉との関わりをユニークなものにしている。一九一八（大正七）年、賢治は稗貫郡（ひえぬき）（ほぼ現在の花巻市に相当）の委託による地質土性調査に参加し、温泉が点在する花巻西部の山地をフィールドワークした。調査報告書『岩手県稗貫郡地質及土性調査』（一九二二年）や、花巻農学校の地学巡検を題材とした「台川」を読むと、温泉湧出の仕組みを彼が科学的に理解していたことがわかる。「グスコーブドリの伝記」において彼は「イーハトーブ」を火山帯と

して提示し、「五十幾つかの休火山は、色々な瓦斯を吹いたり、熱い湯を出したりしてゐました」と描写している。

③賢治が活躍した大正期から昭和初期は、花巻の温泉が急速に近代化した時代とぴったり重なる。一九一二（大正元）年豊沢川の水力を利用した発電所が操業を開始し、一九一五（大正四）年から一九二五（大正一四）年まで、花巻駅と諸温泉を連絡する電車が段階的に敷設された。一九二三（大正一二）年、盛岡の大資本によるリゾート型の大温泉・花巻温泉（当初の名称は「台遊園地新温泉」）が開業し、昭和初期までに動物園・運動場・スキー場・室内遊戯場等が増設された。賢治はここの植樹指導や諸花壇の設計に関わった。つまり、大多数の作家において温泉が享受の対象にとどまったなか、彼はその整備に参与したのだ。『春と修羅』や「春と修羅 第二集」には、温泉鉄道の沿線風景や、花巻温泉での造園作業が点綴されている。

④当時、温泉はイベント会場や社交場としての役目も大いに担っていた。父・宮沢政次郎が幹事を務めた夏期仏教講習会の会場は大沢温泉であり、文語詩「講後」にはその際の鉛温泉までの遠足の様子がスケッチされている。ベジタリアンの国際大会が花巻温泉で開催されるという「一九三一年度極東ビヂテリアン大会見聞録」の設定は虚構だが、賢治も参加した花巻温泉での県下ダリア品評会や県下菊花品評会（一九三〇年）や、同温泉に外国人の宿泊がしばしばあった事実などに基づいていよう。なお花巻農学校時代（一九二四〜一九二六年）に寄宿生たちを誘って行った温泉への夜歩きは、作中に直接的痕跡が見られないとはいえ、賢治にとってたいへん楽しい体験だったに違いない。

1914年頃、大沢温泉で開かれた夏季仏教講習会に参加する賢治（前列右から6人目）
（『新校本 宮澤賢治全集』第16巻下・年譜篇）

あとがき

かつて赤坂憲雄・吉田文憲を顧問とした宮沢賢治研究会があった。童話集『注文の多い料理店』を読み込み、その成果は赤坂憲雄・吉田文憲編『『注文の多い料理店』考――イーハトヴからの風信』(五柳書院、一九九五年)として公刊した。当初この研究会にはまだ名前がなかったが、出版を契機に「宮沢賢治研究会 風信社」と名乗り、その後、研究同人誌『クラムボン』を三号発行した(一九九六年一〇月、一九九八年五月、二〇〇〇年一〇月)。いつしか学生や院生だった同人も社会人となり、研究会が開きがたくなり、解散を決めた。その際、〈場所〉という切り口による旧同人の宮沢賢治論集を出すという企画が持ち上がった。これが本論集の端緒である。

そこには、私たちの研究会がしばしば東北で合宿を開き、賢治ゆかりの地を散策した経験が関係していたはずである。

紆余曲折あり、刊行までに予想以上の時間がかかり、半数の論文が加筆修正されているとはいえ既出となってしまった。けれども、環境との関係で従来の生活形態が地球規模で厳しく問いなおされている現在、宮沢賢治の仕事を〈場所〉というアングルで再検討する諸論文をまとめて送り出す意義は、ますます高まっていると考える。

森話社から独立して七月社を立ち上げたのちも粘り強く編集を担当しつづけてくださった西村篤氏、七月社へ出版を引き継いでくださった森話社社長の大石良則氏に深く感謝の意を表したい。

二〇二二年六月二一日

岡村民夫

初出一覧

3　平澤信一「宮沢賢治『風の又三郎』の場所」（『明星大学教育学部研究紀要』第一号、二〇一一年三月）、「宮沢賢治『風の又三郎』の場所Ⅱ」（『明星大学教育学部研究紀要』第五号、二〇一五年三月）

5　安智史「近代化する山中異界――宮沢賢治「どんぐりと山猫」「注文の多い料理店」における山猫（たち）と馬車別当をめぐって」（『愛知大学文学論叢』第一三九号、二〇〇九年二月）

6　森本智子「宮沢賢治の〈郊外〉――まなざしのせめぎ合う場所」（『甲南国文』第六八号、二〇二一年三月）

7　岡村民夫「宮沢賢治と庭園」（『賢治研究』第一一五号、二〇一〇年一〇月）

＊――いずれの論考も本書収録にあたって加筆修正を施した。一覧にない論考は書き下ろしである。

安智史（やす・さとし）
愛知大学短期大学部教授。日本近現代文学・文化。
『萩原朔太郎というメディア――ひき裂かれる近代／詩人』（森話社、2008年）、「ベジタリアン・修羅・ポストヒューマン――『シン・ゴジラ』と宮沢賢治をめぐって」（『賢治学』第5輯、2018年7月）

森本智子（もりもと・ともこ）
武庫川女子大学非常勤講師、ポラン堂古書店店主。日本近現代文学。
「宮沢賢治と「装景」――「虔十公園林」を中心に」（『宮沢賢治研究Annual』第8号、1998年3月）、「〈作家〉の誕生――「ポラーノの広場」にみる書斎の役割」（宮沢賢治学会イーハトーブセンター編『宮沢賢治――驚異の想像力 その源泉と多様性』朝文社、2008年）

［編者］

岡村民夫（おかむら・たみお）
法政大学教授。表象文化論。
『イーハトーブ温泉学』（みすず書房、2008年）、『宮沢賢治論 心象の大地へ』（七月社、2020年）

赤坂憲雄（あかさか・のりお）
学習院大学教授。民俗学、日本文化論。
『東北学／忘れられた東北』（講談社学術文庫、2009年）、『ナウシカ考』（岩波書店、2019年）

［執筆者］

吉田文憲（よしだ・ふみのり）
詩人。
『宮沢賢治 幻の郵便脚夫を求めて』（大修館書店、2009年）、『ふたりであるもの』（思潮社、2021年）

平澤信一（ひらさわ・しんいち）
明星大学教授。日本近代文学。
『宮沢賢治《遷移》の詩学』（蒼丘書林、2008年）、「物故同人・宮沢賢治の生前評価――『歴程』創刊まで」（『歴程』第600号、2016年11月）

澤田由紀子（さわだ・ゆきこ）
甲南大学非常勤講師。日本近現代文学。
「新たな方法への模索――宮沢賢治「文語詩稿」考」（『宮沢賢治研究Annual』第10号、2000年3月）、「衆生との共生――宮沢賢治作品空間に見られる〈堕ちる／飛騰する〉構図」（『宮沢賢治と共存共栄の概念――賢治作品の見直し 国際学会報告集』ネルー大学語学部日本研究学科、Northern Book Centre、2013年）

イーハトーブ風景学――宮沢賢治の〈場所〉

2022年8月18日　初版第1刷発行

編　者……………………岡村民夫・赤坂憲雄

発行者……………………西村　篤

発行所……………………株式会社七月社

〒182-0015　東京都調布市八雲台2-24-6

電話・FAX　042-455-1385

印　刷……………………株式会社厚徳社

製　本……………………榎本製本株式会社

Printed in Japan　ISBN 978-4-909544-26-1　C0095

七月社の本

宮沢賢治論　心象の大地へ

◉

岡村民夫

イーハトーブに残された賢治の足跡

「虹や月明かり」からもらった膨大な「心象スケッチ」は、繋がり、重なり、変容し、不整合なまま、やがて〈心象の大地〉として積み上がる。テクストにはらまれる矛盾や齟齬をこそ賢治文学のリアルと捉え、その正体を求めてイーハトーブを踏査し続けた、著者25年の集大成。

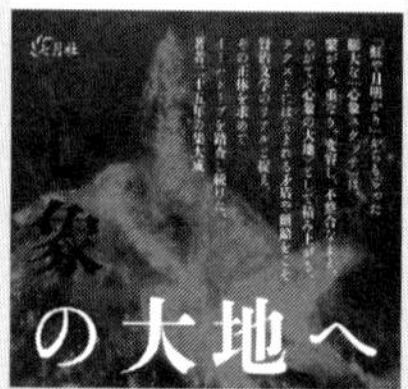

四六判並製／512頁
ISBN 978-4-909544-13-1
本体3200円＋税
2020年12月刊

[主要目次]

ケアを描く——育児と介護の現代小説

佐々木亜紀子・光石亜由美・米村みゆき編

外部から見えにくいケアの現場を、フィクションはどのように描いてきたのか。小川洋子・角田光代・三浦しをん・辻村深月などの作品を中心に、〈ケア〉というキーワードから現代小説にひそむ多様な価値観を発見する。

四六判並製256頁／本体2000円＋税
ISBN978-4-909544-05-6 C0095

接続する文芸学——村上春樹・小川洋子・宮崎駿

中村三春著

語り論、比較文学、イメージ論、アダプテーション論を駆使して、村上春樹『騎士団長殺し』『多崎つくる』『ノルウェイの森』、小川洋子『ホテル・アイリス』『猫を抱いて象と泳ぐ』『琥珀のまたたき』、宮崎駿『風の谷のナウシカ』『風立ちぬ』などを論じる。

四六判上製352頁／本体3500円＋税
ISBN978-4-909544-22-3 C0095

立原道造 受容と継承

名木橋忠大著

高原の夏、風の声、失われた青春……。郷愁に満ちた立原の詩には、しかし、かすかな悪意と模倣の手つきが垣間見える。リルケ、堀辰雄などからの影響を精査し、早すぎた晩年、立原がなそうとした最期の飛翔のゆくえに迫る。

A5判上製200頁／本体4500円＋税
ISBN978-4-909544-10-0 C1095

「小さな鉄道」の記憶
――軽便鉄道・森林鉄道・ケーブルカーと人びと

旅の文化研究所編

幹線鉄道の網目からもれた地域に、人々は細い線路を敷き、小さな列車を走らせた。地場の産業をのせ、信仰や観光をのせ、人びとの暮らしをのせて走った鉄道の、懐かしく忘れがたい物語。

四六判上製288頁/本体2700円+税
ISBN978-4-909544-11-7 C0065

井上靖 未発表初期短篇集

高木伸幸編

文壇に登場する以前、雌伏と暗中模索の戦前期に書かれた作品群を初公刊。ユーモア・ミステリ・時代物と、多彩なジャンルで自らの可能性を試していた、昭和の文豪の知られざる20代の軌跡。戦後唯一の戯曲(未発表)も併せて収録。

四六判上製280頁/本体2400円+税
ISBN978-4-909544-04-9 C0093

麦の記憶――民俗学のまなざしから

野本寛一著

多様な農耕環境の中で「裏作」に組み込まれ、米を主役にすえた日本人の食生活を、陰ながら支えてきた麦。現在では失われてしまった、多岐に及ぶ栽培・加工方法、豊かな食法、麦にまつわる民俗を、著者長年のフィールドワークによって蘇らせる。

四六判上製352頁/本体3000円+税
ISBN978-4-909544-25-4 C0039